中等职业教育物流服务与管理专业规划教材

物流采购与供应管理

主　　编　史忠健　杨　明
副主编　袁　荣　李福烨　龚成洁
参　　编　邱春龙　赵同荣　张鲁航　刘　芸　陈　曦

中国人民大学出版社
·北京·

图书在版编目（CIP）数据

物流采购与供应管理/史忠健，杨明主编． —北京：中国人民大学出版社，2011.9
中等职业教育物流服务与管理专业规划教材
ISBN 978-7-300-14326-2

Ⅰ.①物… Ⅱ.①史… ②杨… Ⅲ.①采购管理：物资管理-中等专业学校-教材②物资供应-物资
管理-中等专业学校-教材 Ⅳ.①F252

中国版本图书馆 CIP 数据核字（2011）第 182995 号

中等职业教育物流服务与管理专业规划教材

物流采购与供应管理

主 编 史忠健 杨 明

出版发行	中国人民大学出版社			
社 址	北京中关村大街 31 号		**邮政编码**	100080
电 话	010 - 62511242（总编室）		010 - 62511398（质管部）	
	010 - 82501766（邮购部）		010 - 62514148（门市部）	
	010 - 62515195（发行公司）		010 - 62515275（盗版举报）	
网 址	http://www.crup.com.cn			
	http://www.ttrnet.com（人大教研网）			
经 销	新华书店			
印 刷	北京东君印刷有限公司			
规 格	185 mm×260 mm 16 开本		**版 次**	2011 年 9 月第 1 版
印 张	12.75		**印 次**	2011 年 9 月第 1 次印刷
字 数	304 000		**定 价**	24.00 元

前 言

Preface

采购和供应管理能力是所有采购专业人士应掌握的基本技能之一。为了适应中等职业教育改革的需求，我们编写了本教材。在编写过程中，我们始终坚持把培养技能型人才放在首位，保证理论知识充足，突出技能训练。

本书共分为四个模块。第一模块是"认识采购与供应管理"，由"了解采购与供应管理"和"了解采购与供应管理组织的岗位设置及职责"两个任务组成；第二模块是"采购业务流程"，由"采购计划及预算"、"供应商的选择与管理"、"采购谈判"等十个项目组成，每个项目下又细分为若干任务；第三模块是"采购技术"，引导学生完成"认识JIT采购"、"了解MRP采购"、"熟悉供应链采购管理"和"熟悉电子商务采购"四个任务；第四模块是"供应管理"，包括"掌握供应市场环境分析的内容及步骤"、"理解供应管理规划在企业战略中的作用"和"掌握供应管理策略的基本方法"三个任务。

本书的编写分工如下：第一模块由史忠健（青岛职业技术学院）、袁荣（青岛职业技术学院）编写；第二模块：项目一、项目八由李福烨（山东城市服务技术学院）编写，项目二由邱春龙（漳州职业技术学院）编写，项目三由袁荣编写，项目四由张鲁航（青岛职业技术学院）编写，项目五由刘芸（青岛职业技术学院）编写，项目六由龚成洁（青岛职业技术学院）编写，项目七由史忠健编写，项目九、项目十由陈曦（青岛职业技术学院）编写；第三模块由杨明（青岛职业技术学院）编写；第四模块由赵同荣（中国铝业青岛分公司物资配送中心）编写。史忠健负责全书的统稿工作。

在本书编写过程中，我们参阅了许多国内外教材、著作和网上资料，在此谨向有关作者、编者、出版社表示真诚的谢意。

由于编者的水平有限，书中的错误或纰漏在所难免，恳请广大读者批评指正。

编者

目 录

C o n t e n t s

第一模块

认识采购与供应管理

采购与供应是一种常见的经济行为，从日常生活到企业运作，从民间到政府，都离不开它。无论是组织还是个人，要生存，就要从其外部的供应商手中获取所需要的有形物品或无形服务。从历史上看，在许多组织机构里，采购和供应职能被认为是相对不重要的职能，然而随着经济的不断发展，人们对采购和供应的关注不断增加，采购行为已被看作是一种具有重大战略意义的经济活动。采购的速度、效率，订单的执行情况会直接影响企业是否能够快速灵活地满足下游客户的需求；采购成本的高低会直接影响到企业最终产品的定价和整个供应链的最终获利情况。在这里，我们将探讨采购与供应管理的发展趋势以及企业对采购人员的素质要求。

【学习目标】
知识目标
● 了解采购与供应管理的作用
● 熟悉企业采购与供应管理组织的岗位设置和岗位职责
● 熟悉采购人员应具备的素质要求
技能目标
● 能够分析现代采购的发展趋势

任务一　了解采购与供应管理

对采购活动最简单的看法是，采购就是买东西。对于很多制造型企业来说，采购部门可能是个令人头疼的成本中心，那么如何利用采购实现产品增值呢？

一》 对采购与供应管理的认识

采购与供应和采购与供应管理是两个不同的概念。采购与供应是一项具体的业务活动，一般由采购员承担具体的采购任务。采购与供应管理是企业管理系统的一个重要子系统，是指为保障企业物资供应而对企业的整个采购供应活动进行计划、组织、指挥、协调和控制的活动，是企业战略管理的重要组成部分，一般由企业的中高层管理人员承担。企业采购与供应管理的目的是为了保证供应，满足生产经营需要，采购与供应管理既包括对采购与供应活动的管理，又包括对采购人员和采购资金的管理等。一般情况下，有采购与供应就必然有采购与供应管理。但是，不同的采购活动，由于其采购环境，采购的数量、品种、规格的不同，管理过程的复杂程度也不同。个人采购、家庭采购，尽管也需要计划决策，但毕竟相对简单，这里我们重点探讨的是面向企业的采购与供应管理活动。

二》 采购与供应管理的重要性

采购工作在过去一直很少受到重视，这一方面是由于企业对采购的重要性认识不足，另一方面也与社会经济的发展水平和市场化程度有关。而今天，随着市场竞争的日益激烈，企业普遍意识到内部的获利空间已经很小，要进一步提高利润率，只能把盈利视角扩大到整个供应渠道上。人们发现在企业同上下游企业组成的系统中，存在着巨大的改进空间，可以更好地利用整个供应渠道的资源，争取更多的获利条件，采购的重要性应理所当然地提升到企业发展的战略高度来认识。

(一) 可以满足产品制造需求

企业生产部门对采购物品的要求不仅仅局限于数量方面，还有质量、性能、时间、规格等方面的要求。原材料和零部件的性能和质量直接关系到产品的性能和质量。

(二) 控制成本的主要手段之一

采购与供应的成本构成了生产成本的主体部分（在制造业中，企业的采购资金占最终产品销售额的 40%～60%），其中包括采购与供应费用、仓储费用、流动资金占用费用以及采购与供应管理费用等，这意味着采购成本的降低将对企业利润的增加产生显著影响，其增加利润的效果要远远大于在其他方面采取的措施。因此，加强采购与供应的组织与管理，对于节约占用资金、压缩储存成本和加快营运资本周转起着重要的作用。

(三) 可以帮助企业洞察市场的变化趋势

企业的生产经营活动是以市场为导向，凭借市场这个舞台而展开的。采购人员虽然直接和资源市场打交道，但是资源市场和销售市场是交融混杂在一起的，都处在大市场之中。所以，采购人员也可以为企业及时提供各种各样的市场信息，供企业进行管理决策。通过采购渠道观察市场供求变化及其发展趋势，借以引导企业投资方向，调整产品结构，确定经营目标、经营方向和经营策略。

三》 采购的一般流程

采购的一般流程如图 1—1 所示。

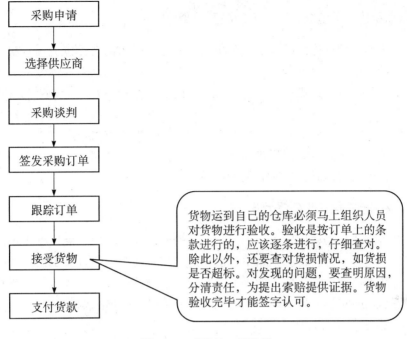

货物运到自己的仓库必须马上组织人员对货物进行验收。验收是按订单上的条款进行的，应该逐条进行，仔细查对。除此以外，还要查对货损情况，如货损是否超标。对发现的问题，要查明原因，分清责任，为提出索赔提供证据。货物验收完毕才能签字认可。

图1—1　采购的一般流程

四》 现代采购的发展趋势

(一) 从为库存而采购到为订单而采购

在商品短缺的状态下，为了保证生产，必然会为库存而采购，但在如今供大于求的市场环境下，为订单而采购则成了一条铁的规律。在市场经济条件下，大量库存是企业的"万恶之源"，零库存或少量库存成了企业的必然选择。制造订单是在用户需求订单的驱动下产生的。然后，制造订单驱动采购订单，采购订单再驱动供应商。这种准时化的订单驱动模式可以准时响应用户的需求，从而降低库存成本，提高物流的速度和库存周转率。

相关 链接

JIT 生产

准时化（Just in Time，JIT）系统是由日本企业首创的一种生产管理系统，最早使用这一系统的企业是全球知名的丰田汽车公司。JIT 系统是指企业在生产自动化、电算化的情况下，合理规划并大大简化采购、生产及销售过程，使原材料进厂到产成品出厂直至进入市场能够紧密地衔接，尽可能减少库存，从而达到降低产品成本、全面提高产品质量、提高劳动生产率以及实现综合经济效益目标的一种先进生产系统。

JIT 采购是 JIT 系统的重要组成部分，也是 JIT 系统得以顺利运行的重要内容。根据 JIT 采购原理，一个企业只有在需要的时候才把需要的物资采购到需要的地点，这种做法使 JIT 采购成为一种节省而又有效率的采购模式。

（二）从对采购商品的管理到对供应商外部资源的管理

传统上，采购管理理论注重采购行为本身，通过考虑如何选择供应商、决定采购的数量、确定合适的价格、签订采购合同，以及如何谈判，使企业在采购行为中获利。

而现代采购管理理论则更加强调企业与供应商之间的关系管理，如果制造企业与供应商之间建立起一种"互利双赢"的合作关系，则更有利于双方的长远发展。由于供需双方建立起了一种长期的、互利的战略伙伴关系，因此，供需双方可以及时把生产、质量、服务、交货期等信息实现共享，使供应商严格按要求提供产品与服务，并根据生产需求协调供应商的计划，以实现准时化采购，最终使供应商进入生产过程与销售过程，实现双赢。

（三）从采购方式单元化到多元化

传统的采购方式与渠道比较单一，但现在迅速向多元化方向发展，首先表现在全球化采购与本土化采购相结合。跨国公司生产活动的区域布局更加符合各个国家的区位比较优势，而其采购活动也表现为全球化的采购，即企业以全球市场为选择范围，寻找最合适的供应商，而不是局限于某一地区。其次表现在集中采购与分散采购相结合、自营采购与外包采购相结合等。

相关 链接

宜家通过低价采购取得竞争优势

在全球市场，宜家一直以优质低价的形象出现，这得益于宜家的采购策略。

一、以规模采购获得低成本

宜家在为产品选择供应商时，从整体上考虑总体成本最低。即以产品运抵各中央仓库的成本作为基准，再根据每个销售区域的潜在销售量来选择供应商，同时参考质量、生产能力等其他因素。由于宜家绝大部分的销售额来自欧洲和美国，所以一般只参考产品运抵欧洲和美国中央仓库的成本。宜家在全球拥有近2 000家供应商（其中包括宜家自有的工厂），供应商将各种产品由世界各地运抵宜家全球的中央仓库，然后从中央仓库运往各个商场进行销售。这种全球大批量集体采购方式可以取得较低的价格，挤压竞争者的生存空间。同宜家的大批量集体采购相比，竞争者无法以相同的低价获得产品，产品定价要低于宜家的价格，只有偷工减料或者是降低生产费用，然而降低生产费用的空间不会太大，而偷工减料的产品也无法长期同宜家竞争。

二、因地制宜改变采购渠道，保持竞争优势

宜家的亚太地区中央仓库设在马来西亚，所有前往中国商场的产品必须先运往马来西亚。这种采购方式使宜家总体的成本降低。但是对于中国市场来说，成本较高。特别是对于家具这类体积较大的商品来说，运费在整个成本中会达到30%，直接影响到最终的定价。随着亚洲市场特别是中国市场所占的比重不断扩大，宜家正在把越来越多的产品或者是产品的部分放在亚洲地区生产，这将大大降低运费对成本的影响。目前，宜家正在实施零售选择计划，即由中国商场选择几个品种，然后由中国的供应商进行生产，直接运往商店的计划。例如，尼克折叠椅过去由泰国生产，运往马来西亚后再转运中国。采购价相当于人民币 34 元/把，但运抵中国后成本已达到 66 元/把。再加上商场的运营成本，最后定价为 99 元/把，年销售额仅为每年 1 万多把。实施这项计划后，中国的采购价为人民币 30 元/把，运抵商店的成本增至 34 元/把，商场的零售价定为 59 元/把，单价比以前低了 40 元，年销售量猛增至 12 万把。随着中国房地产热潮的高温不退，家居用品市场的竞争也日趋激烈，宜家在产品设计、营销方法以及品牌上已经和其他竞争对手形成了足够的差异，但是这种壁垒能否足以抵挡其他家居用品商的猛烈进攻，价格仍然是主要因素。降低采购成本后，宜家显然正在针对目标消费群体，加大本土采购力度，继续降低成本价格，把宜家在全球的价格优势发挥出来，再结合其特有的体验营销、服务营销等多种营销手段，有助其与众多竞争对手区别开来，从而取得竞争优势。

资料来源：http：//www. chinawuliu. com. cn。

任务二 了解采购与供应管理组织的岗位设置及职责

为了搞好企业复杂繁多的采购与供应管理工作，需要有一个合理的管理机制和一个有效的管理组织机构，更要有一些能干的管理人员和操作人员。

一》 采购与供应管理组织的设计

采购与供应管理组织是为了实现给定的采购与供应任务而组建起来的一个管理执行机构。它要解决的是：完成给定的采购与供应任务工作，需要多少人？需要设定什么岗位？确定什么职务？承担什么责任？彼此之间的工作关系是什么？

（一）采购与供应管理组织的设计原则

1. 与企业的性质、规模相适应

对于规模较小的企业来说，只需要设计一个比较简单的采购部门来负责整个企业的原材料及设备的采购。但是，对于规模比较大的企业，常常设有集团采购部或中央采购中心，同时各个子企业分别设有采购的分支机构。

2. 确保合理分工

在采购与供应管理组织内部，应按照不同人员的能力、职责进行合理分工，以便各负其责，提高采购与供应的效率。

3. 与企业的管理水平相适应

如果企业的管理水平很高，已经引入物料需求计划（Material Requirement Planning，MRP）系统，企业的采购需求计划、订单开具、收货、跟单都应按照 MRP 系统要求通过计算机进行操作控制。管理水平较低的企业，其采购部门的设置应根据企业管理水平达到的程度相应地进行设计。

相关 链接

MRP 系统

MRP 系统是当代国际上一种成功的企业管理理论和方法。MRP 系统的基本思想就是通过运用科学的管理方法和现代化的工具——计算机,规范企业各项管理,并根据市场需求的变化,对企业的各种制造资源和整个生产、经营过程,实行有效的组织、协调、控制,在确保企业正常生产的基础上,最大限度地降低库存量,缩短生产周期,减少资金占用,降低生产成本,提高企业的投入产出率等,从而提高企业的经济效益和市场竞争能力。

4. 便于统一指挥

在采购与供应管理组织中,每一个采购人员应该拥有一个采购主管所赋予的职权并承担相应的职责,同时对其上级负责。

5. 具有有效的管理幅度

管理幅度是指每一管理者直接管理的下属的人数。在建立采购与供应管理组织时,应该合理确定管理的层次及每个层次的人员安排。

6. 能够保证权责相符

有效的采购与供应管理组织必须是权责相互制衡的。有责无权,责任难以落实;有权无责,就会滥用职权。因此,应该实现责权的对立和统一。

(二)采购组织结构

企业采购组织的岗位设置要依据采购管理的职能、任务和管理机制。岗位的设置不是一成不变的,既要遵循精简、科学、合理的原则,还要根据企业管理的实际情况。一般有以下三种组织结构。

1. 直线制的采购组织结构

如图 1—2 所示,直线制的采购组织结构是一个采购主管直接管理多个采购员的组织结构。

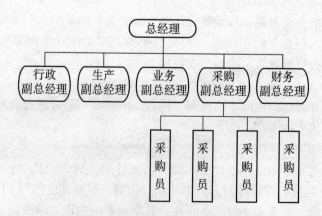

图 1—2 直线制的采购组织结构示意图

直线制的采购组织结构的优点：一是指挥和被指挥的关系简单，权力集中，责权分明，联系简洁，指挥和命令统一，决策速度快，容易维持管理秩序；二是有利于加强管理控制和责任的力度，实现有效的交流沟通，使管理符合实际，能够实现个性化管理。

直线制的采购组织结构的缺点是：由于采购主管对下级的所有业务进行指挥和监督，因此，采购主管必须具备多方面的采购知识和技能，是一个"万能管理者"。这种要求在实行多种经营的现代大企业中是很难满足的。因此，这种结构适合于中小型企业的采购管理。

2．直线职能制的采购组织结构

如图1—3所示，直线职能制的采购组织结构是在直线制的基础上，增加相应的职能管理部门，使其参与采购主管决策，并承担管理的职能。

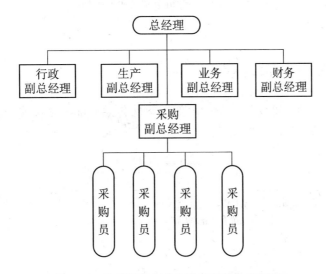

图1—3　直线职能制的采购组织结构示意图

直线职能制的采购组织结构的优点是：集中领导，统一指挥，便于调配人、财、物力；职责清楚，有利于提高办事效率；秩序井然，使整个企业有较高的稳定性。

直线职能制的采购组织结构的缺点是：各职能部门和直线指挥部门之间容易产生矛盾，加大最高领导的协调工作量，难以培养熟悉企业内部全面业务的管理人才；信息传递线路较长，整个组织系统的适应性较差，对复杂情况不能及时做出反应。

直线职能制的采购组织结构虽然存在一些不足，但它具有较大的优越性，因此它是我国目前广泛采用的基本组织结构形式。

3．采购事业部制的采购组织结构

采购事业部制的采购组织结构是一种集中化与分散化相结合的组织结构，如图1—4所示。各事业部实行的是集中化采购，而从总公司的角度分析则实行分散化采购，即将采购权分散到各事业部。

采购事业部制的采购组织结构适用于采购规模大、品种多、需求复杂、市场多变的企业。

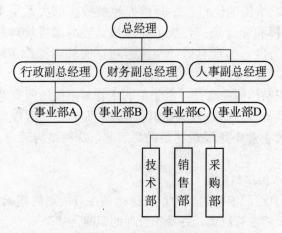

图1—4 采购事业部制的采购组织结构示意图

二》 采购部门及岗位职责

要保证采购工作顺利进行，在企业内部应明确各采购部门和岗位的职责，表1—1概括了部分采购部门及岗位的职责要求。

表1—1   采购部门及岗位职责

采购部门及岗位	职责描述
采购总部	1. 采购组织与工作职责的制定； 2. 采购作业规范手册的编制与更新； 3. 采购工作的培训与稽核； 4. 辅导各采购部门的采购工作； 5. 协调各采购部门与供应商之间的矛盾及交易条件。
采购部门	1. 筛选合作的供应商； 2. 与供应商协商； 3. 收集市场资讯，掌握市场的需求及未来的趋势。
采购总监	1. 协调各采购部门经理的工作并予以指导； 2. 负责各项费用支出核准、各项费用预算审定和报批落实； 3. 负责监督及检查各采购部门执行岗位工作职责和行为规范的情况； 4. 负责采购员工的考核工作，在授权范围内核定员工的升职、调动、任免； 5. 定期给予采购人员相应的培训。
采购经理	1. 决定与供应商的合作方式，审核与供应商的交易条件； 2. 在采购主管需要支援时予以支援； 3. 负责本部门工作计划的制定及组织实施和督导管理； 4. 负责本部门的全面工作，保证日常工作的正常运作； 5. 负责执行采购总监的工作计划； 6. 负责采购人员的业务培训和管理。

续前表

采购部门及岗位	职责描述
采购主管	1. 制定采购计划； 2. 设定与监督采购物料标准； 3. 采购人员的培养与管理。
采购人员	1. 经办一般性物料的采购； 2. 查访厂商； 3. 调查材料市场行情； 4. 查证进料的品质和数量； 5. 进料品质和数量异常的处理； 6. 与供应商谈判价格、付款方式、交货日期等； 7. 确认交货日期； 8. 一般索赔案件的处理； 9. 处理退货； 10. 收集价格情报及替代品。
采购助理	1. 协助采购经理/主管开展日常工作； 2. 分派采购人员及采购文员的日常工作； 3. 协助采购人员与供应商谈判价格、付款方式、交货日期等； 4. 采购进度的追踪； 5. 保险、公证、索赔的督导； 6. 审核一般产品采购申请； 7. 市场调查； 8. 供应商的考核。
采购文员	1. 请购单、验收单的登记； 2. 订购单与合约的登记； 3. 交货记录及跟踪； 4. 供应商来访的安排与接待； 5. 采购费用的统一申请与报支； 6. 电脑作业与档案管理； 7. 承办保险、公证事宜。

三 》 采购人员的素质

采购人员是企业采购工作的主体，因此，采购人员的素质高低，会直接影响企业采购的效率和质量。一般可以从采购人员的知识、技能和态度三个方面来衡量采购人员的素质。知识是指人们为完成某项任务所需知道的东西，包括一般知识和专业知识；技能是人们为了完成任务所需具备的能力；态度则是人们做一项工作的方式及精神状态。表1—2列出了部分有关采购人员的素质要求。

表 1—2　　　　　　　　　　　　　采购人员的素质要求

素质构成	素质要求
知识要求　　采购人员知识面的宽阔与否一定程度上决定了采购人员的采购能力，所以，采购人员应善于学习并掌握多方面的知识，这样工作起来才会游刃有余。	采购管理知识
	采购物品相关知识（包括生产技术知识等）
	财务管理相关知识
	法律相关知识
	信息系统相关知识
技能要求　　市场是复杂多变的，这就要求采购人员有敏锐的观察力，能及时发现和抓住市场机会；同时，采购人员需要经常与供应商打交道，需要与其谈判价格、付款方式、交货日期等。这些都要求采购人员有良好的交际能力和较强的语言表达能力。	价值、成本分析能力
	逻辑思维能力
	预测能力
	评估、研究能力
	决策能力
	灵活性与敏捷性
	团队精神
	沟通交流技巧
	报告撰写能力
	供应商关系处理能力
态度要求　　采购工作是一项很辛苦的工作，这就需要采购人员有强烈的事业心和高度的责任感。	敬业精神
	职业道德

相关 链接

采购人员的资格要求和资格认证

一、发达国家采购人员的资格要求和资格认证

20 世纪，西方发达国家相继成立了各种各样的采购协会，如美国的国家采购管理协会（National Association of Purchasing Management，NAPM）及加拿大采购管理协会（Purchasing Management Association of Canada，PMAC）等已有数十年的历史，还有国际性的采购协会，如采购与物料管理国际联盟（International Federation of Purchasing and Materials Management，IFPMM）。这些协会的主要目的是从事采购教育与培训，它们在对采购从业人员进行适当的考试后，给合格者颁发证书。下面主要介绍由美国采购协会（American Purchasing Society，APS）与美国认证协会（American Certification Insti-

tute，ACI）联合颁发的经认证的采购从业人员资格证书：CPP（Certified Purchasing Professional，CPP）与 CPPM（Certified Professional Purchasing Manager，CPPM）。

CPP 即经认证的专业采购人员，可称作执业采购师。CPPM 即经认证的专业采购经理，可称作执业采购经理。CPPM 的认证必须在获得 CPP 认证资格后获得。

1. CPP 和 CPPM 认证的背景

由于认识到了提高行业廉正和提高采购竞争力的必要性，美国商业界的一批有识之士于 1970 年发起建立了美国采购协会，开始进行个人专业认证工作。协会的主要工作之一是为那些资质合格的专业采购人员提供专业认证服务。

美国采购协会从其设立以来，协会的认证工作得到了持续的发展和提高。美国采购协会的认证工作有很高的权威性，这是因为美国采购协会的认证工作强调廉正的重要性和业务知识的实用性。如今，美国采购协会的会员遍布美国和世界其他很多国家。

美国采购协会向所有满足了认证要求的、资质合格的专业采购人员颁发 CPP 证书，向专业采购经理颁发 CPPM 证书。对个人的认证要求主要基于三个方面：廉正、教育程度和经验。

2. 认证目标

美国采购协会个人专业资格认证的具体目标是：

（1）提高人们对在各行业中从事采购工作并经过认证的人员的专业地位的认识和接受程度。

（2）开发能够提高采购绩效的工作标准和工作指南。

（3）制定和贯彻采购工作中应遵循的道德准则，促进公众对现代商业行为和工作的接受和了解。

（4）提高直接从事采购工作人员的信心、乐趣和自豪感。

3. 进行认证的益处

有一些很重要的理由，使得协会的认证工作对那些从事采购工作的人们具有很大的吸引力。

首先，越来越多的人认同只有专业人员才能以专业水准和方式来完成一项工作。美国采购协会所颁发的专业证书，能够增强企业的高层管理者对他们已经选择或将要选择的员工的能力和道德的信心。其次，在其他领域中，例如工程、财务、法律等，有很多先例能够说明专业认证能够给人们带来益处。

其他支持采购人员需要获得专业认证的事实包括：专业认证可以显著提高从业人员的自信心、工作乐趣和职业自豪感。另外，专业认证能够使企业对欺骗性的采购行为进行更为严格的控制，并且，在对专业竞争力和专业工作表现认同的基础上，增加提高采购职业收入的机会。美国采购协会最新的全美调查显示，那些获得了美国采购协会认证的专业采购人员，比其他专业采购人员在收入上平均要高 23.4%。

4. 符合 CPP 认证条件的人员

所有从事采购、物流管理或处于经理主管位置的人员都可申请 CPP 认证，参加认证的前提是最少具备五年工作经验，或是具有社会认可的大学学历外加两年工作经验，另外，申请人还必须符合规定中提到的其他要求。在某些特殊情况下，证书可以授给那些在学历上未达到最低要求，但在采购方面做出了突出成绩，并且满足其他相关要求的个人。

5. 认证的要求

首先，美国采购协会要对认证申请人的道德水准和人格的成熟程度做出评估。评估的主要依据是申请人的声誉和他们所表现出来的沟通能力。其次，协会要对申请人的学术成就、经验和对采购的贡献进行审核，并分项评分。最后，申请人必须接受一次书面考试以证明其对采购专业技术的熟悉程度。CPP申请人需要进行一次关于采购知识的书面考试。

6. 认证要求的职业准则

美国采购协会提倡职业道德准则和行为准则在内的原则或准则，坚持这些原则是协会认证的要求。另外，坚持这些原则有助于维护公众对专业采购人员廉正的信心。

7. 认证要求的道德准则

申请人应具备以下道德准则：

(1) 保持对其雇主的忠诚。在不违反国家法规和政府条例的前提下，员工应以与本道德准则相符的精神去达成所在单位的目标。

(2) 不带个人偏见，在考虑全局的基础上，从提供最佳价值的供应商处采购。

(3) 坚持以诚信作为工作和行为的基础，谴责任何形式的不道德商业行为和做法。

(4) 规避一切可能危害商业交易公平性的利益冲突。

(5) 诚实对待供应商和潜在的供应商，以及其他与自己有生意往来的对象。

(6) 保持良好的个人品行。

(7) 拒绝接受供应商或潜在供应商的赠礼。

二、我国采购人员资格要求和资格认证

为加快采购人员的技能培训，规范采购行为，统一操作标准，提高采购人员的职业素质，国家原劳动和社会保障部组织专家编制了国家采购师职业标准。采购师职业资格的出台，填补了我国国家级采购师认证与考核体系的空白。采购师职业资格共分为四个等级，分别为：采购员（国家职业资格四级）、助理采购师（国家职业资格三级）、采购师（国家职业资格二级）、高级采购师（国家职业资格一级）。其中对于采购员的技能要求如下：

1. 市场调查

(1) 能够发放和回收市场调查问卷。

(2) 能够采集商品、市场价格信息。

(3) 能够识读市场调查报告。

2. 需求确定

(1) 能够识读生产计划和销售计划。

(2) 能够收取和整理请购单。

(3) 能够汇总库存明细单和物料。

3. 供应商选择

(1) 能够以函电等方式传递采购信息。

(2) 能够索取供应商及其商品的基本资料。

(3) 能够进行采购洽商资料准备。

4. 商务洽谈

能够根据洽商方案询价、比价和议价。

5．采购合同签订

（1）能够识读采购合同。

（2）能够处理采购合同签订手续。

6．订单管理

（1）能够制作和跟踪采购订单。

（2）能够进行订单统计。

7．货款支付

（1）能够根据合同和订单编制用款计划。

（2）能够运用现金、支票和汇票办理支付手续。

8．进货与验收

（1）能够识读运单和提单。

（2）能够进行运输方式的选择。

（3）能够识别运输标志。

（4）能够办理验收、入库手续。

（5）能够识别质量标识。

9．退货和换货

（1）能够填写退货单、换货单。

（2）能够办理货物出库手续。

10．供应商关系管理

（1）能够处理供应商来电、来函、来访事宜。

（2）能够收集与供应商纠纷的证据。

11．供应商绩效评估

（1）能够收集供应商合同履行信息。

（2）能够填写供应商评价记录表。

12．采购信息采集、处理

（1）能够通过网络等各种方式采集外部和内部采购信息。

（2）能够运用计算机等手段处理一般采购信息。

思考 练习

1．采购与供应的作用表现在哪些方面？

2．企业采购管理组织应设置哪些岗位？每个岗位应承担哪些职责？

3．采购人员应具备哪些素质？

【演练提高】

以小组的形式进行资料收集和分析，资料可以涉及以下内容：

（1）采购职能的演变。

（2）企业采购人员的岗位说明书。

（3）企业成功的采购战略案例。

第二模块

采购业务流程

项目一　采购计划及预算

良好的采购预测、计划和预算将直接增加企业的利润和价值，有利于企业在市场竞争中赢得优势。作为一名采购工作者，在进行了充分的采购需求预测分析之后，能够详细地、确切地制定采购计划、采购预算等，并有效地组织实施是非常重要的。这里主要从采购需求预测、制定采购计划、采购预算等方面对采购与供应管理加以探讨。

【学习目标】

　知识目标
- ●了解采购需求预测的重要性，熟悉采购需求预测的过程
- ●掌握采购预算编制的方法和流程及应注意的问题
- ●熟悉编制采购计划的主要环节

　技能目标
- ●掌握采购需求预测的方法
- ●掌握采购认证计划和订单计划的编制方法

任务一　掌握采购需求预测的方法

一》 采购需求预测对采购与供应管理的重要性

采购需求预测的目的就是要弄清楚采购什么、采购多少的问题。采购管理人员应当分析市场需求的变化规律，根据需求变化规律，主动满足用户需要。即不需用户自己申报，采购管理部门就能知道，用户什么时候需要什么品种的物资、需要多少，因而可以主动地制定采购计划。

采购需求的预测分析是采购计划的第一步，是制定订货计划的基础和前提，企业只要知道所需的物资数量，就可以适时适量地进行物资供应。

（一）预测是采购管理的重要环节

预测是企业制定战略规划、生产安排、销售计划，尤其是采购管理计划的重要依据，是企业采购管理中最重要的环节，也是物流工作的龙头。

（二）准确的预测可以提高客户的满意度，提高企业的竞争力

客户在做出购买决策后，对于交货期的要求也越来越高。客户总会希望立即，至少是在合理时间内收到所购买的产品，享受所需要的服务。如果企业根本没有预测，或是预测不准确，总是不能满足客户对交货期的要求，那么随着市场竞争的日益激烈，企业将为此不断丢失订单。例如对于零售企业而言，因为其供应商与消费产品市场的距离可能很远，所以，要想满足客户对交货期的要求，更要有准确的预测，才能在竞争中立于不败之地。

（三）准确的预测可以减少企业的库存

准确的预测可以减少企业的库存，表现在三个方面：

（1）任何一个企业的流动资金都是有限的。无论是生产企业安排生产，还是贸易公司安排采购，他们都是在一定资金范围内进行的，即用有限的资金去创造最大的效益。

（2）准确预测可以降低对安全库存的要求。在不耽误生产和销售的前提下，准确的预测就会使其库存量减少。

（3）准确预测可以减少因库存时间长产生的产品过时、过期而带来的损失。产品过时，往往会折价处理，而产品过期只能销毁，这样会给企业造成大量的损失。对于零售企业而言，因为货物在途时间长，而根据跨国公司内部结算的规定，货物一旦离开供应商的仓库，就会给采购方开具发票，即算作采购方的库存。这类在途的库存往往会占据该企业全部库存金额的1/3或者更多。因此，零售企业更要提高预测的准确性，才能有效地提高库存周转率。

（四）准确的预测可以有效地安排生产

对于任何生产企业而言，其生产能力也是有限的。对于跨国公司的贸易而言，如果可以提供给供应商准确的预测，不仅可以提高其采购订单的满足率，而且也有利于与供应商的长期合作。跨国公司的生产厂家往往会同时供应全球许多国家的需求，而这些生产厂家会根据各个国家提供的需求预测来计划生产。如果预测不准确，根本不可能按时得到订单的满足。

（五）准确的预测可以改善运输管理

根据预测进行运输安排，对于距离较近的经销商或客户，可以采用集中运输的方式，既可以节约运输成本，提高运力，还可以缩短运输时间，减少破损率。

（六）准确的预测可以做出信息含量更高的定价、促销决策

促销或者价格调整往往都是为了使销售数量增加，准确的预测可以使这些决策更有针对性，提高决策效率。

二》 采购需求预测的过程

（一）确定预测目标

预测目标即明确预测要达到什么要求，解决什么问题，预测的对象是什么，预测的范围、时间等。

（二）拟订预测计划

预测计划即具体规定预测的精度要求、工作日程、参加人员及分工等。

（三）收集分析数据资料

对收集来的资料加以整理、分析，剔除由于偶然因素造成的不正常情况的资料。

（四）选择预测方法，建立预测模式

目前预测方法已有100多种，预测方法不同，试用范围和预测精度也各不相同。应根据预测的目的范围、预测周期的长短、精度要求，以及数据资料的占有情况，选择不同的预测方法。

选择预测方法时注意下列几点：（1）广泛性；（2）准确性；（3）时效性；（4）可用性；（5）经济性；（6）未来数字的预测；（7）可能事态假设的检定，即众多方面事实与统计方法假设检定，以及检定预测结果是否正确。

（五）估计预测误差

预测误差大小可用平均绝对误差（MAD）来表示，为了避免预测误差过大，要对预测值的可信度进行估计，并对预测值进行必要的修正。

（六）提出预测报告和策略性建议，追踪检查预测结果

通过数学模型计算而得到的预测值，不可能把影响采购市场预测的全部因素都考虑进去；再加之预测人员的素质对预测结果也会有影响。因此预测结果仅仅是企业确定市场采购量变化的起点。若发现预测与实际不符，应立即进行修改调整，并分析产生误差的原因，修正预测模型，提高以后的预测精度。

采购需求预测的过程见图2—1。

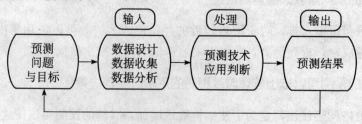

图2—1 采购需求预测的过程

三》 采购需求预测的方法

采购需求预测的方法很多，主要有定性预测方法和定量预测方法。

（一）定性预测方法

对各项预测指标的历史发展趋势做必要性分析判断，同时参考有关规划部门和交通运输部门所作的规划。

1. 类推预测法

类推预测法是指由局部、个别到特殊的分析推理方法，具有极大的灵活性和广泛性，适用于新产品、新行业和新市场的采购需求预测。

类推预测法包括三种形式，具体内容见表2—1。

表2—1　　　　　　　　　　　　类推预测法的三种形式

类推预测法	概念阐释
产品类推预测法	依据产品在功能、结构、原材料、规格等方面的相似性，推测产品市场的发展可能出现的某些相似性。
行业类推预测法	依据相关和相近行业的发展轨迹，推测行业的发展需求趋势。
地区类推预测法	通常产品的发展和需求经历了从发达国家和地区，逐步向欠发达国家和地区转移的过程。

类推结果存在非必然性，运用类推预测法需要注意类别对象之间的差异性，特别是在地区类推时，要充分考虑不同地区政治、社会、文化、民族和生活方面的差异，并加以修正，才能使预测结果更接近实际。

2. 专家会议预测法

专家会议预测法是指组织有关方面的专家，通过会议的形式，对产品的市场发展前景进行分析预测，然后在专家判断的基础上，综合专家意见，得出市场预测结论。

专家会议预测法包括三种形式，具体内容见表2—2。

表2—2　　　　　　　　　　　　专家会议预测法的三种形式

专家会议预测法	概念阐释
头脑风暴法（Brainstorming）	头脑风暴法也称非交锋式会议法。会议不带任何限制条件，鼓励与会专家独立、任意发表意见，没有批评或评论，以激发灵感，产生创造性思维。
交锋式会议法	与会专家围绕一个主题，各自发表意见，并进行充分讨论，最后达成共识，取得比较一致的预测结论。
混合式会议法	混合式会议法也称质疑式头脑风暴法，是对头脑风暴法的改进。它将会议分为两个阶段，第一阶段是非交锋式会议，产生各种思路和预测方案；第二阶段是交锋式会议，对上一阶段提出的各种设想进行质疑和讨论，也可提出新的设想，相互不断启发，最后取得一致的预测结论。

相关 链接

德尔菲法

德尔菲法又称专家意见法。德尔菲是古希腊神话中的神谕之地，城中有一座神殿，据传能够预卜未来。第二次世界大战之后，美国兰德公司提出一种向专家进行函询的预测法，称之为德尔菲法。德尔菲法既可以避免由于专家会议面对面讨论带来的缺陷，又可以避免个人一次性通信的局限。在收到专家的回信后，将他们的意见分类统计、归纳，不带任何倾向地将结果反馈给各位专家，供他们作进一步的分析判断，提出新的估计。如此多次往返，意见渐趋接近，得到较好的预测结果。这种预测法的缺点是信件往返和整理都需要时间，所以相当费时。

(二) 定量预测方法

定量预测方法基本上可分为两类：一类是时序预测法。它以一个指标本身的历史变化趋势，去寻找市场的演变规律，作为预测的依据，即把未来作为过去历史的延伸。时序预测法包括平均平滑法、趋势外推法、季节变动预测法和马尔可夫时序预测法。

另一类是因果分析法，它包括一元回归法、多元回归法和投入产出法。多元回归法是因果分析法中很重要的一种，它从一个指标与其他指标的历史和现实变化的相互关系中，探索它们之间的规律性联系，作为预测未来的依据。

目前企业中常用的预测方法有以下几种。

1. 算术平均法

算术平均法是以过去若干时期的销售量的算术平均数作为销售量预测数的一种预测方法。计算公式为：

$$销售量预测数 = \frac{各期销售量之和}{期数}$$

算术平均法的优点是计算公式简单，缺点是把不同时间的差异平均化，没有考虑远近期间销售业务量的变动对预测期销售量的影响，得出的预测结果可能有较大的误差。

2. 移动平均法

移动平均法是从 n 期的时间数列销售量中选取一组 m 期的数据作为观测值，求其算术平均数，并不断向后移动，连续计算观测值平均数，以最后一组平均数作为未来销售量预测数的一种方法。计算公式为：

$$销售量预测数 = 最后 m 期算术平均销售量 = \frac{最后移动期销售量之和}{m 期}$$

3. 指数平滑法

指数平滑法是在前期销售量的实际数和预测数的基础上，利用平滑指数预测未来销售量的一种方法。从本质上来说，指数平滑法也是一种特殊的加权平均法。计算公式为：

$$销售量预测数 = 平滑指数 \times 前期实际销售量 + (1 - 平滑指数 a) \times 前期预测销售量$$

平滑指数 a 的取值范围为 $0.3 \sim 0.7$，平滑指数越大，则前期实际销售量对预测结果的影响越大；平滑指数越小，则前期实际销售量对预测结果的影响越小。因此，采用较大的平滑指数，平均数能反映观察值新近的变化趋势；采用较小的平滑指数，则平均数能反映观察值的长期趋势。一般情况下，如果销售量波动较大或要求进行短期销售量预测，则应选择较大的平滑指数，如果销量的波动较小或要求进行长期销售量预测，则应选择较小的平滑指数。

在实际中，预测也是采购工作中最难的一项工作，这是因为要做好准确的预测，不仅要懂得预测的理论及方法，而且要有良好的经济分析水平，还要对产品及市场有很好地了解。

四》 做好采购需求预测应注意的问题

在实际工作中，要做好采购需求预测需要注意以下问题：

第一，采购部门在给供应商提供需求预测时，必须与销售人员认真地进行核实，将某些失真处纠正过来，提高预测的准确性。

第二，要广泛收集历史数据，仔细研究。历史数据越多，时间越长，越能看出需求的趋势，也就会预测得越准确。尤其对于新产品或者新企业而言，及时建立销售资料档案是十分重要的，以便随时可以将这些数据运用到当前的预测中。对于新产品或新企业的产品，尽量要找到该类产品的整个市场历史资料或者是竞争对手的历史资料，这样会对该产品的预测有益。

第三，深刻了解产品及市场的特性，并且结合历史资料分析找出该产品真正的需求规律，而不要被数据表面现象所迷惑。有些产品最终的销售规律和从历史资料上看到的销售数据趋势不一致，我们就要分析其原因，找到二者之间的关系，这样会使采购需求预测更有依据，更有说服力，也就会更准确。

第四，在分析历史资料及真正的需求规律后，选择合适的预测方法。对于需求有规律的产品可以采用定量的方法进行预测，对于需求没有规律的产品则可以运用定性的方法进行预测。

第五，一定要注意同企业内部各个部门的沟通，收集所有有关产品的信息，进行分析，把这些因素对需求的影响考虑到预测中。比如打折促销等活动，就会大大地影响需求，因此在做预测时一定要考虑。又如：一种新产品的推广，必定会对老产品的需求产生影响，既要在新产品的预测中加以注意，同时也要调整对老产品的预测，这些信息都来自于市场部门。

第六，利用 ABC 分类法，把客户分为 ABC 三类，要及时与 A 类客户保持沟通，以便了解他们对产品的使用情况，把他们的需求变化考虑到预测中。比如对于化工原料的需求，会因为化工企业定期的检修而受到影响，因此，一定要知道 A 类客户的检修时间，以便在预测时加以考虑。

总之，企业要不断地根据已经得到的实际情况，调整预测数据，保证给供应商提供最新的、最可靠的信息，这样才能保证订单的满足率。在实际工作中，供应商往往会要求采购方提供 12 个月的滚动预测，以便订购原材料及安排生产。

任务二 掌握采购计划的编制方法

企业一般都需要制定采购计划。采购计划是指为了维持正常的产销活动，确定的在某一特定时期内的物料的购入计划。采购计划是对整个采购活动所做的整体安排，在企业的产销活动中具有十分重要的作用。

一》 采购计划的定义和编制采购计划的目的

(一) 采购计划的定义

采购计划是指企业管理人员在了解市场供求的情况下，在认识企业生产经营活动的过程中和掌握物料消耗规律的基础上，对计划期内物料采购活动所做的预见性安排和部署。它主要包括两部分内容：一是采购计划的制定；二是采购订单的制定。

(二) 编制采购计划的目的

在市场需求预测的基础上，企业要编制采购计划，在编制采购计划时应该达到以下几个目的：

(1) 预计物料需用的时间和数量，防止供应中断，影响产销活动。

(2) 避免物料储存过多，积压资金，占用库存空间。

(3) 配合企业生产计划和资金调度。

(4) 使采购部门事先有所准备，选择有利时机购入物料。

(5) 确定物料的耗用标准，以便于管制物料的采购数量和成本。

二》 制定采购计划的依据

采购计划不是随意就可以制定的，在制定采购计划时，有以下主要参考依据。

(一) 年度销售计划与生产计划

在激烈的市场竞争中，企业一般根据市场销售情况确定生产经营规模。当市场没有出现供不应求时，企业的年度计划多以销售计划为起点，而销售计划的拟订，又受到销售预测的影响。

生产计划规定企业在计划期内（年度）所生产产品的品种、质量、数量和生产进度以及生产能力的利用程度，它以销售计划为主要依据。

生产计划确定企业在计划期内（年度）生产产品的实际数量及具体分布情况。公式为：

预计生产量＝预计销售量＋预计期末存货量－预计期初存货量

生产计划决定采购计划，采购计划又对生产计划的实现起物料供应保证作用。企业采购部门应积极参与生产计划的制定，提供各种物料的资源情况，以供企业领导和计划部门制定生产计划时参考。企业制定的生产计划要做到相对稳定，以免出现物料供应不上或物料积压的现象。

（二）用料清单

为适应市场需求，产品研究开发千变万化，尤其在高新技术行业中，用料清单难以做出及时修订，致使根据产量所计算出来的物料需求数量与实际的使用量或规格不尽相符，可能会造成采购数量过多或不足，物料规格过时或不易购得，从而影响企业的生产经营。因此为保证采购计划的准确性，必须依赖最新、最准确的用料清单。

（三）存量管制卡

若产品有存货，则生产数量不一定要等于销售数量。同理，若材料有库存数量，则材料采购数量也不一定要等于根据用料清单所计算的材料需用量。因此必须建立物料的存量管制卡，以表明某一物料目前的库存状况，再依据用料需求数量，并考虑购料的作业时间和安全存量标准，计算出正确的采购数量，然后才开具请购单，进行采购活动。由于采购数量必须扣除库存数量，因此，存量管制卡记载是否正确，将是影响采购计划准确性的因素之一。

（四）物料标准成本的设定

在编制采购计划时，因为对将来拟采购物料的价格不易预测，所以多以标准成本替代。由于多种原因很难保证其正确性，因此，标准成本与实际购入价格的差额，即是采购计划正确性的评估指标。

（五）劳动生产率

劳动生产率的高低将使预计的物料需求量与实际的耗用量产生误差。

（六）价格预期

在编制采购计划时，常对物料价格涨跌幅度、市场景气或萧条、汇率变动等因素进行预测，并将其列为调整计划的影响因素。

由于影响采购计划的因素很多，故采购计划拟订后，必须与产销部门保持密切联系，并针对现实情况做出必要的调整与修订，这样才能实现维持正常产销活动的目标，并协助财务部门妥善规划资金来源。

三 》 采购计划的编制

采购计划的制定需要由具有丰富采购计划经验、采购经验、开发经验、生产经验的复合型人才来担任，并且需要和认证单位等部门协作进行。采购计划主要包括两个环节：采购认证计划环节和采购订单计划环节。

（一）采购认证计划环节

采购认证计划主要包括四个环节：准备认证计划、评估认证需求、计算认证容量、制定认证计划。

1. 准备认证计划

准备认证计划是采购计划的第一步，也是非常重要的一步，主要包括五个步骤，如图2—2所示。

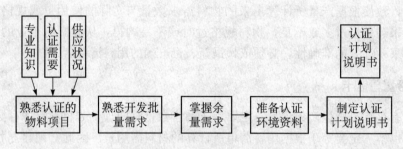

图2—2 准备认证计划的步骤

（1）熟悉认证的物料项目。在拟订采购计划、与供应商接触之前，要熟悉认证的物料项目，包括该物料项目涉及的专业知识范围、认证的需要以及目前的供应状况。

（2）熟悉开发批量需求。如要制定比较准确的认证计划，首先要做的就是熟悉开发批量需求计划。目前开发批量物料需求通常有两种情形：一种情形是在以前或者是目前的采购环境中就能够发掘到物料供应；另一种情形是企业需要采购的是新物料，原来形成的采购环境不能提供，需要企业的采购部门寻找新的物料供应商。

（3）掌握余量需求。随着企业规模的扩大，市场需求也会变得越来越大，旧的采购环境容量不足以支持企业的物料需求，或者是因为采购环境有了下降趋势从而导致物料的采购环境容量逐渐缩小，这样就无法满足采购的需求。以上两种情况会产生余量需求，这就产生了对采购环境进行扩容的要求。采购环境容量的信息一般是由认证人员和订单人员来提供的。

（4）准备认证环境资料。通常来讲，采购环境的内容包括认证环境和订单环境两个部分。有些供应商的认证容量比较大，但是其订单容量比较小；有些供应商的情况恰恰相反，其认证容量比较小，但是订单容量比较大。产生这种情况的原因是认证过程本身是对供应商样件的小批量试制过程，这个过程需要强有力的技术力量支持，有时甚至需要与供应商一起开发，但是订单过程是供应商的规模化生产过程，其突出的表现就是自动化机器流水作业及稳定的生产，技术工艺已经固化在生产流程之中，所以订单容量的技术支持难度比起认证容量的技术支持难度要小得多。

（5）制定认证计划说明书。制定认证计划说明书是把认证计划所需要的材料准备好，主要内容包括认证计划说明书（物料项目名称、需求数量、认证周期等）、开发批量需求计划、余量需求计划、认证环境资料等。

2. 评估认证需求

评估认证需求是采购计划的第二个步骤，主要包括以下三个环节：

（1）分析开发批量需求。要做好开发批量需求的分析，需要分析需求和掌握物料的技术特征等信息。

开发批量需求可以有不同的分类，按照需求的环节可以分为研发物料开发认证需求和生产批量物料认证需求；按照采购环境可以分为环境内物料需求和环境外物料需求；按照供应情况可以分为可直接供应物料和需要定做物料；按照国界可以分为国内供应物料和国外供应物料等。对于如此复杂的情况，计划人员应该对开发物料需求做详细的分析，必要时还应该与开发人员、认证人员一起研究开发物料的技术特征，按照已有的采购环境进行分类。

综上所述可以看出，认证计划人员需要具备计划知识、开发知识、认证知识等，兼有从战略高度分析问题的能力。

（2）分析余量需求。分析余量需求首先要对余量需求进行分类。余量认证的产生来源：一是市场销售需求的扩大，二是采购环境订单容量的萎缩。这两种情况都导致了目前采购环境的订单容量难以满足用户需求的现象，因此需要增加采购环境容量。对于因市场销售量增加等原因造成的情况，可以通过市场及生产需求计划得到各种物料的需求量及时间；对于因供应商萎缩造成的情况，可以通过分析现实采购环境的总体订单容量与原定容量之间的差别得到各种物料的需求量及时间。这两种情况的余量相加即可得到总的需求容量。

（3）确定认证需求。认证需求是指通过认证手段，获得具有一定订单容量的采购环境，它可以根据开发批量需求及余量需求的分析结果来确定。

3. 计算认证容量

计算认证容量是采购计划的第三个步骤，它主要包括以下四个环节：

（1）分析项目认证资料。分析项目认证资料是计划人员的一项重要事务，不同认证项目的过程及周期也是千差万别的。各种物料项目的加工过程各种各样，非常复杂。作为采购主体的企业，需要认证的物料项目往往只有几种，熟练分析几种物料的认证资料是可能的。企业的物料采购计划人员要尽可能熟悉物料采购项目的认证资料。

（2）计算总体认证容量。在采购环境中，供应商订单容量与认证是两个不同的概念，有时可以相互借用，但存在着差别。在认证供应商时，一般要求供应商提供一定的资源用于支持认证操作，或者只做认证项目。总之，在供应商认证合同中，应说明认证容量与订单容量的比例，防止供应商只做批量订单，不做样件认证。计算采购环境的总体认证容量的方法是把采购环境中所有供应商的认证容量叠加，对有些供应商的认证容量需要加以适当系数。

（3）计算承接认证容量。供应商的承接认证容量等于当前供应商正在履行认证的合同量。一般认为认证容量的计算是一个相当复杂的过程，各种各样的物料项目的认证周期也不相同，一般是计算要求的某一时间段的承接认证容量。最恰当、最及时的处理方法是借助电子信息系统，模拟显示供应商已承接认证量，以便认证计划决策使用。

（4）确定剩余认证容量。某一物料所有供应商群体的剩余认证容量的总和，称为该物料的"认证容量"。计算公式为：

物料认证容量 ＝ 物料供应商群体总体认证容量－承接认证容量

这种计算过程也可以电子化，一般物料需求计划系统不支持这种算法，可以单独创建系统。物料认证容量是一近似值，仅做参考，认证计划人员对此不可过高估计，但它能指导认证过程的操作。

采购环境中的认证容量不仅是采购环境的指标，而且也是企业不断创新、持续发展的动力源。源源不断的新产品问世是认证容量价值的体现，也由此能生产出各种各样的产品新部件。

4. 制定认证计划

制定认证计划是采购计划的第四个步骤,它主要包括以下四个环节:

(1) 对比需求与容量。物料认证需求与供应商对应的认证容量之间会存在差异,如果认证需求量小于认证容量,直接按照认证需求制定认证计划即可;如果认证需求大大超出供应商容量,就要对剩余认证需求制定采购环境之外的认证计划,寻找新的供应环境和新的供应商。

(2) 综合平衡,调节余缺。综合平衡就是指从全局出发,综合考虑生产经营、认证容量、物料生命周期等要素,判断认证需求的可行性,通过调节认证计划来尽可能地满足认证需求,并计算认证容量不能满足的剩余认证需求,这部分剩余认证需求需要到企业采购环境之外的社会供应群体之中寻找容量。

(3) 确定余量认证计划。确定余量认证计划是指对于采购环境不能满足的剩余认证需求,应提交采购认证人员分析结果并提出对策,与之一起确认采购环境之外的供应商的认证计划。采购环境之外的社会供应群体如没有与企业签订合同,那么制定认证计划时要特别小心,并由具有丰富经验的认证计划人员和认证人员联合操作。

(4) 制定认证计划。制定认证计划是认证计划的主要目的,是衔接认证计划和订单计划的桥梁。只有制定好认证计划,才能根据该认证计划做好订单计划。认证物料数量以及开始认证时间的确定方法为:

$$认证物料数量 = 开发样件需求数量 + 检验测试需求数量 + 样品数量 + 机动数量$$
$$开始认证时间 = 要求认证结束时间 - 认证周期 - 缓冲时间$$

(二) 采购订单计划环节

采购订单计划主要包括以下三个环节:准备订单计划、评估订单需求、计算采购订单容量。

1. 准备订单计划

(1) 预测市场需求。市场需求是启动生产供应程序的原动力,要想制定比较准确的订单计划,首先必须掌握客户订单和市场需求计划。对客户订单和市场需求计划进一步分解便得到生产需求计划。企业的年度销售计划一般在上一年的年末制定,并报送至各个相关部门,同时下发到销售部门、计划部门和采购部门,以便指导全年的供应链运转,然后再进行目标分解。

(2) 确定生产需求。生产需求对采购来说可以称为生产物料需求。生产物料需求的时间是根据生产计划而产生的,通常生产物料需求计划是订单计划的主要来源。采购计划人员需要熟知生产计划以及工艺常识,以利于理解生产物料需求。

在 MRP 系统之中,物料需求计划是主生产计划的细化,它主要来源于主生产计划、独立需求的预测、物料清单文件和库存文件。编制物料需求计划的主要步骤包括:决定毛需求;决定净需求;计划订单下达日期及订单数量。

(3) 准备订单环境资料。准备订单环境资料是准备订单计划中的一个非常重要的内容。订单环境是在订单物料的认证计划完毕之后形成的,订单环境资料主要包括:1) 订单物料的供应商消息;2) 订单比例信息,对多家供应商的物料来说,每一个供应商分摊的下单比例称为订单比例,该比例由认证人员产生并给予维护;3) 最小包装信息;4) 订单周期，是指从下单到交货的时间间隔，一般以天为单位。

（4）制定订单计划说明书。制定订单计划说明书是指准备好所需要资料的订单计划，其主要内容包括：订单计划说明书（物料名称、需求数量、到货日期等）、市场需求计划、生产需求计划、订单环境资料等。

准备订单计划的过程如图2—3所示。

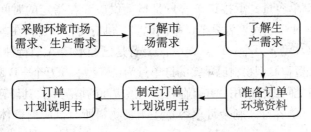

图2—3　准备订单计划的过程

2. 评估订单需求

评估订单需求是采购计划中非常重要的一个环节，只有准确地评估订单需求，才能为计算订单容量提供参考依据，以便制定出好的订单计划。它主要包括以下三个方面的内容：

（1）分析市场需求。制定订单计划需要分析市场需求计划的可信度。因此，我们必须仔细分析市场签订合同的数量、还没有签订合同的数量（包括没有及时交货的合同）等一系列数据，以及其他因素，对市场需求有一个全面的了解，才能制定出一个满足企业远期发展与近期实际需求的订单计划。

（2）分析生产需求。分析生产需求是评估订单需求首先要做的工作，首先要研究生产需求的产生过程，其次分析生产需求量和要货时间。在这里我们不再做详细的阐述。

（3）确定订单需求。根据市场需求和生产需求的分析结果，我们可以确定订单需求。通常来讲，订单需求的内容是指通过订单操作手段，在未来指定的时间内，将指定数量的合格物料采购入库。

评估订单需求的过程如图2—4所示。

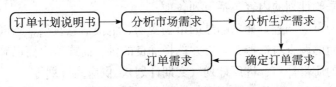

图2—4　评估订单需求的过程

3. 计算采购订单容量

若不能准确地计算订单容量，就不能制定出正确的订单。计算订单容量主要包括以下四个方面：

（1）分析项目供应商资料。对于采购工作来讲，在目前的采购环境中，所要采购物料的供应商信息是非常重要的一项信息资料。如果没有供应商供应物料，那么无论是生产需求还是紧急的市场需求，一切都无从谈起，有供应商的物料供应是满足生产需求和满足紧急市场需求的必要条件。

（2）计算总体订单容量。总体订单容量是多方面内容的组合，一般必须包括两个方面：一是可供给的物料数量，二是可供给物料的交货时间。举一个例子来说明这两方面的结合情况：供应商金城公司在 11 月 30 日之前可供 6 万个特种开关（A 型 3 万个，B 型 3 万个），供应商佳华公司在 11 月 30 日之前可供应 10 万个特种开关（A 型 6 万个，B 型 4 万个），那么 11 月 30 日之前 A 和 B 两种开关的总体订单容量为 16 万个，A 型开关的总体订单容量为 9 万个，B 型开关的总体订单容量为 7 万个。

（3）计算承接订单容量。承接订单容量是指某供应商在指定的时间内已经签下的订单量。承接订单容量的计算过程较为复杂，举例说明：供应商金城公司在本月 18 日之前可以供给 5 万个特种开关（A 型 3 万个，B 型 2 万个），若是已经承接 A 型特种开关 2.5 万个，B 型 1.5 万个，那么对 A 型和 B 型物料已承接的订单量为：A 型 2.5 万个＋B 型 1.5 万个＝4 万个。有时在各种物料容量之间进行借用，并且存在多个供应商的情况下，其计算比较准确。

（4）确定剩余订单容量。剩余订单容量是指某物料所有供应商群体的剩余订单容量的总和。用公式表示为：

物料剩余订单容量＝物料供应商群体总体订单容量－已承接订单量

计算采购订单容量的过程如图 2—5 所示。

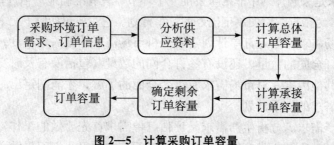

图 2—5　计算采购订单容量

四》 采购计划的内容

采购计划就是对各种采购活动于事先就确定其处理的方法，并依循此方法，完成整个采购任务。因此采购计划的内容包括下列各项：

（1）采购品的市场调查，如采购品的市场变动、情报信息收集、景气变动的预测等。

（2）协作厂商的调查与选择。调查并选择优良的供应商或协力商以确保物料的供应。

（3）采购品的质量计划、进厂计划（交期计划）、供应商计划等。

（4）采购的技术开发，如采购工程、工业工程、价值分析、系统工程等。

相关 链接

某机械公司采购计划作业程序

某机械公司采购计划作业的程序为：

（1）营业部于每年度开始时，提供给主管单位有关各型机种的每季、每月的销售预测。销售预测经会议通过，并配合实际库存量、生产需求量、市场状况，由主管单位编制每月的采购计划。

（2）主管单位将编制采购计划的副本送至采购中心，据以编制采购预算，经会议审核通过，将副本送交管理部财务单位编制每月资金预算。

（3）营业部变更销售计划或有临时销售决策（例如紧急订单）时，应与生产单位和采购中心协商，以便生产单位安排生产日程，采购部门根据采购计划及采购预算进行采购。

任务三 掌握采购预算编制的方法和流程

一》 采购预算的含义

由于受到客观条件的限制和制约，企业所能获得的可分配的资源和资金在一定程度上是有限的。作为企业的管理者必须通过有效地分配有限的资源来提高销售率，以获得最大的收益。一个良好的企业不仅要赚取合理的利润，还要保证有良好的充分的资金流。因此，良好的采购预算既要注重实际，又要强调财务业绩。

（一）采购预算的概念

预算就是一种用数量来表示的计划，是将企业未来一定时期内经营决策的目标通过有关数据系统地反映出来，是经营决策具体化、数量化的表现。

传统采购预算的编制是将本期应购数量（订购数量）乘以各项物料的购入单价，或者按照物料需求计划的请购数量乘以标准成本，即可获得采购金额（预算）。为了使预算对实际的资金调度具有意义，采购预算应以现金基础编制，换句话说，采购预算应以付款的金额来编制，而不是以采购的金额来编制。

采购预算的时间范围要与企业的计划期保持一致，绝不能过长（长于计划期的采购预算没有实际意义，浪费人力、财力和物力）或过短（过短的采购预算则又不能保证计划顺利执行）。

为了使采购预算更具灵活性和适应性，以应对意料之外的不可控事件，企业在编制预算过程中应当尽量做到：

（1）采取合理的预算形式。

（2）建立趋势模型。

（3）用滚动预算的方法，减少预算的失误及由此带来的损失。

（二）编制采购预算的原则

采购预算是采购计划顺利实施的保证。因此，我们前面介绍的影响采购计划的因素也都会影响采购预算。此外，制定采购预算的依据（原则）还有：

（1）实事求是编制采购预算。要重视工作的计划性和预见性，做到心中有数，明确所需采购项目，让采购预算反映单位的真实需求，避免盲目性。

（2）积极稳妥、留有余地地编制采购预算。采购预算的编制应该本着满足顾客和市场需求，但是还需要考虑到一些不可控因素（尤其是宏观环境），适当地增加一定的预算。

（3）比质比价编制采购预算。通过广泛地调查和分析，在保证优质的物料和良好的企业信誉的基础上，以价格趋向低价为原则。

二》 采购预算的编制流程

（一）采购预算与企业经营目标的关系

以制造业为例，通常业务部门的行销计划为年度经营计划的起点，然后制定生产计划。生产计划包括采购预算、直接人工预算及制造费用预算。由此可见，采购预算乃是采购部门为配合年度的销售预测或生产数量，对需求的原料、物料、零件等的数量及成本做翔实的估计，以利于整个企业目标的达成。所以采购预算的编制，必须以企业整体预算为依据。采购预算的编制流程如图 2—6 所示。

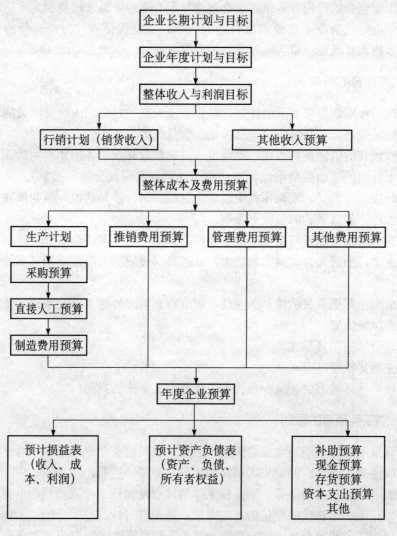

图 2—6 采购预算的编制流程

（二）采购预算编制的操作步骤

采购预算编制的操作步骤具体包括：

（1）审查企业以及部门的目标。预算的最终目的是为了保证企业目标的实现，企业在编制部门预算前首先要审查本部门和企业的目标，以确保它们之间相互协调。

（2）制定明确的工作计划。管理者必须了解本部门的业务活动，明确它的特征和范围，制定出详细的工作计划，从而确定部门实施这些活动所带来的效益。

（3）确定所需的资源。有了详细的工作计划，管理者可以对支出做出切合实际的估计，从而确定为实现目标所需要的人力、物力和财力资源。

（4）提出准确的预算数字。管理者提出的数字应当保证其最大可靠性，可以通过以往的经验做出判断，也可以借助数学工具和统计资料通过科学分析提出方案。

（5）汇总。汇总各部门、各分单位的预算。最初的预算总是来自每个分单位，而后层层提交、汇总，最后形成总预算。

（6）提交预算。预算是关于预计收入和可能支出的动态模型，它反映的是未来的事情，由于外在的环境总是处于不断变化之中，因此必须根据实际情况的变化不断进行修订以确保预算最大限度地贴近现实、反映实际支出。

以上的操作步骤可以用图 2—7 表示。

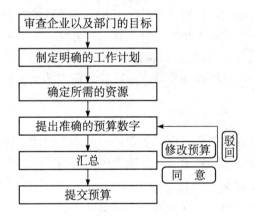

图 2—7　采购预算编制的操作步骤

由于预算总是或多或少地与实际有所差异，因此有必要选定一个误差范围。误差范围的确定可以根据行业的平均水平，也可以根据企业的经验数据，它的主观性很强，同管理者的偏好有很大关系。设定了误差范围以后，管理者应当比较实际支出和预算的差距，以便控制业务的进展。如果支出与估计值达到或超过了允许的范围，就有必要对具体的预算做出建议或必要的修订。采购部门有责任了解其他部门的预算，以确保整个企业购买产品和服务的预算不超限。

三》 编制采购预算的方法

采购预算编制的方法很多，经过长期实践应用，以下几种方法比较常用。

(一) 概率预算

在编制预算过程中，涉及的变量很多，如业务量、价格、成本等。企业管理者不能在编制预算时十分精确地预见到这些因素将来会发生何种变化，以及变化到何种程度，而只能大体估计出它们发生变化的可能性（即概率），从而近似地判断出各种因素的变化趋势、范围和结果，然后对各种变量进行调整，计算出可能值的大小。

利用概率（即可能性的大小）来编制的预算，即为概率预算。概率预算必须根据不同的情况来编制，大体上可分为以下两种情况：

(1) 销售量的变动与成本的变动没有直接联系，这时，可利用各自的概率分别计算出销售收入、变动成本、固定成本的期望值，然后直接计算利润的期望值。

(2) 销售量的变动与成本的变动有直接联系，这时，用计算联合的方法来计算利润的期望值。

(二) 零基预算

传统的调整预算编制方法虽然比较简单，但是原来不合理的费用开支往往会继续存在，造成预算的浪费或者预算的不足。

零基预算是指在编制预算时，对所有的预算项目均不考虑以往的情况，一切以零为起点，完全根据未来一定时期生产经营活动的需要和每项业务的轻重缓急，如实确定每项预算是否有支出的必要和支出数额大小的一种预算编制方法。

零基预算的编制方法与传统的预算编制方法截然不同。它在确定任何一项预算时，完全不考虑前期的实际水平，只考虑该项目本身在计划期内的重要程度，它以零为起点确定预算的具体数据。

零基预算的编制方法，大致可分为以下三步：

(1) 拟订预算目标。各相关部门根据企业目标和本部门的具体任务，逐一考证可能发生的费用项目支出的必要性和需要额，对各项费用项目编写出方案。

(2) 进行成本—效益分析。由企业的主要负责人、总会计师等人员组成的预算委员会，负责对各部门提出的费用项目进行成本—效益分析。

这里所说的成本—效益分析，主要是指对所提出的每一个预算项目所需要的经费和所能获得的收益进行计算、对比，根据对比的结果来衡量和评价各预算项目的经济效益，然后，权衡其重要性，列出各个项目的先后次序。

(3) 按照上一步所确定的结果，结合计划期内可动用的资金来源，分配资金，落实预算。

零基预算的特点是一切费用预算额以零为起点，不受现行预算框架的束缚，能充分调动各级管理人员的主观能动性，促进各级管理人员精打细算、量力而行，把有限的资金切实用到最需要的地方，以保证整个企业的良性循环，提高整体的经济效益。但该采购预算的编制方法中一切支出均以零为起点进行分析、研究，因而工作量大，而且，一个企业把许许多多不同性质的业务按照其重要性进行排序很困难，不可避免地会带有某些主观随意性。因此，在实际预算工作中，可以若干年进行一次零基预算，以后几年内则略作适当调整。目前，我国大多数企业的费用开支浪费很大，因此，在做预算时可以考虑使用这种方法。

（三）弹性预算

弹性预算又称变动预算，它是指在编制预算时，考虑到计划期间的各种可能变动因素的影响而编制出的一套适应多种业务量的预算。由于这种预算随着业务量的变化而做出相应的调整，具有伸缩性，因此称作弹性预算。

编制弹性预算，首先要确定在计划期内业务量的可能变化范围。在具体编制工作中，对一般企业而言，其变化范围可以确定在企业正常生产能力的 $70\%\sim110\%$ 之间，其间隔取为 5% 或 10%，也可取计划期内预计的最低业务量和最高业务量为其下限和上限。

其次，要根据成本形态，将计划期内的费用划分为变动费用和固定费用。在编制弹性预算时，固定费用在相关范围内不随业务量的变动而变动，因而不需要按照业务量的变动来进行调整。而对变动费用，则要按照不同的业务量水平分别进行计算。

弹性预算一般用于编制弹性成本预算和弹性利润预算，弹性利润预算是对计划期内各种可能的销售收入所能实现的利润所作的预算，它以弹性成本预算为基础。

（四）滚动预算

滚动预算的理论根据是：企业的生产经营活动是延续不断的，因此，预算也应该全面地反映这一延续不断的过程。另外，现代企业的生产经营活动是复杂的，随着时间的推移，它将产生难以预料的结果。滚动预算在执行过程中可以结合新的信息，对其不断进行调整与修订，使预算与实际情况能更好地相适应，有利于充分发挥预算的指导和控制作用。

滚动预算又称连续预算，其主要特点是预算期随着时间的推移而自行延伸，始终保持一定的期限（通常为一年）。当年度预算中某一年度（或月份）预算执行完毕后，就根据新的情况进行调整和修改后几个季度（或月份）的预算。

编制采购预算的各种方法原理不一样，因而各自有不同的特点。企业应根据几种方法的不同特点和自身的条件及所处的外部环境选择合适的预算方法。如果企业处于初创期或者成长期，市场份额和产品市场价格不稳定，则应选择弹性预算；反之，市场稳定的企业，采用固定预算方法更合适；如果企业的预算水平高，则可以选择滚动预算或零基预算；预算水平低的企业，则可以选择简单的固定预算。

四 》 编制采购预算应注意的问题

编制采购预算的目的是增强采购的科学性，提高企业经济效益。为了实现这一目标，编制采购预算应注意以下问题：

（1）信息收集要全面。编制采购预算前要进行深入的市场调研，广泛收集相关信息，包括采购价格、采购市场供求、采购环境等，并且要加工整理这些信息，作为编制采购预算的参考。这样会使采购预算更富有弹性，更能发挥其控制作用。

（2）选择方法要合理。应详尽地制定切实可行的采购预算编制流程，不断修改预算方法以及预算执行情况的分析监管方法等。这样会使采购预算更具科学性。

（3）假设条件要恰当。必须设定必要的假定，使采购预算建立在一些未知而又合理的假定因素之上，以利于采购预算顺利进行。例如，对现金支出进行预算时，要事先假定商品价格的未来走向。这样会使采购预算更具合理性和可行性。

（4）预算结果要量化。每项预算应尽量具体化、数量化。每一个环节、每一个步骤，都应该用具体的数量来表示。这样有利于对采购预算进行审核，体现出其准确性。

（5）参与主体应广泛。应鼓励各方积极参与采购预算编制工作，采购预算部门应配合企业的总体生产经营预测，对所需商品数量按照成本进行估计，这项工作涉及企业各个方面，只有企业各个方面的参与，才能体现采购预算实际的应用价值。与其他部门配合有利于采购预算的科学性和可行性的提高。

相关 链接

某公司采购预算编制办法

1. 编制材料预算除按照本公司预算制度外，还应该依照规则的规定。

2. 材料预算分为用料预算和采购预算。用料预算按用途分为营业支出预算和资本支出用料预算。

3. 用料预算按编制期间分为年度用料预算和分期用料预算。

4. 年度用料预算编制程序如下：

（1）用料部门依据营业预算及生产计划编制"年度用料预算表"（特殊用料应预估材料价格），经主管科长核定后，送企划科汇编"年度用料总预算表"并转工厂会计部。

（2）凡属委托保全修缮的工作，全部由保全部按用料部门计划代为编列预算，并通知用料部门。

（3）材料预算最后审定后，由总务科仓运部严格执行，如需核减，应由一级主管召集科长、组长、领班研究分配后核定，由企划科通知各用料部门重新编列预算，其属于自行修配委托的，按本条第（2）款的规定办理。

（4）用料部门用料超出核定预算时，由企划科通知总务科仓运部。用料部门超出数在10％以上时，应由用料部门提出书面报告转一级主管核定后处理。

（5）用料总预算超出10％时，由企划科通知仓运部说明超出原因并呈请核实，并办理追加手续。

5. 分期用料预算由用料部门编制，凡属委托修缮的工作，保全部按用料部门计划分别代为编制"用料预算表"，经一级主管核定后送企划科转送仓运部。

6. 资本支出用料预算，由一级主管根据工程计划，通知企划科按前条规定办理。

7. 购料预算的编制程序如下：

（1）年度购料预算由企划科汇编并呈审核。

（2）分期购料预算由仓运部视库存量、已购未到数量及财务状况编制"购料预算表"，会同企划科送呈审核转公司财务会议审议。

8. 经核定的分期购料预算，当期未动者，不得保留。其确有需用者，应于下期补列。

9. 资本支出用料预算，年度有一部分未动用或全部未动用者，未动用部分不得保留，视情况应在次年补列。

　　10. 未列预算的紧急用料，由用料部门领用料后，补办追加预算。

　　11. 用料预算除由用料部门严格执行外，还应由仓运部及企划科加以配合控制。

思考 练习

　　1. 简述采购需求预测在采购供应中的重要性和应注意的问题。

　　2. 简述采购需求预测的过程和方法。

　　3. 如何编制采购计划？

　　4. 如何制定采购认证计划？

　　5. 如何制定采购订单计划？

　　6. 编制采购预算的含义是什么？

　　7. 编制采购预算的方法有什么？

　　8. 简述弹性预算、滚动预算、概率预算的含义及优点。

　　9. 简述编制采购预算的操作步骤。

【演练提高】

　　参观所在地的某一企业，可以借助网络，在充分了解该企业的基础上，试着为该企业编制一份采购计划和采购预算方案（在老师的指导下进行，完成后比较谁的方案做得较好）。

项目二 供应商的选择与管理

某家电子企业开始拓展全球市场，全球的采购比重逐年增加，因此成立了集中采购组织。但是，该企业很快发现集中采购组织和分散在各地区工厂的分散采购常常存在责任不清的问题。而且，在过去三年的供应商合格清单中，供应商数量每年都在不断增加。

供应商数量不断增加意味着该企业的采购系统没有建立起供应商的优胜劣汰机制，对供应商群体存在很大的依赖性。电子制造商需要建立科学的供应商绩效评估管理体系，以提升供应商的竞争优势。供应商数量逐年增加，势必造成采购谈判筹码的减弱和供应商管理成本的增加，而且，如果要与供应商建立更加紧密的伙伴关系，企业必须对供应基础进行不断更新和优化。

本部分主要讨论如何对供应商进行评估，从而为企业选择合适的业务合作伙伴。与最合适的供应商进行交易对企业来讲至关重要，尤其是那些对企业运营起关键作用或者供应风险或成本支出很高的采购品项的供应商。了解如何识别这类供应商并评估他们相应的能力以及他们与企业进行交易的积极性，将会为企业发展长期高效的供应商关系奠定稳固的基础。

【学习目标】

知识目标
- 掌握供应商调查与开发的步骤
- 理解双赢供应商关系管理的内涵
- 掌握供应商的考评指标

技能目标
- 熟悉供应商选择的一般步骤与方法
- 熟悉供应商审核的分类，掌握供应商审核的方法

任务一 供应商的调查与开发

一》供应商调查

供应商是指可以为企业生产提供原材料、设备、工具及其他资源的企业，可以是生产企业也可以是流通企业。供应商管理，就是对供应商的了解、选择、开发、使用和控制等综合性管理工作的总称，是采购管理中最关键的工作之一。

供应商管理的首要工作就是要了解供应商,了解资源市场。要了解供应商的情况就要进行供应商调查。

供应商调查,在不同的阶段有不同的要求。第一阶段是初步供应商调查,第二阶段是资源市场调查。

(一)初步供应商调查

初步供应商调查是对供应商的基本情况的调查,主要是了解供应商的名称、地址、生产能力、能提供什么产品、能提供多少、价格如何、质量如何、市场份额有多大、运输进货条件如何等。

1. 初步供应商调查的目的

初步供应商调查的目的是为了了解供应商的一般情况。而了解供应商一般情况的目的,一是为选择最佳供应商做准备,二是为了了解掌握整个资源市场的情况,因此供应商管理的首要工作就是了解供应商,了解资源市场。

2. 初步供应商调查的特点

初步供应商调查的特点:一是调查内容浅,只要了解一些简单的、基本的情况;二是调查面广,最好能够对资源市场中所有供应商都有所调查、有所了解,从而能够掌握资源市场的基本状况。

3. 初步供应商调查的方法

初步供应商的调查,一般可以采用访问调查法,通过访问有关人员而获得信息例如,可以访问供应商市场部的有关人员,或者访问有关用户、有关市场主管人员,或者其他的知情人士。通过访问建立起供应商卡片,如表2—3所示。

表2—3   供应商卡片

企业基本情况	名称					
	地址					
	营业执照号		注册资本			
	联系人		部门、职务			
	电话		传真			
	E-mail		信用度			
产品情况	产品名	规格	价格	质量	可供应量	市场份额
运输方式		运输时间		运输费用		
备注						

供应商卡片的建立是采购管理的基础工作。我们在采购工作中,经常要选择供应商,可以利用供应商卡片来进行选择。当然,供应商卡片也要根据情况的变化,经常进行维护、修改和更新。

在实行了计算机信息管理的企业中,供应商管理应当纳入计算机管理之中。把供应商卡片的内容输入到计算机中,利用数据库进行操作、维护和利用。计算机有处理速度快、计算量大、储存量大、数据传递快等优点，利用计算机进行供应商管理有很多的优越性，它不但可以很方便地储存、增添、修改、查询和删除，而且可以很方便地统计、汇总和分析，实现不同子系统之间的数据共享。

（二）资源市场调查

1. 资源市场调查的内容

初步供应商调查是资源市场调查的内容之一，但资源市场调查不仅只是供应商调查，还应包括以下一些基本内容：

（1）资源市场的规模、容量和性质。例如，资源市场究竟有多大范围？有多少资源量？多少需求量？是卖方市场还是买方市场？是完全竞争市场还是垄断竞争市场？是一个新兴的、成长的市场还是一个陈旧的、没落的市场？

（2）资源市场的环境。例如，市场的管理制度、法制建设、规范化程度，市场的经济环境、政治环境等外部条件，市场的发展前景等。

（3）资源市场中各个供应商的情况。把我们前面进行的初步供应商调查所得到的众多供应商的调查资料进行分析，就可以得出资源市场自身的基本情况，例如，资源市场的生产能力、技术水平、管理水平、可供资源量、质量水平、价格水平、需求状况以及竞争性质等。

资源市场的调查目的，就是要进行资源市场分析。资源市场分析，对于企业制定采购策略以及产品策略、生产策略等都有很重要的指导意义。

2. 资源市场分析的内容

我们可以从对供应市场的分析开始，比如：

（1）要确定资源市场是紧缺型市场还是富余型市场，是垄断性市场还是竞争性市场。对于垄断性市场，我们将来应当采用垄断性采购策略；对于竞争性市场，我们应当采用竞争性采购策略，例如采用投标招标制、一商多角制等。

（2）要确定资源市场是成长型市场还是没落型市场。如果是没落型市场，则我们要趁早准备替换产品，不要等到产品被淘汰了再去开发新产品。

（3）要确定资源市场总的水平，并根据整个市场水平来选择合适的供应商。通常我们要选择的是在资源市场中处于先进水平的供应商、产品质量优而价格低的供应商。

这种分析方法可以帮助公司识别和评价潜在供应市场，以及存在的风险和机会。通过对供应市场进行细分以确定最适合公司需要的细分市场（例如，国家、技术专利或供应渠道等方面）。通过分析，可以使公司只集中研究最有希望的细分市场，进而更容易找到最适合的供应商，这样可以使公司节省大量的时间和精力。

应当注意的是，我们应该把寻找供应商的努力的重点放在具有最高优先级别的采购品项上。根据采购需求识别出一系列令公司满意的潜在供应商是很重要的。如果选出的供应商数量很少，那么就有可能丧失供应商之间竞争可能给公司带来好处的机会；反之如果选出的供应商数量过多，公司又将在供应商评估过程中花费过多的时间和精力。

二》 深入供应商调查与开发

(一) 深入供应商调查的概念

深入供应商调查,是指对经过初步调查后,针对准备发展为自己的供应商的企业进行的更加深入仔细的考察活动。这种考察要深入到供应商企业的生产线、各个生产工艺、质量检验环节甚至管理部门,对现有的设备工艺、生产技术、管理技术等进行考察,看看所采购的产品能不能满足本企业的生产工艺条件、质量保证体系和管理规范要求。有的甚至要根据所采购产品的生产要求,进行资源重组以及样品试制,试制成功以后,才算考察合格。只有通过这样深入的供应商调查,才能发现可靠的供应商,建立起比较稳定的物资采购供需关系。

进行深入的供应商调查,需要花费较多的时间和精力,调查的成本高,并不是所有的供应商都需要进行这样的调查,只有下述情况才需要进行深入供应商调查。

1. 准备发展成紧密关系的供应商

例如在进行 JIT 采购时,要求供应商的产品准时、免检、直接送上生产线进行装配。这时,供应商已经成了企业的一个生产车间。如果我们要选择这样紧密关系的供应商,就必须进行深入的供应商调查。

2. 寻找关键零部件产品的供应商

如果我们所采购的是一种关键零部件,特别是精密度高、加工难度大、质量要求高,在我们的产品中起核心功能作用的零部件产品,我们在选择供应商时,就需要特别小心,要进行反复认真地深入考察审核,只有经过深入调查证明确实能够达到要求时,才确定发展它为我们的供应商。

除以上两种情况外,对于一般关系的供应商,或者是非关键产品的供应商,一般可以不必进行深入的调查,只要进行简单初步的调查就可以了。

(二) 深入供应商调查的分阶段工作

对初步调查分析合格,被选定为备选供应商的 1～3 家供应商,要采取深入调查。深入调查分三个阶段:

(1) 送样检查。通知供应商生产一批样品,随机抽样检查。检查合格进入第二阶段,检查不合格,允许再改进生产一批送检,抽检合格也可以进入第二阶段。抽检不合格,供应商落选,到此结束。

(2) 考察生产工艺、质量保障体系和管理体系等生产条件是否合格。合格者中选供应商,到此结束。不合格者不进入第三阶段。

(3) 生产条件改进考察。愿意改进并限期达到了改进效果者中选,不愿意改进或愿意改进但在限期内没有达到改进效果者落选。深入调查阶段结束。

(三) 供应商的开发

所谓供应商的开发即指在对供应商进行深入调查的基础上,进行价格谈判并逐步建立起适合于企业需要的供应商队伍。

对送样或小批量合格的产品、材料，要评定品质等级，并进行比价和议价，计算性价比。进行价格谈判的指导思想是，要合理，要"双赢"，自己不要吃亏，也不让供应商吃亏，要考虑长远合作。大家都不吃亏，才能得到共同发展，才会有共同的长远合作和长远利益。要实事求是地进行计算，求出一个合理的价格。

价格谈判成功以后，就可以签订试运作协议，进入物料采购供应试运作阶段。试运行阶段根据情况可以是 3 个月至 1 年不等。

一批适合于企业需要的供应商是企业的宝贵资源。供应商适时适量地为企业提供物料供应，保证企业生产和流通的顺利进行，是企业最大的需要。军队打仗需要粮草，企业生产需要物料，供应商就相当于企业的后勤队伍。供应商开发和管理实际上就是企业后勤队伍的建设。

供应商开发是一个很重要的工作，同时也是一个庞大复杂的系统工程，需要精心策划、认真组织。

任务二　供应商的选择与评估

一》 供应商的筛选

供应商的整个选择与管理工作过程是非常复杂和费时的，尤其是供应风险和费用支出都很高的关键型采购品项的供应商的选择与管理工作。很明显，企业不可能对众多供应商都进行这样的评估。因此，在着手进行更全面分析之前，应尽量将所有不可能满足企业采购需要的供应商剔除。相应的，如果正在采购的是常规型产品，那么将会出现大量的潜在供应商。但是，由于这类采购品项的风险和支出都很低，不值得企业花费大量的精力，因此，可只对其中的一小部分进行评估。快速地将大部分不符合要求的供应商剔除，只保留供最后选择的候选供应商，这样企业就可以非常快速地完成评估工作。

简而言之，供应商筛选的目的是：快速确定供应商是否值得被全面评估，以免在根本不可能被选中的供应商身上浪费时间；在适当的情况下，将被评估的供应商数量降低到便于管理的数量。

供应商筛选过程中很重要的一点是，选择那些所需相关信息很容易获得的筛选标准。从这一点来说，企业必须认识到供应商筛选不是一个一次性的过程。相反，企业很可能首先根据一系列的标准和信息进行第一轮筛选，然后再进行第二轮或第三轮筛选。每一次筛选，都应该挖掘出一些更深入的信息源，同时扩展筛选标准以包含更多其他因素。

在完成了一个或几个阶段的筛选工作后，就可以获得一个有限数量的供应商名单，这些供应商将是企业进一步进行全面评估的对象。

二》供应商选择与评估的管理流程

选择供应商，就是要求供应商能在持续满足预先设定的质量标准的前提下，保证按时供货。评估供应商，就是根据精心制定的质量和交货标准，对供应商进行有规律的科学评价。供应商的选择和评估系统，其理想的状态是：供应商业绩衡量是个连续的过程，结果将被反馈到供需双方的管理层，以识别做出不断改进的机会并付诸实施。

事实上，随着供应链价值日益被肯定，供应商的数目已日趋少数化，即单源供应；需求方与供应商的关系已由传统的短期买卖关系发展到今天的长期双赢合作；企业与供应商的沟通不再局限于企业采购部门与供应商销售部门之间的局部沟通；选择与评估供应商已不再只凭采购人员的经验，而是凭借完整科学的程序、流程与规章。

与供应商双赢，就是与供应商建立长期友好、互惠互利的合作伙伴关系，从某种程度上讲，就是要把注意力放在整条供应链上，而不只是内视自身的成本与利益，有时还得暂时忘却自我，站在一个比较客观的角度去耐心地了解供应商，而不是把自己的意见强加给供应商。

综观国内外成功企业在对供应商的调查选择与考核评估方面的实践，不难发现它们基本上都是按如图 2—8 所示的作业流程来加强对供应商的管理的。

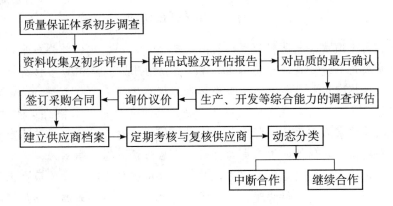

图 2—8 供应商选择与评估的管理流程

首先对供应商的质量保证体系进行初步调查，主要包括其体系的完整性、有效性和员工的参与程度。比如有没有健全的品管部门，品控人员的职责是否清晰，有没有完整详尽的品质评审记录，是否定期进行品质评审工作，品控人员是否经过严格培训上岗、是否积极主动参与评审工作等。

然后对供应商的生产、开发等综合能力进行深一步的调查评估，主要包括对供应商的现场生产管理能力、设计开发能力、生产工艺技改能力、对不合格品的控制能力，以及采购、储运管理能力等项目的综合调查评估。比如：

（1）生产现场是否进行自检、首检、互检、巡检；

（2）主要工序有没有简洁而实效的作业指导书或规程书；

（3）是否有详尽记录和封样样品说明其有独立或合作设计开发产品的能力；

（4）有没有专职技改人员对其生产工艺和流程进行分析研究和改进，如是否制作了更有效的工具，是否对不合格品进行了标识、隔离、记录、评审和及时处理；

(5) 对采购物料是否进行了 ABC 分类管理；

(6) 对不同的供应商是否定期进行有针对性的评审与记录；

(7) 是否有一整套严格的进货检验控制制度；

(8) 检验人员是否尽职，仪校设备是否精密；

(9) 是否定期进行盘点，账、卡、物是否相符；

(10) 仓储是否整洁有序，运输是否按时保质。

最后定期考核与复核供应商，主要依照市场需求的变化情况，从价格、品质、交货、协调等方面对供应商进行定性与定量的考核评估，其中比较关键的指标有：退货率与逾期率。考核完以后，还要进行动态分类。因为一次考核只是某个时间点的静态结果，随着时间的变化，供应商的情况也会有变化，所以要连续考核，进行动态分类。动态分类也有两个结果：继续合作或中断合作。

为了能与合格的供应商建立长期双赢的合作伙伴关系，有时还须定期或不定期到供应商处进行监督检查（这时需要供应商的陪同），或设监督点对关键或特殊工序进行监督控制。

相关 链接

非凡有限公司选择供应商

非凡有限公司是组成嘉利物料处理公司的三家公司之一。艾丽是公司采购代表，她和她的伙伴们负责公司制造业构成中价值 170 000 美元的采购。其中管形材料是一种标准材料，如果不符合规格会引起设备故障，造成昂贵的组装线停工。

吉通公司是非凡有限公司现有的供应商，是过去十年来非凡有限公司的供应商之一。在 JIT 模式中，采购者密切关注实际交付，即对交付绩效进行评价。对艾丽而言吉通公司是一个值得信赖的供应商伙伴，因为吉通公司在产品质量方面值得信赖，送货承诺做得很好。在对吉通公司的执行监督跟踪系统中，对于交付承诺与实际接收的历史记录中，只有一次产品退回的记录，但是也很快改正了，所以艾丽认为该公司能够提供预期的绩效。吉通公司的销售代表陈立在同艾丽的私人交往中，经常询问关于非凡有限公司的材料需求情况，他们的理念是致力于价值创造和提高买主满意度。

在现代采购理念中，库存的成本很高，许多系统正在逐渐减少库存。公司一般都会选择离厂房很近的供应商，以尽量短的时间间隔直接把物品交付到使用地点。JIT 库存管理计划的使用，革新了所有库存的制造思想。供应商吉通公司对采购的及时观察和反馈节省了非凡有限公司相当大一笔金额。这体现了在现代采购管理中，供应商可以承担采购商的库存控制任务。在案例中吉通公司实际上代替非凡有限公司执行了仓储职能。

现在，非凡有限公司在采购 170 000 美元管形材料的新一轮订单中遇到了一些突如其来的问题。根据公司的年度报告，嘉利公司受到了市场价格下跌的诸多影响，因此采取降低成本的措施对公司来讲是至关重要的。在这期间，公司希望能够成功地降低采购成本，实施一套集中采购的订货系统。集中采购可以使采购更加专业化，获得折扣或降低运费。如果供应商承接采购方的全部业务，供应商会更加积极合作，更愿意做好。

现在在分公司需要的 170 000 美元管形材料的来源中，又有了一个新的可供选择的供应商——金鑫公司。艾丽对金鑫公司了解甚少，之前没有过任何交易记录，但是金鑫公司提供的管形材料能够为公司削减成本。

面对如此现状，艾丽应该何去何从？是选择熟悉的吉通公司还是选择承诺提供质优价低产品的金鑫公司呢？

通过表 2—4，我们能清楚看到对当前供应商的评价标准。

表 2—4 供应商的评价标准

最高等级	无须催货而准时交付
	要求的日期通常都能接受
良好	无须进一步确认而保证装运日期
	一般也能接受对方要求交付的日期
一般	装运日期有时拖延需要进行确认
不满意	装运通常会拖延，很少遵守交付承诺，经常需要催货

采购者需从质量、价格、支付、服务等方面追踪考察供应商绩效。对吉通公司的三年跟踪表明它是一个值得信赖的公司。在采购代表和供应商代表的私下接触中，也会对供应商做出相应的评价。例如在本例中，艾丽认为吉通公司有一个良好的供应商制度，而且其销售代表曾在拜访中就一件不相关组件的库存过低问题而建议发出订单。这一系列行为为吉通公司在诸多供应商中赢得了更多的青睐。

在风险评估中，人们更愿意接受曾经有过良好接触的供应商。因为这样在无形中规避了一定的风险。在现代采购管理中，人们更倾向于选择单一的长期供应商，人们对物料需求、JIT 生产、战略性供应商等越来越感兴趣。在整个供应商的选择过程中，普遍认为供应商的管理能力和财务状况是最为关键的因素。

对从本地选优的原则上讲，案例中的两个供应商都是符合要求的，这样就更增加了选择的难度。由于先前与吉通公司的长期稳定的合作关系，使吉通公司有了一定的优势，同时他能够提供很有价值的、非常出色的产品和服务。因此选择吉通公司安排交付会容易得多，这样我们选择吉通公司作为最后的供应商是十分合乎情理的，也是十分恰当的。

这样一来是不是会质疑我们是用感情代替理性的选择呢？

虽然双方在多年的交易过程中建立了深厚的友谊，但我们可以知道在供应商更换了代表之后，这种关系依然很稳定。这足以说明这种关系并不仅仅限于私人的关系，而是一种商业利益的关系。实际上，只有当供应商更能满足采购方需求，更能在设备、技术、财力等方面优于其他的对手的情况下，才能维持这种稳定的关系，所以说感情因素是绝对不能代替理性的。

对于在案例中这样两个供应商的调查选择与评估，我们是应该选择单个供应商还是多个供应商呢？在公司急剧压缩采购成本时，更倾向于集中采购，也就是说使用单一的供应源已经成为一种发展趋势。在会议中艾丽应该决定继续与老伙伴吉通公司合作。确定更亲密的合作关系并不代表使供应商更依赖于采购者，而是同时能够给企业取得良好的效果。良好的企业采购管理能够推动企业发展，增加企业的最终利润。

资料来源：http://nala4585.spaces.live.com。

三》 供应商的评估

(一) 审核分类

对于供应商管理过程来说，供应商的审核既可以局限在产品层次、工艺过程层次，也可以深入到质量保证体系层次，甚至到供应商的整体经营管理体系层次。

1. 产品层次

产品层次的审核主要是确认供应商的产品质量，必要时还可以要求供应商改进产品质量以符合企业的要求。具体的审核实施办法有正式供应前的产品标准件试制检验，以及供货过程中的来料质量检验。

2. 工艺过程层次

一般说来，工艺过程层次的审核主要针对那些质量水平对生产工艺有很强依赖性的产品。为保证供货质量的可靠性，采购方往往必须深入到供应商的生产现场了解其工艺过程，确认其工艺水平、质量控制体系以及相应的设备设施能力是否能够满足产品的质量要求。

3. 质量保证体系层次

质量保证体系层次的审核是针对供应商整个质量体系和过程而进行的。我们通常会选择ISO9000标准或者其他更适合企业自身的质量体系标准作为参考标准。

4. 供应商的整体经营管理体系层次

供应商的整体经营管理体系层次的审核是对供应商进行审核的最高层次，它不仅要考察供应商的质量体系，还要审核供应商的经营管理水平、财务与成本控制水平、计划制造系统、信息系统和设计工程能力等。

在实际情况中，对于那些普通型的供应商，采购方一般只限于前两个层次即产品层次和工艺过程层次的审核。但是，如果采购方要挑选合作伙伴，情况就大不一样了，特别是那些管理严格、技术先进的国际大公司，它们通常都会大量采用后两个层次，即通过质量保证体系层次和供应商的整体经营管理体系层次的审核来评估供应商。

(二) 审核方法

供应商的审核方法，无外乎主观和客观两种。我们通常所说的主观法就是采购方根据个人的印象和以往的经验对供应商进行评判，评判的依据也十分笼统，都是一些质化指标。而客观法则是依据采购方事先制定的标准或原则对供应商相应的情况进行量化的考核和审定。客观法又可以具体分为调查表法、现场打分评比法、供应商绩效考评法、供应商综合审核法以及总体成本法等。

1. 调查表法

所谓调查表法就是先将准备好的标准格式的调查问卷发给不同的供应商填写，而后收回进行比较的方法，常用于招标、询价以及需对供应商情况进行初步了解等。但有些供应商为了突出自己或获得订单，并不如实回答问卷，从而使获得的信息失真，因此这种方法并不完善。

2. 现场打分评比法

现场打分评比法是指预先准备好一些问题并格式化，而后组织有关人员到现场进行核查和确认。同调查问卷相比，这种方法获得的信息更加真实有效。

3. 供应商绩效考评法

供应商绩效考评是指对已经供货的现有供应商的供货及时性、质量、价格等进行跟踪、考核和评比。

4. 供应商综合审核法

供应商综合审核是针对供应商公司层次组织的包括质量、工程、企划、采购等专业人员参与的全面审核，它通常需要将问卷调查与现场打分结合起来进行。

5. 总体成本法

总体成本法是一种耗资巨大但却十分有效的方法。该方法的着眼点是降低供应商的总体成本从而达到降低采购价格的目的。它需要供应商的通力合作，由采购方组织强有力的综合专家团队对供应商的财务及成本进行全面又细致的分析，找出可以降低采购成本的方法并要求供应商付诸实施并改进，改进后的收益则由双方共享。少数跨国公司曾使用总体成本法来降低成本并借此提升供应商的综合管理水平。

（三）供应商考评范围

供应商考评是对现有供应商的日常表现进行定期监控和考核。传统上，虽然我们一直在进行供应商的考评工作，但是一般都只是对重要供应商的来货质量进行定期检查，没有一整套的规范和程序。随着采购管理在企业中的地位越来越重要，供应商的管理水平也在不断上升，原有的考评方法已不再适应企业管理需求。

1. 考评对象

供应商考评是对已经通过认证的、正为企业提供服务的供应商进行的绩效考核。其目的是了解供应商的表现，促进供应商提升供应水平，并为供应商奖惩提供依据。由于供应商考评也要耗费企业的人力和物力，因此为了节约企业资源，避免不必要的浪费，只需选择企业认为对其产品质量有重要影响的供应商，如伙伴型供应商、优先型供应商等。如果管理成熟，供应商考评可以每月进行一次，但我们必须牢记进行考评的目的是为了提升供应商绩效，保证企业供应的稳定，因此，须将考评结果及时通知该供应商以督促他们加以改进。

2. 考评准备

供应商考评是一个十分烦琐而又必须尽量公正、完备的事情。如果考评做不到公正就会引发供应商的不满，其结果将适得其反。因此要实施供应商考评，就必须制定供应商考评的一整套严格完整的工作程序，有关部门或人员严格依据考评程序实施。实施过程中要对供应商的表现，如质量、交货、服务等进行监测记录，为考评提供量化依据。一般认为供应商考评的准备工作主要有以下几步：

（1）设定考评准则，考评准则应体现跨功能原则；

（2）设定考评指标，考评指标要明确、合理，与公司的大目标保持一致；

（3）确定考评的具体步骤并文件化；

（4）选择要进行考评的供应商，将考评做法、标准及要求同相应的供应商进行充分沟通；

（5）成立考评小组，小组成员要包括采购员、品质员、企划员、仓管员等。

3. 考评范围

不同企业的生产范围不同，供应商供应的商品也就不同。因此针对供应商表现的考评要求不相同，相应的考评指标设置也不一样。一般来讲，最简单的做法就是衡量供应商的交货质量和及时性，这是最好衡量和评定的，而且不需要花费大量的时间和精力，只需在每次进货时做好记录即可。较先进的供应商考评系统则要进一步扩展到供应商的支持与服务、供应商参与本公司产品开发的表现等，也就是把考评订单、交单实现过程延伸到产品开发过程。下面是大型跨国公司对供应商进行考评的过程：

（1）确定供应商考评范围；

（2）制定考评文件，文件内容应包括考评什么、何时考评、怎样考评、由谁考评等；

（3）根据事先确定的考评指标和收集的数据，通过信息系统自动计算考评结果；

（4）组织供应商会议，跟进相应的改善行动；

（5）设定明确的改进目标。

（四）供应商考评指标

虽然供应商的考评指标很多，但是归纳起来包括四大类：供应商质量考评指标、供应商供应考评指标、供应商经济考评指标以及供应商支持、合作与服务考评指标。

1. 质量指标

质量是用来衡量供应商的最基本的指标。每一个采购方在这方面都有自己的标准，要求供应商遵从。供应商质量指标主要包括来料批次合格率、来料抽检缺陷率、来料在线报废率、来料免检率等，现分别叙述如下：

$$来料批次合格率＝（合格来料批次/来料总批次）×100\%$$

$$来料抽检缺陷率＝（抽检缺陷总数/抽检样品总数）×100\%$$

$$来料在线报废率＝［来料总报废数（含在线生产时发现的）/来料总数］×100\%$$

$$来料免检率＝（来料免检的种类数/该供应商供应的产品总种类数）×100\%$$

其中，以来料批次合格率最为常用。此外，也有一些公司将供应商质量体系、供应商是否使用以及如何运用 SPC（统计过程控制）于质量控制等也纳入考核。例如，如果供应商通过了 ISO9000 质量体系认证或供应商的质量体系审核达到某一水平则为其加分，否则不加分。还有一些公司要求供应商在提供产品的同时也要提供相应的质量文件，如过程质量检验报告、出货质量检验报告、产品成分性能测试报告等，并按照供应商提供信息是否完整、是否及时给予考评。

2. 供应指标

供应商的供应指标又称企业指标，是同供应商的交货表现以及供应商企划管理水平相关的考核因素，其中最主要的是准时交货率、交货周期、订单变化接受率等。

（1）准时交货率。计算公式如下：

$$准时交货率＝（按时按量交货的实际批次/订单确认的交货总批次）×100\%$$

（2）交货周期。交货周期是指自订单开出之日到收货之时的时间长度，一般以天为单位来计算。

（3）订单变化接受率。订单变化接受率是衡量供应商对订单变化反应灵敏度的一个指标，是指在双方确认的交货周期中供应商可接受的订单增加或减少的比率。计算公式如下：

订单变化接受率＝（订单增加或减少的交货数量/订单原定的交货数量）×100%

值得注意的是，供应商能够接受的订单增加接受率与订单减少接受率往往并不相同，其原因在于前者取决于供应商生产能力的弹性、生产计划的安排、库存大小与状态（原材料、半成品或成品）等，而后者则主要取决于供应商的反应、库存（包括原材料与在产品）大小以及对订单减少带来的可能损失的承受力。

此外，有些公司还将本公司必须保持的供应商供应的原材料或零部件的最低库存量，供应商的企划体系水平，供应商所采用的信息系统，以及供应商是否同意实施"及时供应"等也纳入考核。

3. 经济指标

供应商考核的经济指标主要包括采购价格与成本。同质量指标与供应指标不同的是，质量与供应考核按月进行，而经济指标则常常按季度考核；另一个不同是，经济指标往往都是定性的，难以量化，而前两者则是量化的指标。经济指标的具体考核点：

（1）价格水平。企业可以将自己的采购价格同本公司所掌握的市场行情进行比较，也可以根据供应商的实际成本结构及利润率等进行主观判断。

（2）报价行为。报价行为主要包括报价是否及时，报价单是否客观、具体、透明（分解成原材料费用、人工费用、包装费用、运输费用、税金、利润以及相对应的交货与付款条件）。

（3）降低成本的态度与行动。供应商是否自觉自愿地配合本公司或主动地开展降低成本活动，制定成本改进计划，实施改进行动；是否定期与本公司审查价格等。

（4）分享降价成果。考核供应商是否将降低成本的利益与众（如本企业）分享。

（5）付款。供应商是否积极配合，响应本公司提出的付款条件、付款要求以及付款办法，供应商开出付款发票是否准确、及时，是否符合有关财税要求。有些单位还将供应商的财务管理水平与手段、财务状况以及对整体成本的认识也纳入考核范围。

4. 支持、合作与服务指标

同经济指标一样，考核供应商在支持、合作与服务方面的表现通常也都是定性的考核，一般来说可以每个季度一次。考核的内容主要有投诉灵敏度、沟通、合作态度、参与本公司的改进与开发项目、售后服务等。

（1）投诉灵敏度。供应商对订单、交货、质量投诉等反应是否及时、迅速，答复是否完整，对退货、挑选等要求是否及时处理。

（2）沟通。供应商是否派出合适的人员与本公司定期进行沟通，沟通手段是否符合本公司的要求（电话、传真、电子邮件以及文件书写所用软件与本公司的匹配程度等）。

（3）合作态度。供应商是否将本公司看成是重要客户，供应商高层领导或关键人物是否重视本公司的要求，是否经常走访本公司，供应商内部沟通协作（如市场、生产、计划、工程、质量等部门）是否能整体理解并满足本公司的要求。

（4）共同改进。供应商是否积极参与或主动提出与本公司相关的质量、供应、成本等改进项目或活动，是否经常采用新的管理做法，是否积极组织参与与本公司共同召开的供应商改进会议，是否配合本公司开展质量体系审核等。

（5）售后服务。供应商是否主动征询顾客意见，是否主动走访本公司，是否主动解决或预防问题发生，是否及时安排技术人员对发生的问题进行处理。

（6）参与开发。供应商是否主动参与本公司的各种相关开发项目，在本公司的产品或业务开发过程中表现如何。

（7）其他支持。供应商是否积极接纳本公司提出的有关参观、访问、实地调查等事宜，是否积极提供本公司要求的新产品报价与送样，是否妥善保存与本公司相关的机密文件等，是否保证不与影响到本公司切身利益的相关公司或单位进行合作。

相关 链接

供应商考核的四大量化指标

某公司规定，把价格、品质、逾期率、配合度等作为考核供应商的四大量化指标，其中价格占 40%，品质占 30%，逾期率占 20%，配合度占 10%。由此制定的供应商考核表如表 2—5 所示。

表 2—5 供应商考核表

供应商名称：				联系人：	
地址及邮编：				电　话：	
项目	配分	考核内容及方法		得分	考核人
价格	最高分为 40 分，标准分为 20 分	根据市场最高价、最低价、平均价和自行估价制定标准价格，标准价格对应的标准分数为 20 分。每高于标准价格 1%，标准分扣 2 分，每低于标准价格 1%，标准分加 2 分。同一供应商供应几种物料，得分按平均分计算。			
品质	30 分	以交货批退率考核： 批退率＝退货批数÷交货总批数 得分＝30 分×（1－批退率）			
逾期率	20 分	逾期率＝逾期批数÷交货批数 得分＝20 分×（1－逾期率） 另外：逾期 1 天，加扣 1 分；逾期造成停工待料 1 次加扣 2 分。			
配合度	10 分	1. 出现问题，不太配合解决，每次扣 1 分 2. 公司会议正式批评或抱怨 1 次扣 1 分 3. 客户批评 1 次或抱怨 1 次扣 1 分			
总计					

注：1. 得分在 85～100 分之间者为 A 级，为优秀供应商，可加大采购量。
　　2. 得分在 70～84 分之间者为 B 级，为合格供应商，可正常采购。
　　3. 得分在 60～69 分之间者为 C 级，为辅助供应商，需进一步培训与辅导，可减量采购或暂停采购。
　　4. 得分在 60 分以下者为 D 级，为不合格供应商，应予以淘汰。

　　与供应商双赢，就是与供应商建立长期友好、互惠互利的合作伙伴关系，从某种程度上讲，就是要把注意力放在整条供应链上去，而不只是内视自身的成本与利益，有时还得暂时忘却自我，站在一个比较客观的角度去耐心地了解供应商，而不是把自己的意见强加给供应商。

四　供应商的选择

　　供应商的选择是企业的一个重要决策，一个好的供应商是指拥有制造高质量产品的加工技术，拥有足够的生产能力，以及能够在获得利润的同时提供有竞争力的产品的企业。同一产品在市场上的供应商数目越多，供应商的选择越复杂，越需要一个规范的程序来操作。

（一）选择供应商应考虑的因素

　　选择供应商时，有许多因素需要考虑，诸如产品或服务质量以及是否按时运送等，另外，各因素的重要程度因企业而异，甚至因同一企业里的不同产品或服务而异。因此，管理者必须分产品或服务为各因素分配权数，然后根据这些权数选择供应商。选择供应商的最基本的指标应包括以下几项。

　　1. 技术水平

　　技术水平是指供应商所提供的商品的技术参数是否能达到要求。供应商是否具有一支技术队伍并有能力去制造或供应所需的产品，供应商是否具有产品开发和改进的项目，供应商是否能帮助改进产品，这些问题都很重要。选择具有高技术平的供应商，对企业的长远发展是有好处的。

　　2. 产品质量

　　供应商提供的产品质量是否可靠，是一个很重要的指标。供应商的产品必须能够持续稳定地达到产品说明书的要求，供应商必须有一个良好的质量控制体系。对供应商提供的产品除了在工厂内做质量检验以外，还要考察实际使用效果，即检查在实际环境中的使用情况。

　　3. 供应能力

　　供应能力即供应商的生产能力，企业需要确定供应商是否具备相当的生产规模与发展潜力，这意味着供应商的制造设备必须能够在数量上达到一定的规模，能够保证供应所需产品的数量。

　　4. 价格

　　供应商应该能够提供有竞争力的价格，这并不意味着必须是最低的价格。这个价格考虑了供应商所需的时间，购买方所需的数量、质量和服务。供应商还应该有能力向购买方提供改进产品成本的方案。

　　5. 地理位置

　　供应商的地理位置对库存量有相当大影响，如果物品单价较高，需求量又大，距离近的供应商有利于管理，购买方总是期望供应商离自己近一些，或至少要求供应商在当地建立库存。地理位置近，送货时间就短，意味着紧急缺货时，可以快速送到。

6. 可靠性（信誉）

可靠性是指供应商的信誉。在选择供应商时，应该选择一家有较高声誉、经营稳定，以及财务状况良好的供应商。同时，双方应该相互信任，讲究信誉，并能把这种关系保持下去。

7. 售后服务

供应商必须具有优良的售后服务，如果需要提供可替代元器件，或者需要提供某些技术支持，好的供应商应该能够提供这些服务。

（二）选择供应商的一般步骤

1. 成立供应商评选小组

供应商的选择绝不是采购员个人的事，而是一个集体的决策，需要企业各部门有关人员（包括采购部的决策者和其他部门的决策影响者）共同参与讨论、共同决定，并获得各个部门的认可。

供应商的选择涉及企业的生产、技术、计划、财务、物流、市场等部门。对于技术要求高、重要的采购项目来说，特别需要设立跨职能部门的供应商选择小组。供应商选择小组应由各部门有关人员组成，包括研究与开发部、技术支持部、采购部、物流管理部、市场部、计划部等。

2. 决定全部的供应商名单

通过供应商信息数据库，以及采购人员、销售人员或行业杂志、网络等媒介渠道了解市场上能提供所需物品的供应商。

3. 决定评审的项目

由于供应商之间的条件存在差异，因此，必须有客观的评分项目，作为选择合格供应商的依据。通常包括下列各项：

（1）一般经营状况。具体包括：

1）公司成立的历史；

2）负责人的资历；

3）注册资本额；

4）员工人数；

5）完工记录及实绩；

6）主要客户；

7）财务状况。

（2）制造能力。具体包括：

1）生产设备是否新颖；

2）生产能量是否已充分利用；

3）厂房空间是否充足；

4）厂房距离的远近；

5）作业员的人力是否充足。

（3）技术能力。具体包括：

1）技术是自行开发还是依赖外界；

2）有无与国际知名机构间的技术合作；

3）现有产品或试制样品的技术评估；

4）技术人员人数及受教育程度。

（4）管理制度的绩效。具体包括：

1）生产管理流程是否顺畅合理，产出效率如何；

2）物料管理流程是否实现信息化，生产计划是否经常改变；

3）采购作业流程是否能确实掌握材料来源及进度；

4）会计制度是否对成本计算提供良好的基础。

（5）品质能力。具体包括：

1）品质管理制度的推行是否落实，是否可靠；

2）有无品质管理手册；

3）是否制定有品质保证的作业方案；

4）有无政府机构的评鉴等级。

4. 确定评审项目的权重

确定代表供应商服务水平的有关因素，据此提出评估指标。评估指标和权重对于不同行业和产品的供应商是不尽相同的。

5. 逐项评估每个供应商的履行能力

为了保证评估的可靠，应该对供应商进行调查。在调查时一方面参考供应商提供的信息，另一方面尽量对供应商进行实地考察。考察小组由各部门有关人员组成，技术部门进行技术考察，对供应商的设备、技术人员进行分析，考虑将来质量是否能够保证，以及是否能够跟上企业所需技术的发展，满足企业变动的要求；生产部门考察生产制造系统，了解人员素质、设备配置水平、生产能力、生产稳定性等；财务部门进行财务考核，了解供应商的历史背景和发展前景，审计供应商并购、被收购的可能，了解供应商经营状况、信用状况，分析价格是否合理，以及能否获得优先权。

6. 综合评分并确定供应商

在综合考虑多方面的重要因素之后，就可以给每个供应商打出综合分，选择出合格的供应商。供应商评分表如表 2—6 所示。

表 2—6 供应商评分表

序号	指标	极差 0	差 1	较好 2	良好 3	优秀 4
1	产品质量					
2	技术服务能力					
3	交货速度					
4	能否对用户的需求做出快速反应					
5	供应商的信誉					
6	产品价格					
7	延期付款期限					
8	销售人员的才能和品德					
9	人际关系					
10	产品说明书以及用户手册的优劣					

总之，考核选择供应商是一个时间较长的、深入细致的工作。这个工作需要采购管理部门牵头负责，在全厂各个部门的共同协调下才能完成。当供应商选定之后，应当终止试运作期，签订正式的供需关系合同。进入正式运作期后，就开始了比较正常稳定的物资供需关系运作。

（三）选择供应商的方法

1. 对候选供应商进行 SWOT 分析

SWOT 是对上述的严格的、系统性的供应商评估的非常有益的补充。它可以让公司后退一步，对供应商的主要特点有一个更全面的看法，而且还有助于公司了解这些特点对公司的真正意义。SWOT 分析法又称为态势分析法，它是由旧金山大学的管理学教授韦里克于 20 世纪 80 年代初提出来的，SWOT 四个英文字母分别代表：优势（Strengths）、劣势（Weaknesses）、机会（Opportunities）、威胁（Threats）。

供应商的优势是其最有能力给企业带来好处的方面；供应商的劣势是其最让企业担心的因素，因为这些因素可能会导致企业采购业务的失败。通常将一个供应商的优势和劣势与企业自身的优势和劣势相对比，就可以了解双方有哪些优势和劣势可以相互弥补。如果一个供应商的优势只能使其在与企业合作时处于非常强有力的地位，并因此削弱了企业的谈判地位，那么这些优势就只能让企业产生忧虑，当企业处于弱势的时候更是如此。企业通过对各自的优势和劣势以及它们之间的相互关系进行分析，就可以对与供应商之间的关系可能给企业带来什么样的市场机会或产生什么样的威胁有一个总体的评价。

如图 2—9 所示为企业对某个供应商进行 SWOT 分析的一个例子。

企业： 1.企业是供应商在新市场中的第一个客户 2.规模小但业务发展前景好 供应商： 1.供应商是国内市场的领先者 2.同时在原材料和产成品市场进行经营 3.获取市场信息的能力较强 4.技术支持能力强	企业： 1.采购量相对较小 2.缺乏谈判技巧 3.缺乏所在市场的经营经验 供应商： 1.超额生产能力 2.产品缺乏差异性
S	**W**
O	**T**
1.有长期合同保证供应 2.供应商可以为企业的产品设计人员提供培训 3.存在回购企业产品的可能性	1.供应商可能会强迫企业签订订单——供应源合约，以限制企业从其他供应源进行采购 2.供应商还可能与企业的竞争者进行合作 3.如果供应商与企业的合作不成功，它们可能会从企业所在市场中退出 4.供应商可能会在第一份合同结束后抬高价格

图 2—9　SWOT 分析实例

2. 招标选择

选择供应商也可以通过招标的方式。招标选择是采购企业采用招标的方式，吸引多个有实力的供应商来投标竞争，然后经过评标小组分析评比，从而选择最优供应商的方法。

招标选择的主要工作，一是要准备一份合适的招标书；二是要建立一个合适的评标小组和评标规则；三是要组织好整个招标、投标活动。

当前，公开招标和邀请招标是企业在采购中选择供应商的两种主要招标形式。由于公开招标周期长，采购成本高，而且参与投标的供应商数量不易掌握，因而在日常采购中，邀请招标这种招标方式被较多的采购机构所采用。通过近年来的实践，邀请招标既能较好体现采购的"公平、公正、公开"原则，同时在降低采购成本，提高工作效率等方面发挥了较好的作用。但是，邀请招标的选择范围较窄，且需要大量的供应商信息作支撑，因而在邀请招标中，特别是在供应商选择方面还存在着不少的困难，影响了采购工作的开展。

在综合考虑了多方面的重要因素之后，就可以给每个供应商打出综合评分，选择出合格的供应商。供应商选择过程中常见的问题及对策见表2—7。

表2—7　　　　　　　　　　　　　　供应商选择过程中常见的问题及对策

问题	对策
1. 缺乏系统性、计划性的制度	宜先建立一套开发供应商的标准作业办法
2. 选择供应商时间过长	建立或落实开发供应商的时间或家数
3. 缺乏有组织性的开发供应商	宜设立专职人员推动组织，并由主办单位招集相关各方共同协办参与
4. "多头马车"或缺乏开发供应商标准	制定主办单位并制定供应商的评选标准
5. 缺乏开发供应商的正确观点	规划教育标准，进行全员共识建设
6. 开发供应商的人员专业性不足	加强专业的访查技能训练
7. 供应商的情报不足	建立供应商情报收集及管理系统，并定期检查及更新
8. 采购人员不会主动开发供应商，只求工作轻松，抱着"多做多错，少做少错，不做不错"的心态	灌输"多做不错，不做大错"的观念，并设定开发供应商的目标
9. 对供应商开发的产品，觉得不实用，需要学习说"不"的艺术	建立公平、公正、公开的原则和奖励办法

3. 总运作成本的比较评价

以下案例是关于3个供应商总运作成本的比较评价。总运作成本包括价格、质量、交货期等要素。

（1）案例背景。某企业生产的机器上有一种零件需要从供应链上的其他企业购进，年需求量为10 000件。有3个供应商可以提供该种零件，它们的价格不同，质量也有所不同。供应商的基本资料如表2—8所示。

表2—8　　　　　　　　　　　　　　供应商基本资料

供应商	价格（元）	合格率	提前期	提前期的安全期	采购批量（件）
A	9.50	88%	6	2	2 500
B	10.00	97%	8	3	5 000
C	10.50	99%	1	1	200

如果零件出现缺陷，需要进一步处理才能使用。每个有缺陷的零件处理成本为6元，

主要是用于返工的费用。

为了比较分析评价的结果，共分三个级别评价供应成本和排名：

第一级：仅按零件价格排序；

第二级：按价格＋质量水平排序；

第三级：按价格＋质量水平＋交货时间排序。

（2）供应商供货绩效及排序分析。

首先，按第一个级别即价格水平排序，结果如表2—9所示。

表 2—9　　　　　　　　　　　　　按价格水平排序

供应商	单位价格（元）	排名
A	9.50	1
B	10.00	2
C	10.50	3

其次，按价格和质量水平排名。有缺陷的零件的处理成本可根据不同供应商的零件质量水平来计算。排序的结果如表2—10所示。

表 2—10　　　　　　　　　　　　按价格和质量水平排名

供应商	缺陷率	缺陷数量	缺陷处理成本（元）	质量成本（元）	总成本（元）	排名
A	12%	1 200	7 200	0.72	10.22	2
B	3%	300	1 800	0.18	10.18	1
C	1%	100	600	0.06	10.56	3

最后，综合考虑价格、质量和交货时间的因素，评价供应商的运作绩效。交货期长短的不同主要会导致库存成本变化，主要考虑下列一些因素：交货提前期、提前期的安全期、允许的最小采购批量、考虑缺陷零件增加的安全量（补偿有缺陷零件的额外库存）。

下面以供应商A为例计算库存相关费用。给供应商A设定的安全库存为371件，则安全库存物资的价值为：$371 \times 9.50 = 3\ 524.50$（元）

供应商A要求的订货批量为2 500件，由订货批量引起的成本按下面的方法计算：

$$(2\ 500/2) \times 9.50 = 11\ 875.00 （元）$$

用于预防有缺陷零件的成本是根据缺陷率和零件的总的库存价值计算的，即：

$$(3\ 524.5 + 11\ 875.00) \times 12\% = 1\ 847.94 （元）$$

综合以上结果，就可以得到供应商订货提前期和订货批量引起的总库存价值及成本。

$$3\ 524.50 + 11\ 875.00 + 1\ 847.94 = 17\ 247.44 （元）$$

（3）结论。

结论已经很明显，通过对三家供应商的供货运作绩效的综合评价，在价格、质量、交货时间及订货批量方面，供应商C最有优势（读者可自己计算B、C供应商所需的相关费用），该企业应选择供应商C为供应链上的合作伙伴。

任务三 供应商的关系管理

一》 建立供应商准入制度

企业在供应链管理环境下与供应商的关系是一种战略性合作关系，提倡一种双赢（Win-Win）机制。企业在采购过程中要想有效地实施采购策略，充分发挥供应商的作用就显得非常重要。采购策略的一个重要方面就是要搞好与供应商的关系，逐步建立起与供应商的合作伙伴关系。要搞好与供应商的关系，首先要注重建立供应商准入制度。

企业在采购过程中必须对众多的供应商进行选择。建立供应商准入制度，目的是从一开始就淘汰和筛选掉不合格的供应商，节约谈判时间。供应商准入制度一般由采购业务部制定、商品采购小组审核、总经理签发后实施。它的核心是对供应商资格的要求，包括供应商的产品质量、产品价格、资金实力、服务水平、技术条件、资信状况、生产能力等。这些条件是供应商供货能力的基础，也是将来履行供货合同的前提保证。这些基本的背景资料要求供应商提供，并可通过银行、咨询公司等中介机构加以核实。

在通过对供应商的考核并认定供应商资格达到基本要求后，采购人员应将企业对具体供货要求的要点向供应商提出，初步询问供应商是否能够接受，若对方能够接受，方可准入，并且将这些要点作为双方进一步谈判的基础。这些要点主要包括：商品的质量和包装要求；商品的送货、配货和退货要求；商品的付款要求等。

二》 建立供应商接待制度

在与供应商建立合作关系以后，为了规范采购和提高采购质量，企业应在同供应商接洽中建立严格的供应商接待制度，供应商接待制度包括三方面要求：

第一，接待时间要求。为了保证采购业务人员有足够的时间去进行市场调查并制定采购计划，而不是将绝大多数时间、精力花费在接待供应商上，企业应确立供应商接待日，最好定在物资采购小组召开例会的前一天，以便物资采购的审核工作能及时进行，尽快给供应商一个是否进一步谈判的答复。

第二，接待地点要求。为了规范采购人员和供应商的行为，接待地点一般定在公司采购业务部的供应商接待室，不要在供应商提供的会议室，更不要在供应商的招待宴席上或娱乐场所洽谈业务。

第三，洽谈内容要求。要按采购的物资类别设置专职洽谈人员，负责接洽相关类别供应商；同时洽谈内容要紧紧围绕采购计划、促销计划和供应商文件进行，不能随意超越权限增加商品谈判内容。

三》 建立双赢的供应关系

供应商参与了企业价值链的形成过程，对企业的经营效益有着举足轻重的影响。建立战略性合作伙伴关系是供应链管理的重点。供应链管理的关键就在于供应链上下游企业的无缝连接与合作。企业供应链合作关系的建立是一个复杂的过程。例如，沃尔玛与供应商建立合作伙伴关系就经历了一个较长的艰难的过程。

在众多的供应商眼里，沃尔玛一直是以强硬的令人生畏的形象出现。早在 20 世纪 80 年代初，沃尔玛采取了一项政策，要求从交易中排除制造商的销售代理，直接向制造商订货，同时将采购价降低 2% ～ 6%，正好相当于销售代理的佣金数。结果制造商不同意减价，并且为此在新闻界展开了一场谴责沃尔玛的运动。

直到 80 年代末，技术进步提供了更多可督促制造商降低成本、削减价格的手段，沃尔玛才不必总引起公众的公开对抗。沃尔玛开始全面改善与供应商的关系，主要通过计算机联网和电子数据交换系统，与供应商共享信息，从而建立伙伴关系。其中最典型的例子就是沃尔玛与宝洁的伙伴关系的建立。

宝洁公司最开始企图控制沃尔玛对其产品的销售价格和销售条件，沃尔玛也不示弱，针锋相对，威胁终止宝洁公司产品的销售或留给其最差的货价位置。彼此之间没有信息共享，没有合作计划，没有系统的协调，关系一度紧张。直到 80 年代中期，这种敌对关系才有所改变。宝洁公司的高级职员拜访了当时初具规模的沃尔玛，双方就建立一个全新的供应商和零售商关系达成了协议，其中最重要的成果就是通过计算机互联网共享信息，即宝洁公司可以通过电脑监视其产品在沃尔玛各分店的销售及存货情况，然后据此调整它们的生产和销售计划，从而大幅提高了经营效率。这么多年过去了，沃尔玛和宝洁建立的长久的伙伴关系已成为零售商和制造商关系的标准。这一关系基于双方成熟的依赖度：沃尔玛需要宝洁的品牌，而宝洁需要沃尔玛建立的顾客通道。

沃尔玛与供应商努力建立伙伴关系的另一做法是为特殊供应商在店内安排适当的空间，有时还让这些供应商自行设计布置自己商品的展示区，旨在店内造成一种更具吸引力，更专业化的购物环境。

(一) 双赢关系模式

双赢关系模式是一种供应商与企业之间共同分享信息，通过合作和协商的相互行为。这种关系模式的采购策略表现为：

(1) 企业对供应商给予协助，帮助供应商降低成本、改进质量、加快产品开发进度。

(2) 通过建立相互信任的关系，提高效率，降低交易、管理成本。

(3) 长期的信任合作取代短期的合同。

(4) 比较多的信息交流。

(二) 双赢关系对企业采购的意义

双赢关系对于采购中供需双方的作用表现在：

(1) 增加对整个供应链业务活动的共同责任感和利益的分享。

(2) 增加对未来需求的可预见性和可控能力，长期的合同关系使供应计划更加稳定。

(3) 成功的客户有助于提高供应商的竞争力。

(4) 高质量的产品增加了供应商的竞争力。

(5) 增加对采购业务的控制能力。

(6) 通过长期的、有信任保证的订货合同保证了采购的要求。

(7) 减少和消除了不必要的对购进产品的检查活动。

签订互惠互利的合同是巩固和发展供需合作关系的根本保证。互惠互利包括了双方的承诺、信任和持久性。信守诺言，是商业活动成功的一个重要原则。没有信任的供应商，或没有信任的采购客户都不可能建立长期的合作关系，即使建立起合作关系也是暂时的。持久性是保持合作关系的保证，没有长期的合作，双方就没有诚意做出更多改进和付出。机会主义和短期行为对供需合作关系将产生极大的破坏作用。

四》 供应商关系的维护

双赢关系已经成为供应链企业间合作的典范，因此，要在采购管理中体现供应链思想，对供应商的管理就应集中在如何和供应商建立双赢关系以及维护和保持双赢关系上。

(一) 信息交流与共享机制

信息共享是实现供应链管理的基础。供应链的协调运行建立在节点主体间高质量的信息传递与共享的基础上，因此，有效的供应链管理离不开信息技术的可靠支持。在沃尔玛，除了配送中心外，投资最多的便是电子信息通信系统。沃尔玛的电子信息通信系统是全美最大的民用系统，甚至超过了电信业巨头美国电报电话公司。沃尔玛是第一个发射和使用自有通信卫星的零售公司。它在本顿威尔总部的信息中心，仅服务器就有 200 多个。截止到 20 世纪 90 年代初，沃尔玛在电脑和卫星通信系统上就已经投资了 7 亿美元。

80 年代初，沃尔玛较早地开始使用商品条形码和电子扫描器，实现了存货自动控制。采用商品条形码可代替大量手工劳动，不仅缩短了顾客结账时间，更便于利用计算机跟踪商品从进货到库存、配货、上架、售出的全过程，及时掌握商品销售和运行信息，加快商品流转速度。

80 年代末，沃尔玛开始利用电子数据交换系统（Electronic Data Interchange，EDI）与供应商建立自动订货系统。该系统又称为无纸贸易系统，它通过计算机网络，向供应商提供商业文件，发出采购指令，获取收据和装运清单等，同时也使供应商及时精确地把握其产品销售情况。1990 年，沃尔玛已与 1 800 家供应商实现了电子数据交换，成为美国 EDI 技术的最大用户。

沃尔玛还利用更先进的快速反应系统代替采购指令，真正实现了自动订货。此系统利用条形码扫描和卫星通信，与供应商每日交换商品销售、运输和订货信息。正是依靠先进的电子通信手段，沃尔玛才做到了商品的销售与配送中心保持同步，配送中心与供应商保持同步。

从沃尔玛的案例分析可知，信息交流有助于减少投机行为，有助于促进重要生产信息的自由流动。为加强供应商与企业的信息交流，可以从以下几个方面着手：

（1）在企业与供应商之间经常进行有关成本、作业计划、质量控制信息的交流与沟通，保持信息的一致性和准确性。

（2）实施并行工程。企业在产品设计阶段让供应商参与进来，这样供应商可以在原材料和零部件的性能和功能方面提供有关信息，为实施质量功能配置（Quality Function Deployment，QFD）的产品开发创造条件，把用户的价值需求及时地转化为供应商的原材料和零部件的质量与功能需求。

（3）建立联合的任务小组解决共同关心的问题。在供应商与企业之间应建立一种基于团队的工作小组，双方的有关人员共同解决供应过程中以及制造过程中遇到的各种问题。

（4）供应商与企业经常互访。供应商与企业采购部门应经常性地互访，及时发现和解决各自在合作活动中出现的问题和困难，建立良好的合作氛围。

（5）使用电子数据交换系统和因特网技术进行快速的数据传输。

（二）供应商的激励与控制

要保持长期的双赢关系，对供应商的激励是非常重要的，没有有效的激励机制，就不可能维持良好的供应关系。在激励机制的设计上，要体现公平、一致的原则。给予供应商价格折扣和柔性合同以及赠送股权等，使供应商和制造商分享成功，同时也使供应商从合作中体会到双赢机制的好处。

为了保证供应商试用期间日常物资供应的正常进行，企业需要采取一系列的措施对供应商进行激励和控制。对供应商激励和控制的目的，一是要努力充分发挥供应商的积极性和主动性，努力搞好其所承担的物资供应工作，保证本企业的生产生活正常进行；二是要防止供应商的不轨行为，预防一切对企业、对社会的不确定性损失。激励和控制往往是并存不可分割的，一些激励措施可能同时又是一种控制措施。因此，对供应商的激励与控制应当注意以下几方面。

1. 逐渐建立起一种稳定可靠的关系

企业应当和供应商签订一个较长时间的业务合同关系，例如 1～3 年。时间不宜太短，太短让供应商不太完全放心，从而总是要对企业留一手，不能全心全意搞好企业的物资供应工作。只有合同时间长，供应商才会感到放心，才会倾注全力与企业合作，搞好物资供应工作。特别是当业务量大时，供应商会把企业看作是它自己生存和发展的依靠和希望，这就会更加激励它努力与企业合作，企业发展供应商也得到发展，企业垮台供应商也跟着垮台，形成一种休戚与共的关系。但是合同时间也不能太长，这一方面是因为将来可能会发生变化，例如市场变化导致产量变化，甚至产品变化、组织机构变化等；另一方面，也是为了防止供应商产生一劳永逸、铁饭碗的思想而放松对业务的竞争进取精神。为了促使供应商加强竞争进取，就要使供应商有危机感。所以合同时间一般以一年比较合适，如果合适，第二年继续，可以再续签。第二年不合适，则合同终止。这样签合同，就是既要让供应商感到放心，可以有一段较长时间的稳定销售期，又要让供应商感到有危机感，不放松竞争进取精神，这样才能保住第二年的销售量。

2. 有意识地引入竞争机制

有意识地在供应商之间引入竞争机制，促使供应商之间为产品质量、服务质量和价格水平不断优化而努力。例如，在几个供应量比较大的品种中，每个品种可以实行 AB 角制或 ABC 角制。所谓 AB 角制，就是一个品种设两个供应商，一个 A 角，作为主供应商，承担 50%～80%的供应量，一个 B 角，作为副供应商，承担 20%～50%的供应量。在运行过程中，对供应商的运作过程进行结构评分，一个季度或半年进行一次评比，如果主供应商的月平均分数比副供应商的月平均分数低 10%以上，就可以把主供应商降级成副供应商，同时把副供应商升级成主供应商。与上面所讲的原因相同，我们主张变换的时间间隔不要太短，最少一个季度以上。太短了不利于稳定，也不利于偶然出错的供应商纠正错误。ABC 角制则实行三个角色的制度，原理与 AB 角制一样，同样也是一种激励和控制的方式。

3. 与供应商建立相互信任的关系

疑人不用，用人不疑。当供应商经考核转为正式供应商之后，一个重要的措施，就是将验货收货逐渐转为免检收货。免检，是供应商的最高荣誉，也可以显示出企业对供应商的高度信任。免检，当然不是不负责任地随意给出，应当稳妥进行。既要积极地推进免检考核的进程，又要确保产品质量。一般免检考核时间要经历三个月左右，在免检考核期间内，起初总要进行严格的全检或抽检。如果全检或抽检的结果中，不合格品率很低，则可以降低抽检的频次，直到不合格率几乎降到零。这时要组织供应商有关方面的人员稳定生产工艺和管理条件，使不合格率保持为零。如果真能将零不合格率保持一段时间，这时就可以实行免检了。

当然，免检期间也不是绝对地免检，还要不时地随机抽检一下，以防供应商的质量滑坡，影响本企业的产品质量。抽检的结果如果满意，则继续免检。一旦发现了问题，就要增大抽检频次，进一步加大抽检的强度，甚至取消免检。通过这种方式，也可以激励和控制供应商。

此外，建立信任关系，还包括很多方面。例如不定期召开一些企业领导的碰头会，交换意见，研究问题，协调工作，甚至开展一些互助合作。特别对涉及企业之间的一些共同的业务、利益等有关问题，一定要开诚布公，把问题谈透、谈清楚。要搞好这些方面的工作，需要树立起一个指导思想，就是"双赢"。一定要尽可能让供应商有利可图，不要只顾自己而不顾供应商的利益。只有这样，双方才能真正建立起比较协调可靠的信任关系，这种关系实际上就是双赢供应链关系。

4. 建立相应的监督控制措施

在建立相互信任关系的基础上，也要建立起比较得力的、相应的监督控制措施。特别是一旦供应商出现了一些问题或者出现可能发生问题的苗头之后，一定要建立起相应的监督控制措施。根据情况的不同，可以分别采用以下一些措施：

（1）对一些非常重要的供应商，或是当问题比较严重时，可以向供应商单位派常驻代表。常驻代表的作用就是沟通信息、技术指导、监督检查等。常驻代表应当深入到生产线各个工序和各个管理环节，帮助供应商发现问题，提出改进措施，确实保证把有关问题彻底解决。对于那些不太重要的供应商，或者问题不那么严重的单位，则视情况分别定期或不定期到工厂进行监督检查，或者设监督点对关键工序或特殊工序进行监督检查，或者要求供应商自己报告生产条件情况、提供检验记录，采用让大家进行分析评议等办法实行监督控制。

（2）加强成品检验和进货检验，做好检验记录，退还不合格品，甚至追究赔款或罚款，督促供应商改进产品。

（3）组织本企业管理技术人员对供应商进行辅导，提出产品技术规范要求，使其提高产品质量或企业服务水平。

思考 练习

1. 说明供应商选择的一般步骤。
2. 供应商审核的方法有哪些？
3. 简述双赢供应商关系管理的内涵。

【演练提高】

请复印若干份供应商调查问卷（见表 2—11，该问卷来自于胡松评教授主讲的香港时代光华管理课程之"企业供应链物流管理——海尔、沃尔玛成功模式"），免费提供给 6～10 家企业使用，获得企业反馈结果，并做一份企业如何选择与评估供应商的分析报告。

表 2—11　　　　　　　　　　　　供应商调查问卷

该问卷满分为 100 分，总分在 60 分以下的为不合格供应商，60～74 分的为合格供应商，75～84 分的为良好供应商，85～100 分的为优秀供应商。

（一）了解供应商发展合作关系的兴趣

（1）毫无兴趣，不愿透露生产成本数据；（0 分）

（2）愿做出一些努力，发展合作关系；（3 分）

（3）有浓厚兴趣，愿意长期合作。（6 分）

（二）了解供应商送货表现

按预定期限，准时送货的百分比为：

（4）60％以下；（0 分）

（5）61％～70％；（2 分）

（6）71％～80％；（4 分）

（7）81％～90％；（7 分）

（8）91％～100％。（12 分）

（三）了解供应商定价策略

（9）持续高于市场价；（2 分）

（10）基本上等于市场价；（8 分）

（11）一般都低于市场价。（7 分）

（四）了解供应商节约成本的表现

（12）极少有节约成本的想法并付诸实施；（0 分）

（13）已作出一定量化计划；（5 分）

（14）持之以恒地计划节约成本。（10 分）

（五）了解供应商备货时间

（15）较长的备货时间，缺乏弹性；（0 分）

（16）相当于市场的平均水平；（7 分）

（17）备货时间持续低于竞争对手。（10 分）

（六）了解供应商无缺陷供货情况

（18）有几次被拒收的记录，存在周期性的缺陷；（2 分）

（19）没有证据表明存在供货系统的缺陷。（8 分）

（七）了解供应商对质量问题的反应

续前表

（20）很少或根本没有反应；（0分）
（21）会进行调查，但缺乏应有的反应；（2分）
（22）快速深入调查，有效地纠正并提供必要的补偿。（5分）
（八）了解供应商授权情况
（23）严重疏忽；（0分）
（24）非常全面。（6分）
（九）了解供应商运输单据的质量
（25）曾遗失重要单证；（0分）
（26）能提供所有单证（如订单号、批次号等）。（7分）
（十）了解供应商货盘和货卡情况
（27）有些破裂的货盘，没有货卡，货物堆放混乱；（0分）
（28）货盘良好，货物堆放整齐，货卡清晰。（7分）
（十一）了解供应商沟通能力
（29）对请求反应迟缓，从未主动提供信息；（0分）
（30）总能得到迅速反应，高度职业化。（10分）
（十二）了解供应商技术能力
（31）几乎没有技术知识；（0分）
（32）具有一般技术知识；（6分）
（33）优秀的技术知识，并在需要的时候能得到专家的支持。（12分）

项目三　采购谈判

　　谈判是在各方拥有共同利益或冲突利益的情况下，为达成一项协议而进行的相互协调和沟通，它既是一门科学，又是一门艺术，是通过沟通与妥协来寻求自己利益最大化。采购人员的一个关键能力就是谈判能力。一个成功的谈判应做好两部分工作，一部分是进行谈判准备，另一部分是了解谈判的过程。谈判准备包括确定谈判的目标、收集相关信息、制定谈判方案，以及合理地进行组织。了解谈判过程包括理解有效谈判有哪些障碍，熟悉谈判的策略和技巧。

　　采购谈判的目的一是希望获得供应商质量好、价格低的产品；二是希望获得供应商较好的服务；三是希望在发生物资差错、事故、损失时获得合适的赔偿；四是当发生纠纷时能够妥善解决，不影响双方的关系。本部分我们将探讨采购谈判的原则和一些谈判策略和技巧，希望能给大家一些有用的指导。

【学习目标】

知识目标
- 了解采购谈判的原则
- 熟悉采购谈判的程序

技能目标
- 掌握采购谈判的策略和技巧

任务一　熟悉采购谈判的步骤

一　采购谈判的原则

　　采购谈判并不是一件轻松的工作，如果按照一定的原则，可能会有更好的结果。采购谈判包含两个主要内涵：一方面要用智慧、策略去赢得更好的条件；另一方面，在谈判过程中不可能仅有获得而没有付出，要掌握"给与取的艺术"，明确如何以小换大、什么时候给予、给予多少、怎么给予，对这些问题的娴熟处理会将谈判带入一个艺术层次。

（一）合作原则

　　强调合作，就是要兼顾双方的利益，争取达到双赢。谈判的结果并不一定是"你赢我输"或"我赢你输"，谈判双方首先要树立"双赢"的概念。一场谈判的结局应该使谈判的双方都要有"赢"的感觉。所谓双赢就是你的利益必须以对方利益的存在为前提,你的利益在对方身上体现出来。

(二)礼貌原则

礼貌原则包括 6 个准则:

(1)得体准则,是指减少表达有损于他人的观点。
(2)慷慨准则,是指减少表达利己的观点。
(3)赞誉准则,是指减少对他人的贬损。
(4)谦逊准则,是指减少对自己的表扬。
(5)一致准则,是指减少自己与别人在观点上的不一致。
(6)同情准则,是指减少自己与他人在感情上的对立。

(三)信息原则

永远不要嫌了解对手太多,对对方了解越多,在谈判中就会处于越有利的地位。

(1)搜集信息。获取信息的途径有很多,无论是公开的,还是隐秘的。事实证明,90%的信息可以通过合法渠道获得,另外 10%的信息可以通过对 90%的信息分析获得。也就是说,一个具有很强观察力的人,可以对公开的信息进行分析,从而看到隐藏在实事下的内容,从而找到自己想要的答案。

(2)注重身体语言信息。从解读身体语言得来的信息,往往比话语还多。这些无声的线索包括表情、眼神、姿态、手势、声音等。

身体语言有很多,表 2—12 列举了几种身体语言表示的可能含义。

表 2—12　　　　　　　　　　　　身体语言

身体语言	可能的含义
当说明一个问题时向前倾斜	感兴趣,想强调某一点
避免目光接触	可能感到尴尬,不讲实话
身体前倾靠近你	感兴趣,对你的意见表示关心
手撑着头,背靠着椅子	自信

在采购谈判中,谈判双方虽然站在各自的立场,处于对立的状态,但他们的最终的目的都是希望谈判能获得成功。只有遵守以上的原则,才能更好地争取合作条件,达到双方满意的目的。

 ## 二》 采购谈判的内容

(一)产品条件

产品条件包括:产品品种、型号、规格、数量、商标、外形、款式、色彩、质量标准、包装等。

（二）价格条件

价格条件谈判是采购谈判的中心内容，是谈判双方最为关心的问题。通常，双方都会进行反复的讨价还价，最后才能敲定成交价格。价格条件谈判也包括数量折扣、退货损失、市场价格波动风险、商品保险费用、售后服务费用、技术培训费用、安装费用等条件的谈判。

（三）其他条件

除了产品条件和价格条件谈判外，还有交货时间、商品检验和索赔、付款方式、违约责任、货物保险和仲裁等其他条件的谈判。

三》 采购谈判的程序

通常把采购谈判分为准备、进行和检查确认三个基本阶段。第一阶段是准备阶段，在收集分析信息的同时，确定谈判目标，制定谈判战略。第二阶段是各方之间达成一致的阶段，最后阶段是检查确认阶段。采购谈判的基本阶段如图 2—10 所示。

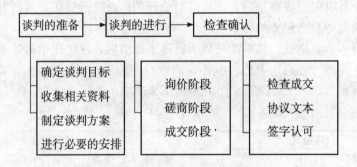

图2—10　采购谈判的基本阶段

（一）采购谈判的准备

谈判的准备阶段不应受到忽视，因为"凡事预则立"，有谋才有成。在谈判过程中，给谈判者带来困难的主要根源是对谈判前阶段的准备不当。不是每一次谈判都需要做相同程度的准备，花费的时间多少取决于谈判的复杂性和谈判对相关组织的重要性。

在谈判的准备阶段需要考虑以下几个方面。

1. 确定谈判的目标

作为一个谈判者，在谈判准备阶段，首先要考虑的问题就是为什么要进行谈判？想实现什么样的目标（我们想要的是什么）：更低的价格？关系的改善？更大的折扣？更快地交货？还是质量的改变？

2. 收集相关资料

在谈判工作开始之前，对各种信息资料的掌握要全面。因为掌握的信息资料越全面，分析越充分，谈判成功的可能性就越大。收集的资料主要包括：

（1）采购需求调查。

（2）市场资源调查，调查的主要内容包括产品供需情况、产品销售情况、产品竞争情况和产品分销渠道，如表2—13所示。

表2—13 市场资源调查的内容

主要内容	目　的
产品供需情况	通过对所需产品在市场上的总体供应状况的调查分析，可以了解该产品目前在市场上的供应情况。不同的市场供求状况，买方就要制定不同的采购谈判方案和策略。 另外，通过对所要采购的产品在市场上的需求情况的调查分析，还可以了解该产品目前在市场上的潜在需求者。
产品销售情况	作为买方，调查准备购买的产品在市场上的销售情况，可以了解该类产品各种型号在过去几年的销售量及价格波动情况，该类产品的需求程度及潜在的销售量，其他购买者对此类新、老产品的评价及要求等。通过对产品销售情况的调查，可以使谈判者大体掌握市场容量、销售量，有助于确定未来具体的购进数量。
产品竞争情况	产品竞争情况的调查包括生产同种所需产品供应商的数目及其规模；所要采购产品的种类；所需产品是否有合适的替代品及替代品的生产厂商；此类产品的各重要品牌的市场占有率及未来变动趋势；竞争产品的品质、性能与设计；各主要竞争对手所提供的售后服务方式以及中间商对这种服务的满意程度等。 通过产品竞争情况的调查，使谈判者能够掌握采购方所需同类产品的竞争者的数目、强弱等有关情况，寻找谈判对手的弱点，争取以较低的成本费用获得己方所需产品。通过产品竞争情况调查，也能使谈判者预测对方产品的市场竞争力，使自己保持清醒的头脑，在谈判桌上灵活掌握价格弹性。
产品分销渠道	产品分销渠道的调查主要包括：各主要供应商采用何种经销路线，当地零售商或制造商是否聘用人员直接推销，其使用程度如何；各种类型的中间商有无仓储设备；各主要市场地区的批发商与零售商的数量；各种销售推广、售后服务及仓储商品的功能等。 调查商品的分销渠道，不仅可以掌握谈判对手的运输、仓储等管理成本的状况，在价格谈判上做到心中有数，而且可以针对供应商售后服务的弱点，要求对方在其他方面给予一定的补偿，争取谈判成功。

（3）收集对方情报。对方情报具体包括：

1）对方的资信情况。调查对方的资信情况，一要调查对方是否具有签订合同的合法资格；二是要调查对方的资本、信用和履约能力。

2）对方的谈判作风和特点。谈判作风是指谈判者在多次谈判中表现出来的一贯风格。了解谈判对手的谈判作风，可对预测谈判的发展趋势和对方可能采取的策略，以及制定己方的谈判策略，提供重要的依据。

此外，还可以收集供应商要求的货款支付方式、谈判最后期限等方面的资料。

3．制定谈判方案

谈判方案是指导谈判人员行动的纲领，在整个谈判过程中起着重要作用。谈判之前，谈判者应当拟订出解决问题的各种方案，进行比较、选择，看哪一种方案更能获取最大利益，并能让对方接受，同时还要分析、预测对方可能提出的方案和这些方案对己方利益有何影响以及应对的手段和方法。另外，方案的比较与选择还包括己方将派出什么人员、采取哪些手段、运用何种方法等。

（1）谈判地点的选择。

谈判地点安排在采购方企业所在地，优点是环境熟悉，不会给采购谈判人员造成心理压力，有利于以放松、平和的心态参加谈判；查找资料和邀请有关专家比较方便，可以随时向本企业决策者报告谈判进展；同时由于地利人和等因素，可以给对方谈判人员带来一定的心理压力。其缺点是易受本企业各种相关人员及相关因素的干扰，而且也少不了繁杂的接待工作。

谈判地点选在对方企业所在地，优点是采购方谈判人员可以少受外界因素的打扰而以全部精力投入到谈判工作中；可以与对方企业决策者直接交换意见，以使对方谈判人员无法借口无权决定而拖延时间，同时也省去了许多繁杂的接待工作。但这种方法也有缺点，主要是环境不熟悉，易有压力；临时查找资料和邀请有关专家不方便。

谈判地点选在其他地方对谈判双方来讲都比较公平，谈判可以不受外界因素打扰，保密性强。但对双方来讲，查找信息和请示领导都多有不便，各项费用支出较高。

（2）谈判时间的选择。

谈判时间一般都选在白天，这时双方谈判人员都能以充沛的精力投入到谈判中，头脑清醒，应对自如，不犯或少犯错误。

（3）谈判人员的选择。

谈判人员的选择对采购谈判成功的重要性是不言而喻的。有的采购谈判由于规模小，目标已明确，仅需要一至两名谈判人员；而有的采购谈判由于规模大、情况复杂、目标多元化而需要有多个谈判人员组成谈判小组。但不论谈判人员的多少，谈判人员都应该具备一定的基本素质，如谈判人员应具有良好的自控与应变能力、观察与思维能力、迅捷的反应能力以及敏锐的洞察能力，甚至包括经过多次的采购谈判而无形之中形成的直觉。此外，谈判人员还应具有平和的心态、沉稳的心理素质，以及大方的言谈举止。

对于必须组成谈判小组的情况来说，谈判小组的组成要适当，依据实际情况而定，应遵循的原则就是保持精干高效。采购谈判小组除了一名具有丰富的谈判实践经验、高明的组织协调能力的组长之外，还需要精通财务、法律、技术等各个方面的专家。在性格和谈判风格上，小组成员应该是"进攻型"和"防御型"两类人员优势互补，这样易使谈判取得最佳效果。

4. 为谈判的进行做必要的安排

在谈判的准备阶段到谈判正式展开之前有许多工作要做。例如，人员调整、临时训练、礼仪、接待等，都应一一落实，这样才能给人以训练有素、临阵不乱的好印象。

（二）采购谈判的进行

1. 询价阶段

价格是采购谈判的敏感问题，也是谈判的关键环节，在询价阶段要考虑的问题是：谁先开价、如何开价、对方开价后如何还价等问题。

2. 磋商阶段

询价之后，谈判就进入了艰难的磋商阶段。双方都已经知道了对方的初始报价，所以磋商阶段就是双方彼此讨价还价，尽力为己方争取更多利益的阶段。初始报价已经表明了双方的分歧和差距，要为己方争取更多的利益，就必须判断对方为何如此报价，他们的真实意图是什么，可以通过一系列审慎的询问来获得这些信息。在这一阶段，不适宜马上对对方的回答予以评论或反驳。

在明确了双方分歧和产生的原因之后，就要想办法消除双方之间的分歧。这可能需要运用一些谈判策略和技巧，我们将在下一任务中集中介绍。

3. 成交阶段

经过磋商之后，双方的分歧得到解决，就进入成交阶段。在这个阶段，谈判人员应将意见已经一致的事项进行归纳和总结，起草成交协议文件。

（三）采购谈判的检查确认

采购谈判的检查确认要做好以下工作：

（1）检查成交协议文本。应该对文本进行一次详细的检查，尤其是对关键的词和数字的检查一定要仔细认真。文本一般应该采用标准格式，如合同书、订货单等。对大宗或成套项目的交易，其最后文本一定要经过公司法律顾问的审核。

（2）签字认可。检查审核成交协议文本之后，由谈判小组长或谈判人员进行签字并加盖公章，予以认可。

相关 链接

沃尔玛的采购业务洽谈

沃尔玛在采购业务洽谈过程中，采取规范化、标准化的谈判业务程序。

第一，谈判地点统一化。与供应商谈判地点一律选择沃尔玛公司的洽谈室，一方面作为谈判主战场，对公司谈判有利；另一方面使谈判透明度高，规避商务谈判风险，防止业务员的投机主义行为。

第二，谈判内容标准化。按公司规定的《产品采购谈判格式》要求进行谈判。譬如，谈判包括商品属性、产品质量、包装要求、采购数量、批次、交货时间和地点、价格折扣、付款要求、退货方式、退货数量、退货费用分摊、产品促销配合、促销费用分摊等相关内容。

资料来源：http://www.chuanboxue.net/list.asp? unid=4116。

任务二　掌握采购谈判的策略和技巧

在谈判中，为了使谈判能够顺利进行和取得成功，谈判人员应善于灵活运用一些谈判策略和技巧。谈判策略是指谈判人员通过某种方法达到预期的谈判目标，而谈判技巧是指谈判人员采用什么具体行动来执行谈判策略。

一 》 采购谈判的策略

（一）投石问路策略

所谓投石问路策略，就是在采购谈判中，当买方对卖方的商业习惯或有关诸如产品成本、价格不太了解时，买方主动地摆出各种问题，并引导对方去做较为全面地回答，然后，从中获得有用的信息资料。例如，在询价阶段，想要试探对方对价格有无回旋的余地时，就可以提议："如果我方增加购买数量，贵方可否考虑价格优惠呢？"然后，可根据对方的开价，进行选择比较，讨价还价。这种策略一方面可以达到尊重对方的目的，使对方感觉自己是谈判的主角和中心；另一方面，又可以摸清对方的底细，争得主动。

运用投石问路策略时，关键在于买方应给予卖方足够的时间并设法引导卖方对所提出的问题做尽可能详细的正面回答。为此，买方在提问时应注意：问题要简明扼要，要有针对性，尽量避免暴露提问的真实目的或意图。在一般情况下，买方可以提出以下几个问题：如果我们订货的数量增加或减少，如果我们让你方作为我们固定供应商，如果我们有临时采购需求，如果我们分期付款等。

通常情况下，任何一块"石头"都能让你进一步了解对方。当然，这种策略也有不适用的情况，比如，当谈判双方出现意见分歧时，买方使用此策略则会让对方感到你是故意给他出难题，这样，对方就会觉得你没有谈判诚意，谈判也许就不能成功。

（二）避免争论策略

谈判人员在开谈之前，要明确自己的谈判意图，在思想上进行必要的准备，以创造融洽、活跃的谈判气氛。然而，谈判双方为了谋求各自的利益，必然会在一些问题上产生分歧，此时，双方都要保持冷静，防止感情冲动，尽可能避免争论。因为争论不休于事无补，只能使事情变得更糟，最好的办法是采取下列态度进行协商。

1. 冷静地倾听对方的意见

在谈判中，听往往比说更重要。这不仅表现出谈判人员良好的素质和修养，也表现出对对方的尊重。多听少讲可以把握材料，探索对方的动机，预测对方的行动意图。在倾听过程中，即使对方讲出你不爱听的话，或对你不利的话，也不要立即打断对方或反驳对方。因为真正赢得优势，取得胜利的方法决不是争论，所以最好的方法是让对方陈述完毕后，首先表示同意对方的意见，承认自己在某方面的疏忽，然后提出对对方的意见，进行重新讨论。这样在重新讨论问题时，双方就会心平气和，从而使谈判达成双方都比较满意的结果。

2. 婉转地提出不同的意见

在谈判中，当你不同意对方的意见时，切忌直接提出自己的否定意见，这样会使对方在心理上产生抵触情绪，反而千方百计地维护自己的观点。如果有不同意见，最好的方法是先同意对方的意见，然后再做探索性的提议。

3. 分歧导致谈判无法进行时应立即休会

如果在洽谈中，某个问题成了绊脚石，使洽谈无法进行下去，双方为了捍卫自己的原则和利益，就会各持己见，互不相让，使洽谈陷入僵局。休会的策略为那些固执己见型谈判人员提供了请示上级的机会，同时，也为自己创造了养精蓄锐的机会。

谈判实践证明，休会策略不仅可以避免僵持局面和争论的发生，而且可以使双方保持冷静，调整思绪，平心静气地考虑对方的意见，达到顺利解决问题的目的。"休会"是国内谈判人员经常采用的基本策略。

（三）让步策略

让步的方式、幅度直接关系到让步方的利益，理想的方式是每次做递减式让步，它能做到让而不乱，成功地遏止了对方产生无限制让步的要求，这是因为：

（1）每次让步都给对方一定的优惠，表现了让步方的诚意，同时保全了对方的面子，使对方有一定的满足感。

（2）让步的幅度越来越小，也越来越困难，使对方感到己方让步不容易，是在竭尽全力满足对方的要求。

（3）最后的让步幅度不大，是给对方以警告，己方让步到了极限；也有些情况下，最后一次让步幅度较大，甚至超过前一次，这是表示己方合作的诚意，发出要求签约的信息。

（四）情感沟通策略

如果与对方直接谈判的希望不大，就应该采取迂回的策略。所谓迂回策略就是要先通过其他途径接近对方，了解彼此，联络感情。在沟通情感后，再进行谈判，人都是有感情的，满足人的感情和欲望是人的一种基本需要。因此，在谈判中利用感情因素去影响对方是一种可取的策略。

灵活运用此策略的方法很多，可以有意识地利用空闲时间，主动与谈判对手聊天、娱乐、谈论对方感兴趣的问题；也可以赠小礼品，请客吃饭，提供交通住宿的方便；还可以通过帮助解决一些私人问题，达到增进了解、联系情感、建立友谊的目的，从侧面促进谈判的顺利进行。但在使用此策略时，应注意下面一些问题：所赠礼品应不带功利性，而完全是为了联络感情，否则，会给对方一种"行贿"的感觉，使对方警觉，也破坏了己方的形象；要尊重谈判对方的风俗习惯及个人兴趣，使对方感到意外的惊喜；馈赠礼品也要选择适当的时机和场合，使对方感到很自然，易于接受。

（五）货比三家策略

在采购某种商品时，企业往往选择几个供应商进行比较分析，最后签订供销合约。这种情况在实际工作中很常见，我们把采购上的这种做法称为"货比三家策略"。

在采用该策略时，企业首先选择几家生产同类型己方所需产品的供应商，并向对方提供自己的谈判内容、谈判条件等。同时也要求对方在限定的时间内提供产品样品、产品的相关资料，然后，依据资料比较分析卖方在谈判态度、交易条件、经营能力、产品性价比等方面的差异，最终选择其中的一家供应商签订合同。

另外，在运用此策略时，买方应注意选择实力相当的供应商进行比较，以增加可比性和提高签约率。同时买方还应以平等的原则对待所选择的供应商，以严肃、科学、实事求是的态度比较分析各方的总体情况，从而寻找企业的最佳供应商。

（六）避实就虚策略

避实就虚策略是指己方为达到某种目的和需要，有意识地将洽谈的议题引导到无关紧要的问题上故作声势，转移对方的注意力，以求实现己方的谈判目标。具体做法是在无关紧要的事情上纠缠不休，或在自己不成问题的问题上大做文章，以分散对方对自己真正要解决的问题上的注意力。从而在对方无警觉的情况下，顺利实现己方的谈判目标。

例如，对方最关心的是价格问题，而己方最关心的是交货时间。这时，谈判的焦点不要直接放到价格和交货时间上，而是放到价格和运输方式上。在讨价还价时，己方可以在运输方式上做出让步，而作为双方让步的交换条件，要求对方在交货时间上做出较大让步。这样，对方感到了满意，己方的目的也达到了。

（七）最后通牒策略

处于被动地位的谈判人员，总有希望谈判成功并达成协议的心理。当谈判双方各持己见，争执不下时，处于主动地位的一方可以利用这一心理，提出解决问题的最后期限和解决条件。期限是一种时间性通牒，它可以使对方感到如不迅速做出决定，就会失去机会。因为从心理学角度讲，人们对得到的东西并不十分珍惜，而对可能会失去的本来在他看来并不重要的某种东西，顿时重视起来。在谈判中采用最后通牒的策略就是借助人的这种心理定势发挥作用的。

最后期限既给对方造成压力，又给对方一定的时间考虑，因为谈判不成功会直接造成损失。随着最后期限的到来，对方的焦虑会与日俱增。因而，最后期限压力，会迫使人们快速做出决策。一旦对方接受了这个最后期限，交易就会很快顺利地结束。

（八）多听少讲策略

多听少讲是忍耐的一种具体表现方式，也就是让对方尽可能多地发言，充分表明其观点，这样做既能表示尊重对方，也可使己方根据对方的要求，确定己方对付对方的具体策略。

除以上介绍的谈判策略和方法以外，在实际谈判活动中，还有许多策略可以采用。只要谈判人员善于总结，善于观察，并能理论结合实践，就能创新出更多更好的适合自身的谈判策略，并灵活运用它们，用于指导实际谈判。

二》 采购谈判的技巧

（一）入题技巧

谈判双方刚进入谈判场所时，难免会感到拘谨，尤其是谈判新手，在重要谈判中，往往会产生忐忑不安的心理。为此，必须讲求入题技巧，采用恰当的入题方法。

1．迂回入题

为避免谈判时单刀直入、过于暴露，影响谈判的融洽气氛，谈判时可以采用迂回入题的方法，如先从题外话入题，从介绍己方谈判人员入题，从"自谦"入题，或者从介绍本企业的生产、经营、财务状况入题等。

2．先谈细节，后谈原则性问题

围绕谈判的主题，先从洽谈细节问题入题，条分缕析，<u>丝丝入扣</u>，待各项细节问题谈妥之后，也便自然而然地达成了原则性的协议。

3．先谈一般原则，再谈细节

一些大型的采购谈判，由于需要洽谈的问题千头万绪，双方高级谈判人员不应该也不可能介入全部谈判，往往要分成若干等级进行多次谈判。这就需要采取先谈原则性问题，再谈细节问题的方法入题。一旦双方就原则性问题达成了一致，那么，洽谈细节问题也就有了依据。

4．从具体议题入手

大型谈判总是由具体的一次次谈判组成，在每一次谈判中，双方可以首先确定本次会议的谈判议题，然后从这一议题入手进行洽谈。

（二）阐述技巧

谈判入题后，接下来就是双方进行开场阐述，这是谈判的一个重要环节。

1．开场阐述的要点

一是开宗明义，明确本次谈判所要解决的主题，以集中双方的注意力，统一双方的认识。二是表明己方通过洽谈应当得到的利益，尤其是对己方至关重要的利益。三是表明己方的基本立场，可以回顾双方以前合作的成果，说明己方在对方所享有的信誉；也可以展望或预测今后双方合作中可能出现的机遇或障碍；还可以表示己方可采取何种方式为共同获得利益作出贡献等。四是开场阐述应是原则性的，而不是具体的，应尽可能简明扼要。五是开场阐述的目的是让对方明白己方的意图，创造协调的洽谈气氛，因此，阐述应以诚挚和轻松的方式来表达。

2．对对方开场阐述的反应

一是认真耐心地倾听对方的开场阐述，归纳弄懂对方开场阐述的内容，思考和理解对方的关键问题，以免产生误会。二是如果对方开场阐述的内容与己方意见差距较大，不要打断对方的阐述，更不要立即与对方争执，而应当先让对方说完，认同对方之后再巧妙地转开话题，从侧面进行谈判。

3．让对方先谈

在谈判中，当买方对市场态势和产品定价的新情况不太了解，或者当买方尚未确定购买何种产品，或者无权直接决定购买与否的时候，一定要坚持让对方先说明可提供何种产品，产品的性能如何，产品的价格如何等，然后买方再审慎地表达意见。有时即使买方对市场态势和产品定价比较了解，有明确的购买意图，而且能直接决定购买与否，也不妨先让对方阐述利益要求、报价和介绍产品，然后在此基础上提出自己的要求。这种先发制人的方式，常常能收到奇效。

4. 坦诚相见

谈判中应当提倡坦诚相见，不但将对方想知道的情况坦诚相告，而且可以适当透露己方的某些动机和想法。

坦诚相见是获得对方同情的好办法，人们往往对坦诚的人自然有好感。但是应当注意，与对方坦诚相见，难免要冒风险。对方可能利用己方的坦诚逼你让步，己方可能因为坦诚而处于被动地位，因此，坦诚相见是有限度的，并不是将一切和盘托出，总之，以既赢得对方的信赖又不使自己陷于被动、丧失利益为度。

（三）提问技巧

要用提问摸清对方的真实需要，掌握对方心理状态，表达自己的意见观点。

（1）提问的方式包括：封闭式提问、开放式提问、婉转式提问、澄清式提问、探索式提问、借助式提问、强迫选择式提问、引导式提问、协商式提问。

（2）提问的时机包括：在对方发言完毕时提问；在对方发言停顿、间歇时提问；在自己发言前后提问；在议程规定的辩论时间提问。

（3）提问的其他注意事项：注意提问速度；注意对方心境；提问后给对方足够的答复时间；提问时应尽量保持问题的连续性。

（四）答复技巧

答复不是容易的事，回答的每一句话，都会被对方理解为是一种承诺，都负有责任。

答复时应注意：不要彻底答复对方的提问；针对提问者的真实心理答复；不要确切答复对方的提问；降低提问者追问的兴趣；让自己获得充分的思考时间；礼貌地拒绝不值得回答的问题；找借口拖延答复。

（五）说服技巧

（1）说服原则：不要只说自己的理由；研究分析对方的心理、需求及特点；消除对方的戒心、成见；不要操之过急、急于奏效；不要一开始就批评对方，或把自己的意见观点强加给对方；说话用语要朴实亲切，不要过多讲大道理；态度诚恳，平等待人，积极寻求双方的共同点；承认对方"情有可原"，善于激发对方的自尊心；坦率承认，如果对方接受己方的意见，己方也将获得一定利益。

（2）具体说服技巧：先谈易后谈难；多向对方提出要求，传递信息，影响对方意见；强调一致，淡化差异；先谈好后谈坏；强调合同有利于对方的条件；待讨论赞成和反对意见后，再提出己方的意见；说服对方时，要精心设计开头和结尾，要给对方留下深刻印象；结论要由己方明确提出，不要让对方揣摩或自行下结论；多次重复某些信息和观点；多了解对方，以对方习惯的能够接受的方式逻辑去说服对方；先做铺垫，不要奢望对方一下子接受己方突如其来的要求；强调互惠互利、相互合作的可能性、现实性，激发对方在自身利益认同的基础上来接纳己方的意见。

（六）语言技巧

谈判过程是谈判双方运用各种语言进行洽谈的过程。在这个过程中，谈判双方要把己方的判断、推理、论证的思维成果准确无误地表达出来，就必须出色地运用语言技巧这个工具，同样，要想使自己实施的谈判策略获得成功，也要出色地运用语言技巧。正确运用谈判语言技巧，要注意以下几方面的问题。

1. 语言的客观性

作为采购方，谈判语言的客观性主要表现在：介绍自己的购买力时不要水分太大；评价对方商品的质量、性能要中肯，不可信口雌黄，任意褒贬；讨价还价要充满诚意，如果提出压价，其理由要有充分根据。

2. 语言的针对性

谈判语言的针对性是指根据谈判的不同对手、不同目的、不同阶段的不同要求使用不同的语言。简言之，就是谈判语言要有的放矢、对症下药。可以根据不同的谈判对象、不同的谈判话题、不同的谈判目的、不同的谈判阶段，采用不同的谈判语言。

3. 语言的逻辑性

在采购谈判中，提问时要注意察言观色，有的放矢，要注意和谈判议题紧密结合在一起。回答时要切题，一般不要答非所问，说服对方时要使语言、声调、表情等恰如其分地反映人的逻辑思维过程。同时，还要善于利用谈判对手在语言逻辑上的混乱和漏洞，及时驳倒对手，增强自身语言的说服力。

4. 语言的规范性

谈判语言的规范性，是指谈判过程中语言的表述要文明、清晰、严谨、准确。

（1）谈判语言，必须坚持文明礼貌的原则，必须符合职业道德要求。

（2）谈判语言应当注意抑扬顿挫、轻重缓急，避免吞吞吐吐、词不达意、嗓音微弱、大吼大叫、感情用事等。

（3）谈判语言应当准确、严谨，特别是在讨价还价等关键时刻，更要注意一言一语的准确性。

在谈判过程中，由于一言不慎导致谈判走向歧途，甚至导致谈判失败的事例屡见不鲜。

相关 链接

一些有益的建议

1. 尽量成为一个好的倾听者。
2. 尽量从对方的立场说话。
3. 尽量以数据和事实说话，提高权威性。
4. 尽量控制谈判时间。
5. 避免过分谦虚，应集中在己方强势点上。
6. 避免准备不周，漏洞百出。
7. 避免缺乏警觉，无法迅速而充分地利用洽谈中出现的有利信息和机会。
8. 避免脾气暴躁，给对方留下不好的印象。
9. 避免贪得无厌，只看重短期利益。

思考 练习

1. 采购谈判的原则有哪些?

2. 采购谈判的内容包括哪些?

3. 什么情况下可以运用最后通牒策略?

【演练提高】

以小组的形式设计一份调查问卷,调查有关的企业采购谈判人员,并就以下问题进行分析讨论:

1. 怎样开展谈判准备工作?

2. 如何针对不同类型的谈判对象,使用相应的谈判技巧?

3. 成功的谈判人员应具备哪些素质?

项目四 采购价格与成本管理

采购价格是签订采购合同条款中最重要的因素之一。就采购方而言，材料的成本占生产总成本的比例非常高，是影响产品市场竞争力与企业利润的重要因素，因此采购价格是否合理，就显得非常重要。在采购作业阶段，企业应当对所需采购的物资，在适当的品质、数量、交货时间及其他有关条件下，给出合适的价格。采购价格的确定受市场供求关系、国家政策、市场价格、价值判断等因素的影响，要依据这些影响因素，来决定所要购买物资的单价，选择能最大限度减少损失的方案。

【学习目标】

　知识目标
● 掌握市场经济条件下的定价方法
● 熟悉影响采购价格的主要因素，市场经济条件下定价应考虑的因素
　技能目标
● 掌握采购成本的构成、ABC 分析法的实施和采购成本的控制方法

任务一　采购价格的确定与采购成本的构成

一》 采购价格的确定

决定适当采购价格的目标，主要在于确保所购物资的成本，以期能树立有利的竞争地位，并在维持买卖双方利益的良好关系下，使原料按质按量准时供应。

(一) 采购价格的调查

一个企业所需要使用的材料，少的有八九种，多的万种以上，按其性质划分，可分"高价物品"、"中价物品"与"低价物品"三类。如果有人问："怎样才能够有效降低采购成本?"正确的回答应是"要做好采购价格调查!"

　1. 价格调查的主要范围

在大型企业里，原材料种类不下万种，但限于人手，要做好采购价格调查，却又谈何容易。因此要了解"重要的少数"，就是通常数量仅占 10%，而其价值却占全体总值的 70%~80% 的材料。假如企业能掌握住 80% 左右价值的"重要少数"，那么，就可以达到控制采购成本的真正目的，这就是重点管理法。根据一些企业的实际操作经验，可以把

下列 6 大项目列为主要的采购调查范围：

（1）20～30 种主要材料，其价值占全部总值百分比的 70%～80%。

（2）常用材料、器材属于大量采购项目的。

（3）一旦供应脱节，可能导致生产中断的性能比较特殊的材料、器材（包括主要零配件）。

（4）突发事件紧急采购项目。

（5）波动性物资、器材。

（6）数量巨大，影响经济效益深远的计划外资本支出、设备器材。

上面所列 6 大项目，虽然种类不多，但所占的比例很大，或影响经济效益甚广。其中（1）、（2）、（5）三项，应将其每日行情的变动，记入记录卡（如表 2—14 所示），并于每周或每月做一个"周期性"的行情变动趋势分析。由于项目不多，而其金额又占全部采购成本的一半以上，因此必须做详细的调查记录。至于（3）、（4）、（6）三项，则属于特殊性或例外性采购范围，价格差距大，也应列为专业调查的重点。

表 2—14 调查记录卡

原材料名称	今日价格	昨日价格	增减幅度 %	上周价格	上月价格

在一个企业中，为了便于了解占总采购价值 80% 的"重要少数"的材料价格的变动行情，就应当随时记录，真正做到了如指掌。久而久之，对于相关的项目，它的主要材料一旦涨价，就可预测到成品价格会上涨。

2. 价格信息收集方式

根据统计，采购人员约有 27% 的时间从事信息收集，足见采购信息的重要性。信息的收集可分为三类：

（1）上游法。即了解拟采购的产品是由哪些零部件或材料组成的，换言之，查询制造成本及产量资料。

（2）下游法。即了解所采购的产品用在哪些地方，换言之，查询需求量及售价资料。

（3）水平法。即了解采购的产品有哪些类似产品，换言之，查询替代品或新供应商的资料。

3. 价格信息收集渠道

至于信息的收集，常用的渠道有：

（1）杂志、报纸等媒体。

（2）信息网络或产业调查服务业。

（3）参观展览会或参加研讨会。

（4）加入协会或工会。

不过由于商情范围广阔，来源复杂，加之市场环境变化迅速，因此，必须筛选正确有效的信息以供决策。最近几年对国外采购信息的需要越来越迫切，除了公司派人亲赴国外收集外，也可利用外贸协会信息处收集的名录、企管新知、电话簿、统计资料、市调报告、报刊、非书资料（录音带、录像带、磁盘、统计微缩片等）及其他小册子、宣传品、新书通告、DM 等获取资料。此外，国外驻华使领馆或文化经济交流协会等机构，也均能提供采购商情。通过网络也可直接阅览国外产品的信息。

4．调查所得资料的处理方式

企业可将采购市场调查所得资料，加以整理、分析与检讨。在此基础上提出报告及建议，即根据调查结果，编制材料调查报告及进行商业环境分析，对本企业提出有关改进建议（例如提供采购参考，以求降低成本，增加利润），并根据科学调查结果，研究更好的采购方法。

（二）确定采购价格应考虑的因素

企业在制定价格决策时，必须全面考虑两个领域的因素：企业内部的因素和企业外部的因素，根据它们的影响来合理制定价格。内部因素主要包括成本、市场定位和定价目标三方面，外部因素主要包括供求关系、竞争、货币价值与国家价格政策等。

1．内部因素

（1）成本。

商品的生产与流通都需消耗物化劳动和活劳动。这些劳动消耗是通过货币来表现的，例如原材料采购费用、劳动者工资、固定资产折旧等。在商品生产与流通中物化劳动和活劳动消耗的货币表现就是商品成本。按照消耗发生的阶段，商品成本可分为生产成本和流通成本两大类。成本是企业制定商品价格的最低经济界限，价格高于成本将产生利润，价格低于成本将带来亏损。因为这个原因，越来越多的企业在价格制定中首先要考虑成本因素，或者采用成本加成定价法，以成本为基础，适当加上利润、税金，形成商品价格。

（2）市场定位。

市场定位就是（拟）在消费者心目中建立的产品形象，其中包括对产品外观、内在质量以及价格诸方面的协调设计。当价格成为市场定位中的一项基本因素时，商品价格的制定要服从市场定位的要求。一般来说，产品的市场定位可有七种选择：极品、奢侈品、精品、中档品、便利品、廉价品、次品。例如在小汽车市场上，梅赛德斯-奔驰汽车被认为是极品（金质质量）；林肯等汽车被认为是奢侈品；沃尔沃与宝马是精品；属于中档汽车的有：别克、蓝鸟等；也有一些汽车被定位在中档以下三个档次上，例如有一种雨果牌汽车，不仅卖得便宜，其制造也过于节省，销售者不提供任何服务，堪称名副其实的"代步工具"。一旦商品的市场位置被选定，其价格水平就要适合相应市场位置的要求。

（3）定价目标。

定价目标是指导企业制定价格决策的目标。从某种意义上说，定价目标就是企业的经营目标，这是由价格与销售和利润的联系所决定的。显然，企业的目标越明确，它就越容易定价。不同的价格水平对企业的盈利目标、销售收入目标以及市场份额目标具有不同的影响。因此，明确企业的目标对于合理定价具有重要的意义。

制定价格要有助于实现企业的各种经营目标。由于不同的价格水平对各种经营目标实现的影响是不同的，因此制定价格要根据定价目标来进行。通常情况下，追求当前利润最大化的定价目标应把价格定在较高水平，追求市场份额最大化的定价目标则要求把价格定在较低水平。由于价格水平只能是一个，因而上述两个目标不可能同时实现，于是，最后价格的确定取决于定价目标的合理安排。

2. 外部因素

(1) 供求状态。

商品的供求状态可以影响到价格的制定。这是因为商品供求状态可以影响市场物价水平。一般来说，当供应大于需求时，市场物价水平会下降，顾客会转向购买低价商品而形成一种压力，迫使企业把价格降低；反过来，当供应小于需求时，市场物价水平上涨，高价下的商品销路不受影响，企业可获得超额利润的机会会诱使企业把价格提高。

需要注意的是，价格变动也能改变供求状态。因此在一个商品市场上，价格不可能总是处于上涨的变动方向上，也不可能总是处于下降的变动方向上。价格上涨，会引起供应量增加，需求量减少，很容易导致出现供过于求的状况；价格下降，会引起供应量减少，需求量增加，因而也容易导致出现供不应求的状况，从而引起价格发生与原来变动方向相反的变动。因此当需求弹性大时，企业的定价要与市场通行价格一致，当需求弹性小时，企业可按最大垄断利润原则来定价。

(2) 竞争。

竞争是来自市场的影响价格决策的另一个因素。一般来说，竞争激烈程度越高，可行的价格水平就越低。

供应者之间的竞争是围绕着争夺顾客这个中心来进行的。谁能赢得较多的顾客，谁就能将产品更多地销售出去，谁就有机会实现较高销售收入和利润，这就是竞争优势。供应者为提高自己的竞争优势，要综合运用市场营销组合中的各种因素，于是会出现价格竞争和非价格竞争。由于在大多数情况下价格低可以提高竞争优势，因此，任何形式的竞争都会限制价格水平，在价格竞争中这一点将变得更为明显。

(3) 货币价值。

价格是产品同货币的交换比，这种交换比计算的依据是价值量。产品价值量与单位货币所代表的价值之间的比值，就是价格。在产品价值量不变的前提下，单位货币所代表的价值越大，则商品价格越低。单位货币的价值量降低时，商品价格就会升高。

货币尤其是纸币的价值量通常是变动的。纸币发行量越多，则其代表的价值量就会降低，这就是经济中发生通货膨胀、物价普遍上涨的原因。如果政府紧缩通货发行（亦称为紧缩银根），市场流通的货币就会减少，商品价格因此也会降低。

(4) 国家政策。

价格是市场和经济生活中最敏感的因素，涉及面广，影响深远，因而是国家或政府最关注的因素。对此，国家制定了一系列方针政策，对企业制定价格决策具有指导和约束作用，其中最主要的方针政策有：稳定物价方针政策；反暴利政策；缩小工农产品交换价格剪刀差政策；按质论价政策；反对乱收费、乱摊派以及减轻农民负担的政策；最高限价和最低保护价政策；合理安排商品比价、差价政策等。

（三）采购价格的确定方式

采购价格的洽谈，应以达到价格适当为最高目标，买卖双方达到共赢，才是采购的最终目标。采购价格的确定有如下几种方式。

1. 报价采购方式

所谓报价采购，即采购方根据需要采购物品向供应商发出询价或征购函，是正式报价的一种采购方法。通常供应商寄发报价单，内容包括交易条件及报价有效期等，有时自动提出信用调查对象，必要时另寄"样品"及"说明书"。报价经采购方完全同意接受，买卖契约才算成立。

2. 公开招标方式

对于一些非标准物料或以供应商标准生产的物料产品，没有现成的市场价格可以参照时，可以采用公开招标的方式决定其价格。先由参与竞争的供应商提出报价，然后由采购方选择。

当供应商的报价与采购方的底线差距过高时，可以不采用，而过低的报价是否可靠也必须加以考虑，应运用采购方的判断力、经验以及市场调查所得的价格资料，加以综合比较。

招标方式是采购企业确定价格的重要方式，其优点在于公平合理。因此，大批量的采购一般采用招标方式。但采用招标方式受几个条件的限制：所采购的商品的规格要求必须表述清楚、明确、易于理解；必须有两个以上供应商参加投标。这是采用招标方式的基本条件。

由于公开招标把价格作为唯一的选择标准，而未考虑价格以外的因素，特别是对供应商以往的服务的质量未予重视，所以公开招标的方式不一定是最适当的价格确定方法。

3. 谈判协议方式

谈判协议确定价格的方式比公开招标确定价格的方式较易接近适当的价格，因为买卖双方可以充分地申述己见，在互惠互利的前提下，通过谈判协商取得双赢的局面。谈判是确定价格的常用方式，也是最复杂、成本最高的方式。谈判协调方式适合各种类型的采购。

参与谈判协议的人员，要明确影响价格的诸多因素：

（1）材料规格。不同的国家、不同的企业的生产标准、生产能力都不尽相同，因此相同规格的情况下，材料的质量、效果和功能是不一样的，所以其价格就有差异。

（2）采购数量。采购数量不但涉及采购方的经济批量，也涉及供应商的经济生产量，因为采购数量的多少往往会影响价格的走向。

（3）季节性变化。例如农产品，如果能利用旺季采购，则价格就会比较合理，而且还容易获得比较好的品质。

（4）交货期限。采购对交货期限的急缓会影响供应商对价格的确定，那些交货时间紧的物料，价格也相对高了许多。

（5）付款条件。在付款方式上，如能事先预付款项，肯定可以得到一定的价格优惠；又如分期付款式采购机器设备，由于多了利息一项，所以价格就比现价采购高。

（6）供应地区。国外采购与国内采购以及采购国的远近都会使运费有很大的差距，因此货价也不同。

（7）供求关系。市场供求与价格紧密相关，还会受到市场景气与否、通货膨胀等因素的影响。

（8）包装方式。材料的包装是用货柜装运还是散装或是船舶装运，物价也会受到影响。

以上这些因素都会直接或间接地影响到价格的确定，要切记，最终的商定价格应该是一种"适当合理"的价格，否则买卖双方都可能得不偿失。

(四) 控制采购价格的几个途径

成功的采购就是要获得理想的采购价格。材料的价格受诸多因素影响，通常价格的波动较大。影响材料价格的主要因素有：市场货源的供求状况、采购数量的多少、原材料的上市季节、供货渠道、需求市场的需求程度、供应商之间的竞争，以及气候、交通、节假日等。面对诸多的影响因素，企业很有必要对材料的采购价格实行控制。企业控制原材料采购价格的途径主要有以下几个方面。

1. 限价采购

限价采购就是对所需购买的材料规定或限定进货价格，这种方法一般适用于鲜活材料。当然，所限定的价格不能单凭管理者的想象，而是要委派专人进行市场调查，获得市场的物价行情，然后综合分析提出中间价。

2. 竞争报价

竞争报价是由采购方向多家供应商索取供货价格表，采购方根据所提供的报价单，进行分析，确定向谁订购。在确定供应商时，不仅仅要考虑到供应商供货的价格，还要考虑到供应商的供货信誉：如原料的质量、送货的距离，以及供应商的设施、财务状况等因素。

3. 规定供应商和供货渠道

为了有效地控制采购价格，保证材料的质量，管理层可指定采购人员在规定的供应商处采购，以稳定供货渠道。这种定向采购一般在价格合理和保证质量的前提下进行。在定向采购时，供需双方要预先签订合约，以保障供货价格的稳定。

4. 控制大宗和贵重材料的购货权

贵重材料和大宗材料的价格是影响成本的主体。因此有些企业对此规定：由生产部门提供使用情况报告，采购部门提供各供应商的价格报告，具体向谁购买必须由管理层来决定。

5. 提高购货量和改变购货规格

根据需求情况，大批量采购可降低材料价格，这也是控制采购价格的一种策略。另外，当某些原料的包装规格有大有小时，购买适用的大规格，也可降低单位价格。

6. 根据市场行情适时采购

当有些原料在市场上供过于求、价格十分低廉且生产用量又较大时，只要质量符合要求，可趁机购买储存，以备价格回升时使用。当应时材料刚上市时，预计价格可能会下跌，采购量应尽可能少一些，只要满足需要即可，等价格稳定时再添购。

二》 采购成本的构成

采购成本有广义和狭义之分。广义的采购成本包括材料的获取成本、材料的储备成本以及材料的品质成本，而狭义的材料采购成本则仅指材料的获取成本。

（一）材料的获取成本

材料的获取成本包括：

（1）请购手续成本。请购所花的人工费用、事务用品费用、主管及有关部门的审查费用。

（2）事务成本。估价、询价、比价、议价、采购、通信联络、事务用品等所花的费用。

（3）进料验收成本。验收手续所花的人工费用、交通费用、检验仪表费用等。

（4）进库成本。材料搬运所花的成本。

（5）其他成本。

（二）材料的储备成本

材料的储备成本包括：

（1）资金成本。材料的品质维持需要资金的投入。投入了资金就使其他需要使用资金的地方丧失了使用这笔资金的机会，如果每年其他使用这笔资金的地方的投资回报率为20％，则每年材料的资金成本为这笔资金的20％。

（2）搬运成本。材料数量增加，则搬运和装卸的机会增加，搬运工人与搬运设备增加，其搬运成本增加。

（3）仓储成本。仓库的租金及仓库管理、盘点、设施维护（如保安、消防等）的费用。

（4）折旧成本。材料发生品质变异、破损、报废、价值下跌、呆滞料等情况造成的成本增加。

（5）其他成本。如物料的保险费用、其他管理费用等。

（三）材料的品质成本

1. 材料品质成本的含义

材料的品质成本是指材料以货币为表现形式的品质理想状况与现实状况的差别。材料品质成本的概念在以下四个方面有所深化：

（1）针对制造扩展到设计、采购和使用中，最后直至产品全寿命周期。

（2）从用于现状的反映和分析深化、扩展到用于预测和决策分析。

（3）从有形品质成本扩展到无形品质成本。

（4）从生产企业自身扩展到供应商、用户和社会。

2. 材料品质成本的基本属性

（1）材料品质成本是品质问题的经济表现，它以货币作为语言。

（2）材料品质成本把品质投入与品质损失联系起来。

（3）材料品质成本是财务会计中的成本概念，具有一定的隐含性。

3. 材料品质成本的内容

（1）设计品质成本。设计品质成本是指企业为了保证产品设计品质适合用户要求和生产能力所投入的费用，以及设计缺陷所造成的损失。它分为：

1) 设计品质投入。它是指企业在产品研制过程中编制可靠性大纲、设计试验规范、培训设计人员和品质可靠人员、进行可靠性试验、开展设计评审等活动所支付的费用。这些费用基本上都属于预防成本，企业可以通过有关会计和统计资料进行比较准确的计算。

2) 设计缺陷损失。具体包括：由于设计方案需要修改或重新设计，从而导致设计、实验费用的无效增加；由于设计方案中选择的技术标准、原材料、零部件不适当，规定的品质要求不合理，导致采购、加工、检验费用的无效增加；设计缺陷导致企业在生产、售后服务中的各种品质损失和用户的品质损失。这些损失费用的少部分比较明显，绝大部分比较隐含，可能表现为以正常的成本费用掩藏起来，也可能表现为其他原因导致的品质成本专案。

（2）采购品质成本。采购品质成本是指为了促使和鉴定采购物料达到合同规定的品质要求所支付的费用，以及采购未达到品质要求给企业造成的损失。它分为三个部分：

1) 预防成本。它是指评价供应商的品质保证能力，提出采购物料的品质要求，帮助供应商改进产品品质和完善品质体系等活动所发生的费用。

2) 鉴定成本。它是指对采购物料进行检验鉴定所发生的费用，这种检验活动包括货源地核对和进厂检验。

3) 采购损失成本。它是指由于采购材料未达到合同规定的品质要求给顾客所造成的而供应商又未能给予补偿的损失。

（3）边际品质成本。边际品质成本是指品质成本对产品品质特性最小单位变化的变动成本。具体包括：

1) 边际品质投入。它是指当产品品质特性处于某一水平时，产品品质特性最小单位的变化所发生的品质投入的变化量。

2) 边际品质损失。它是指当产品品质特性处于某一水平时，产品品质特性最小单位的变化所导致的品质损失的变化量。

（4）用户品质成本。用户品质成本是指用户为了获得品质满意的产品并使其有效地发挥功能所支付的费用，以及产品品质不能满足用户要求给用户造成的损失。具体分为：

1) 用户品质投入。它是指用户了解产品品质特性或特征及生产、经销企业的生产、经营情况，进行产品验收，学习产品的使用和维护，办理产品品质、安全保险等方面所发生的费用。

2) 用户品质损失。用户品质损失是指由于产品品质不适合用户要求，给用户造成的损失，主要包括用户对品质不良的产品进行附加的检查、修理、退换所支付的而未能得到补偿的费用；用户使用品质不良的产品而额外增加的人工费、材料费、动力费；产品出现品质故障给用户造成的产量损失和信誉损失；用户处理产品造成的公害的费用。

（5）社会品质成本。社会品质成本是指国家品质监督机构、环境保护机构、消费者权益保护组织等在鉴别和促使改进产品品质从而维护用户和国家利益、保护环境等方面所投入的费用，以及产品品质不良造成公害给社会带来的经济损失。

（6）产品生命品质成本。产品生命品质成本是指产品从市场调研、研制、生产、使用到报废、销毁的全过程中，对有关各方面造成的损失。产品生命品质成本的核算和分析不是以企业为物件，而是以产品为物件，它包括供应商、研制单位、企业、消费者和第三方等与产品有关各方的品质成本，其中主要是研制单位、生产企业和直接用户的品质成本。

（7）作业品质成本。作业品质成本是指企业为了促使全体人员始终做好本职作业所支付的费用及作业差错所造成的损失。作业品质成本核算与分析的物件不是产品，而是作业。

三　影响采购成本的因素

采购就是在适当的时间以适当的价格从适当的供应商处买回所需数量的商品的活动。所以采购成本主要受"价"、"质"、"量"、"时"、"地"五个要素影响。

（一）采购价格

价格永远是采购活动中被关注的焦点，材料的价格与该材料的种类、是否长期购买、是否大量购买、市场的供求关系有关，同时也与采购方对该材料的市场状况是否熟悉有关，这就要求采购方要时常了解该行业的最新市况，尽可能多地获取相关资料。采购价格的原则是在保证同等品质的情况下，采购价格不高于同类物资的价格。

（二）商品质量

一个优秀的采购人员不仅是一个精明的商人，同时在一定程度上也充当一个品质管理人员的角色。在日常的采购作业中要安排部分时间去推动供应商完善品质体系及改善、稳定材料的品质。

来料品质不良往往会导致企业内部相关人员花费大量的时间与精力进行重检、挑选，造成检验费用和管理费用的增加；生产线返工增多，降低生产效率；生产计划推迟，有可能使企业不能按承诺的时间向客户交货，降低客户对企业的信任度。

（三）采购数量

资金的周转率、仓库储存的成本都直接影响采购成本，因此应根据资金的周转率、储存成本、物料需求计划等综合计算出最经济的采购批量。采购量的大小决定于生产与销售的顺畅与资金的调度。材料采购过大造成过高的存货储备成本与资金积压；材料采购量过小，则可能产生存货不足。因此适当的采购量是非常必要的。

（四）交货时间

已安排好生产计划的企业往往因原材料未能如期到达造成企业"停工待料"，若原材料提前太多时间买回来放在仓库里"等"着生产，又会造成库存过多，大量积压采购资金，使采购成本增加，所以采购方要协调与监督供应商按照预定时间交货。

（五）供应地区

天时不如地利，企业往往容易在与距离近的供应商合作中取得主动权。供应商离企业越近，运输费用就越低，机动性也就越高，协调沟通越方便，成本自然就低，同时也有助于紧急订购时的时间安排。

四》 采购成本的管理与控制

企业的经济效益与其生产所耗物资的采购成本关系非常密切。企业要获得最大的经济利益，有效地降低采购成本是关键，因此要加强对材料采购成本的管理与控制。

（一）加强采购成本管理的必要性

1. 它是企业参与市场竞争的需要

材料成本与企业的利润呈反比关系。材料成本的高低直接决定企业利润的高低，这就是很多企业把降低材料成本作为利润增长点的原因所在。而产品成本中材料价格的高低，直接影响企业产品的价格。所以企业要强化材料采购管理，把好价格关，最大限度地追求最低的进料成本。"成本领先"是企业竞争优势的主要体现。市场竞争中的价格竞争从表面上看是产品价格高低的竞争，而实际上是成本高低的较量。降低成本有两个基本途径：一是降低生产过程中材料的消耗；二是降低材料采购价格。传统的成本管理观念认为降低成本就是降低生产消耗。其实对于许多企业来讲更重要的是降低材料采购成本。生产过程中的成本挖潜其实是有限的，材料采购过程中的潜力大得多，而且由于市场是不断变化的，因此材料采购过程中的挖潜可以说是无止境的。

2. 它是买方市场形势的必然要求

在市场供大于求的情况下，卖方市场竞争激烈，这种竞争会使材料的种类、规格、性能、包装等日益多样化。这就为采购行为增加了难度，企业必须对采购材料的质量、价格、供货方式、信誉等多方面加以比较并进行选择。而企业采购材料活动是一种组织行为，比个人消费复杂得多，这就要求企业要切实加强材料采购成本管理。

（二）企业采购成本居高不下的原因

1. 企业的经营观念尚未彻底转变

长期以来一些企业领导一味地抓生产、抓产值。认为无论什么原因都不能影响生产，生产是第一位的，是压倒一切的，自然而然地就忽视了对材料价格的管理，更没有把它提到企业的议事日程上来加以研究和部署，使材料采购管理出现了"真空"。

2. 对材料市场缺乏研究，未能把握市场动态

在目前买方市场条件下，部分材料的价格仍然一路走高。其原因一是没有建立企业自己的价格信息系统，对市场了解不够。二是不了解国际市场对国内市场和行业市场、国内市场对区域市场和小市场的影响，以及这些市场对企业所需材料价格的影响。三是对市场的了解肤浅，造成企业的供应商单一，制约了企业的材料供应。

3. 材料采购的内部控制制度不健全

目前大部分企业都设置了物资管理部门，承担着企业材料的计划、采购、存储保管工作。技术检查部门负责材料采购入库前的检验，审计部门负责材料采购的监督，财务部门负责材料采购的结算。这样的机构设置从表面上看很合理，但是在一些环节上还存在诸多弊端。如物资管理部门既管计划又管采购还管价格，造成计划、采购、价格决策没有相互独立，由一个部门说了算的局面，而审计部门的监督在不能系统了解市场价格的情况下也

只能进行事后审计甚至抽查，起不到真正的监督作用。

（三）强化采购成本管理的措施

1. 做好市场调查

影响材料价格的因素较多，价格波动较大，所以采购人员应经常了解并掌握材料的市场价格与价格信息以及行业政策的变化，在物价上涨之前以低价位购入适量材料，减少涨价带来的成本上升损失。另外，在目前高度市场化的条件下，存货耗用量与销售量均衡几乎是不可能的，企业必须考虑季节性供求问题。如羽绒服厂是季节性生产厂家，销售旺季为冬季，为了保证羽绒服厂家商战时的货源充足，同时也为了降低羽绒服的生产成本，企业对生产羽绒服所需的面料等材料的采购应与之相应，错过季节要么无货可购，要么价格较高，甚至倍增。因此，为了保证充足的货源和实现采购成本目标，企业必须及时了解和掌握供求变动的规律，避免高价位采购。

2. 制定采购预算与估计成本

制定预算就是在组织内部进行稀缺资源配置。制定采购预算是指在实施采购行为之前，对采购成本进行预测。这是对整个采购资金的一种理性规划，不仅可以对采购资金进行合理配置，还可以建立资金的使用标准，以便对采购过程中资金的使用情况随时进行检测和控制，确保资金的使用额度在合理的范围内。

3. 采取议标订货

所谓议标订货就是需方根据自身的需求拟订一个基本的选标条件和价格文件，向具有一定供货能力的供应商发出标书，供应商依照需方提出的条件向需方投标。在议标会上由需方组织的招标委员会公开唱标。中标条件包括：供应商能满足需方在价格、数量、供货时间等方面的要求；投标文件符合招标文件的要求，投标价格合理并对需方有利；供应商具有执行合同的能力，能够提供最佳服务及优惠条件等。这种订货方式能比较客观地反映资源分布、生产及价格构成情况，有利于需方选择供应商，确定切实可行的供需关系。

4. 确保供应主渠道畅通

拖欠货款越多，企业的信用度就越低，供货单位基于货款占用周期长而不得不抬高货价，这就有可能造成企业材料采购价格的上升，而材料采购成本的上升比企业拖欠货款产生的利息高得多。在买方市场中，供货单位迫于形势不得已而供之，而一旦市场供求关系发生变化，供应商就会对需方采取清欠货款和限制发货制裁。因此，企业应采取稳定主渠道、及时付款的供应策略，建立起与主渠道供应商协同发展、长久合作的良好关系，这样既可以降低材料采购成本，确保采购主渠道的畅通，又可以通过树立良好的企业形象，强化与供应商的密切合作关系，共同抵御市场风险。

相关 链接

美心公司控制采购成本

2002 年，美心公司与大多数高速发展的企业一样，开始面临增长瓶颈。掌门人夏明宪毅然采取以利润换市场的策略，大幅降低产品价格。然而，降价不久，风险不期而至，原材料钢材的价格突然飙升。继续低价销售——卖得越多，亏得越多；涨价销售——信誉扫地，再难立足。面对两难抉择，降低成本，尤其是原材料的采购成本就成了美心公司生死攸关的"救命稻草"！

夏明宪向采购部下达指令：从现在开始的三年内，企业的综合采购成本，必须以每年平均 10% 的速度递减。

这让美心公司采购部的员工们有点傻眼，甚至不服气。此前美心公司的"开架式采购招投标制度"属国内首创，既有效降低了成本，又杜绝了暗箱操作，中央电视台都为此做过专题报道。而且此举已经为美心公司节约了 15% 的采购成本，还有什么魔法能够让青蛙变得更苗条？

在夏明宪的带动下，美心公司员工开始走出去，超越经验桎梏，通过联合采购分别加工、循环取货优化物流、原材料供应战略伙伴、新品配套合作共赢等一系列手段，于不知不觉中形成了一套降低成本管理模式。

2002 年，美心公司的产销量同比翻了一番，美心的综合采购成本下降了 17%，同比全行业的平均水平低 23%！美心公司成为唯一在原材料价格暴涨时期维持低价政策的企业，企业形象如日中天，渠道建设终于根深叶茂。

资料来源：营销管理网。

任务二　掌握采购成本的 ABC 分析法

一》 采购成本控制的原则

采购的功能在于取得企业所需的资源，包括材料、设备或服务等。而所有资源的取得必须相应地支付一定的金额或代价，因为除了少数以外，所有资源的取得都不是免费的。为了取得资源所付出的成本越高，对企业就越不利，因为它会降低企业的获利以及减少可用的资金等。因此，所有负责采购的人员都应有一个根深蒂固的观念——"降低成本"，这是采购的第一要务，而个人或采购单位绩效考核也以降低成本的幅度作为主要绩效指标。这样的逻辑思考对企业来说是明显的，却隐含着一个基本的问题。

以"成本观"指导的采购行为会落入一个思考的陷阱，也就是"只要是便宜的就好"、"越便宜越有利"。这种以成本为导向的观念所看重的是支出去的"成本"，却疏于评估所取得资源的"价值"。

"价值"可能与"成本"没有直接的关联。某些价值高的东西可能以较低的成本获得；相反，有些价值低的东西可能要付出极高的成本。经济学上的效益递减就可说明这一问题。举例来说，当口渴的时候喝一杯水，觉得很好，可以立即止渴，但接着喝第二杯、第三杯后就没有喝第一杯水的效用大。购买每一杯水的成本是相同的，但是每一杯水的价值却不见得相同。因此，从资源取得的角度来思考"成本"，反而没有"价值"来得重要。因为高成本并不见得会有高价值，低成本也不见得就使价值变低，亦即成本和价值往往无关。反过来说价值高的东西，其成本不见得一定高，也就是企业可能以极低的成本获得极高的价值。如果这样的道理是可以理解的，则采购行为的思考应该是"重价值、轻成本"或是"先价值、后成本"。

交易过程中，在进入议价阶段或做成本分析之前，采购部门首先要了解这个交易能为企业带来什么样的效益或价值，接着考虑要付出多少成本才属合理。

采购若从"价值观"出发来考虑，其重点就不是如何降低成本，而是以相对更低的成本取得更高的价值。对企业而言，采购人员和部门的定位就是不仅要懂得如何花钱，而且要达成企业的最有"价值"的目标。

二　ABC 分析法的实施

一般来说，企业的材料种类繁多、价格不等、数量不均匀。由于企业的资源有限，因此，对所有品种均给予相同程度的重视和管理是不可能的，也是不切实际的。为了使有限的时间、资金、人力、物力等企业资源得到更有效的利用，应对材料进行分类，将管理的重点放在重要的材料上，进行分类管理和控制，即依据库存物资重要程度的不同，分别进行不同的管理，这就是 ABC 控制方法的基本思想。进行 ABC 管理，首先要根据库存中各种材料一定期间内消耗的金额对库存进行 ABC 分类，消耗金额最高的划归 A 类，次高的划归 B 类，低的划归 C 类。利用 ABC 分析法可以更好地预测现场控制、供应商的依赖度以及减少安全库存和库存投资。通过将材料分级，采购部门就能为每一级的材料品种制定不同的策略，实施不同的控制。

（一）ABC 分类的步骤

企业对各种材料进行 ABC 分类的主要步骤如下：

（1）计算某种物资在一定期间的消耗（供应）金额。

消耗（供应）金额＝单价×消耗（供应）数量

（2）按照消耗（供应）金额的大小顺序，排出其品种序列。消耗（供应）金额最大的排在第一位，依次顺序排列，然后计算各品种的消耗（供应）金额占总消耗（供应）金额的百分比。

（3）按照消耗（供应）金额的大小品种序列计算消耗（供应）金额的累计百分比。把占消耗（供应）金额累计 70% 左右的各种物资作为 A 类；占余下 20% 左右的物资作为 B 类；除此之外的物资作为 C 类。

具体的划分标准及各级物资在总消耗金额中所占的比例没有统一的规定，要根据各企业、各仓库的库存品种的具体情况和企业经营者的意图来决定。但是根据众多企业运用 ABC 分析法的经验，一般可按各级材料在总消耗金额中所占的比重来划分，具体参考数据见表 2—15。

表 2—15　　　　　　　　　　ABC 分析法的参考数据

级别	年消耗金额（%）	品种数（%）
A	60～80	10～20
B	15～40	20～30
C	5～15	50～70

（二）ABC 分析法的作用

ABC 分析法是选择性管理或重点管理的法则，该方法对材料管理具有以下作用：

（1）利用 ABC 分析法，将材料分为 A、B、C 三类，再依价值高低排列，有助于制定采购计划，减少存货及仓储成本。

（2）利用重点管理，分类规划，可减少高价值存货，提高低价值材料的安全库存量，从而减少采购及管理费用，降低保管或其他损失的程度。

（3）可随时掌握材料的使用情形，减少呆料或废料。

（4）B、C 类材料的采购，可以随时增减，自由调整交货期，缓冲进货高峰，可调整为定期交货，便于集中检验，加强品质检验。

（5）可以省略 C 类材料出库及记账业务，减少仓库业务工作量，而多出的时间用于加强 A 类材料的管理，如此可以大幅度减少材料的管理费用。

（三）ABC 分析法的基本法则

根据 ABC 分析法的结果，对 A、B、C 三类材料采取不同的分类管理策略。ABC 分析法的四条基本法则如表 2—16 所示。

表 2—16　　　　　　　　　　　　　　ABC 分析法的基本法则

法则名称	具体内容
控制程度	1. 对 A 类材料应尽可能地严加控制，包括最完整、最准确的记录，最高层监督的经常评审，对车间紧密跟踪、压缩提前期等。 2. 对 B 类材料作正常控制，包括良好的记录与常规关注。 3. 对 C 类材料应尽可能使用最简单的控制，诸如定期目视检查库存实物、简化记录，采用大库存量与订货批量以避免缺货，另外安排车间日程计划时给予低优先级就可以了。
采购记录	1. A 类材料要求最准确、完整与明细的记录，要频繁地，甚至实时地更新记录。对事务文件、报废损失、收货与发货的严密控制是不可缺少的。 2. B 类材料只需进行正常记录处理、成批更新等。 3. C 类材料只需简单记录处理、成批更新。
优先级	1. 在一切活动中给 A 类材料以高优先级以压缩其提前期与库存。 2. B 类材料只需正常处理，仅在关键时给予高优先级。 3. C 类材料给予最低的优先级。
订货过程	1. 对 A 类材料提供仔细、准确的订货批量。 2. 对 B 类材料，每季度或当发生主要变化时评审一次 EOQ 与订货点。 3. 对 C 类材料不要求做 EOQ 或订货点计算，手头存货还相当多时就订一年的供应量，使用评审、堆放等。

（四）采购作业的 ABC 分析

ABC 分析法应用于材料采购管理时，首先要针对采购量进行分类，并对各类产品的价格进行分析。虽然 C 类材料的采购金额仅占 5％，但其库存量可能占到 25％～30％，因此要分析各类材料的库存情况，并制定相应的改进办法。

ABC 分析的结果，只是理顺了事物的复杂程度，搞清了各局部的地位，明确了重点。因此必须在分析的基础上提出解决办法，对采购作业进行 ABC 分析要结合库存量共同进行。

（1）减少采购数量。不同类别采用不同的采购原则：A 类：少量多次采购；B 类：采购和仓储适量；C 类：量大，但采购次数少。

（2）优先减低 A 类材料采购成本。

（3）简化采购作业手续。采用 ABC 分析法后，虽然增加了金额较大的 A 类采购次数，减少了 C 类采购次数，但就整体而言，存货金额仍会大量减少，采购次数也会大量减少，从而达到降低成本的目的。

（4）防止误期交货的发生。ABC 分析法一般所订交货期及检查宽裕期为：A 类：限制严格，愈短愈佳；B 类：按正常作业需要处理；C 类：可允许较长宽裕期。其中，交货期受供应商有关因素的影响而较难控制，而宽裕期应该可以有效地得到控制。

（五）ABC 分析法的应用

ABC 分析法在材料采购上的应用，在于通过对材料价值的大小及其所占百分比进行结果分析，作为采购储存与决策的一个量化标准。

在进行 ABC 分析时，首先要做的是简化和采取重点式管理。例如，简化占数量 70% 以上的 C 类材料的管理，而将更多的人力加入到对 A 类材料的重点管理中。

对 A 类材料作重点管理时，如果 A 类材料存货不多，也没有不良品及延迟交货发生，其采购方式仍采用定期采购法。对 B 类材料，采用一般采购方法。对 C 类材料，可以增加库存而减少管理工作。就存货管理方面而言，有些类别的存货，虽然数量不多，但其金额却占总存货金额很大的比例，对于价值较低的类别则采用较宽松的管理，这样才合乎经济的原则。

（六）ABC 分析法的注意事项

ABC 分析法以价值高且项数少者为主要分析对象，但一般容易忽略以下事项，必须特别加以注意：

（1）ABC 分析法采取重点管理方式，所以容易受主观因素的影响。有时材料有实际上的需要，不应该因价值的高低而忽视。如价值很小的坚固件，如因交货不及时，同样也会造成停工损失。所以 ABC 分类管理，应根据企业本身实际需要的特点，在不影响需求的原则下，追求存货成本的降低。

（2）B 类及 C 类材料价值虽低，但必须在供应来源稳定、可靠时才可以降低库存量。

（3）进行 ABC 分析时，要站在企业全局的角度去分析得出的结果，不能仅仅站在采购部门和仓储部门的角度草率行事，以避免造成失误。

（4）ABC 分析法主要用于减少存货。但在经济变动较大时，例如通货膨胀、汇率变动或其他影响采购价格及供应的因素较大时，须权衡得失，做最有利的判断后才能实施。

ABC 分析法如实行得当，可节省大量材料成本，对企业而言，是提高产品竞争力及增加利润的有效方法之一。

思考 练习

1. 简述采购价格的确定方式。
2. 简述采购成本的构成。
3. 如何强化采购成本的管理?
4. 简述 ABC 分类的步骤。

【演练提高】

请结合所给的资料模拟完成××棉纺织厂采购价格调查表的制作,并结合所给资料,分析××年的棉花价格对××棉纺织厂的原材料采购价格的影响。

××年我国主要产棉区棉情概览

山东:东北部强风雨造成棉田大面积倒伏受灾,部分地区出现烂铃。全省预计棉花总产量下降 17%,开秤略晚,棉农预期籽棉价格不低于 2.5 元/斤。

河北:南部阴雨、暴雨连袭,棉花脱桃严重,总产量将下降 25%。部分地区棉农籽棉销售期望值高达 3 元/斤。

湖北:总产量增长 11%,上市提前 20 天。

安徽:总产量下降 18%,籽棉开秤价预计 2.5 元/斤。

湖南:面积略减,产量与去年持平。

江苏:主产区射阳产量减少 28%,棉农对价格期望较高。盐城部分棉田受灾,可能影响产量和上市时间。

天津:棉区受暴雨侵袭,产量堪忧。

山西:主产区运城新棉喜获丰收,每亩净收入达千元以上。

陕西:大荔县个体棉商籽棉开秤价 2.6~2.7 元/斤,棉农惜售情绪浓。

项目五　采购合同管理

在市场经济条件下，采购的核心问题之一就是合同。在采购与供应中涉及许多方面的法律问题，尤其是有关合同的法律法规。合同和合同管理是一个非常复杂的过程，涉及很多方面的关系。如果不懂得合同、有关合同的法律法规以及与采购密切相关的其他法律，就无法开展正常的采购业务。

采购合同管理的重要意义体现在：采购合同一旦签订，确保合同的有效履行和成功维护与供应商间的关系尤为重要。

【学习目标】

知识目标

- 了解采购合同的内容与形式
- 熟悉采购合同订立的过程
- 了解采购合同的履行过程及合同争议的解决方式

技能目标

- 掌握采购合同的订立及管理

任务一　了解采购合同的内容与形式

一》 采购合同的内容

《中华人民共和国合同法》（以下简称《合同法》）中对合同的定义为：合同又称契约或协议，指当事人之间设立、变更或终止民事权利义务关系的协议。由此我们可以得出采购合同的定义：即供需双方为执行供销任务，明确双方权利义务而签订的具有法律效力的协议。我们这里所说的采购合同内容主要是指采购合同的主要条款。一份完整的采购合同通常是由首部、正文、结尾与附则四部分组成，如图 2—11 所示。

以表 2—17 所示的采购合同样本为例，来具体熟悉采购合同的各项条款。

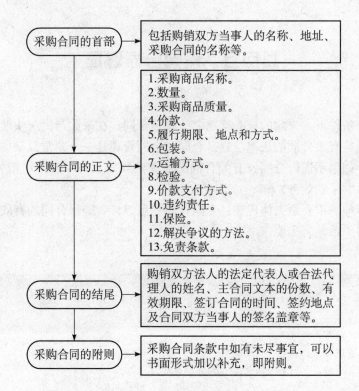

图2—11 采购合同的内容

表2—17   采购合同样本

合同编号：_____

签订日期：_____

签订地点：_____

经供方：_____需方：_____充分协商，签订本合同。

在执行中，任何一方不履行合同，应承担违约责任。

> 采购合同的首部：包括购销双方当事人的名称、地址、采购合同的名称等。

1. 商品：

品名	规格	单位	数量	单价	金额	备注

货款共计人民币（大写）：

2. 商品质量：

3. 作价办法：

4. 交货时间：

5. 包装要求及费用负担：

6. 质量检验及验收方式：

7. 结算方式：

8. 运输办法：

9. 供方违约责任：

> 本采购合同样本中1~13条为本合同的正文部分。合同的具体条款会有所差别，但都会包括合同必备的条款。

（1）产品品种、规格、质量不符合规定，需方同意收货的，按质论价；需方不同意收货的，由供方负责处理，并承担因此造成的损失。

续前表

（2）未按合同规定的数量交货，而需方仍有需要的，应照数补交，按延期交货处理。完不成合同任务，不能交货的，应偿付需方应交货总值____％的违约金。

（3）包装不符合规定，必须返修或重新包装，应承担支付的费用和损失；需方不要求返修或重新包装，要求赔偿损失的应予赔偿损失。

（4）未按合同规定时间交货，每延期交货一个月，应偿付需方延期交货部分货款总额____％的违约金。

（5）不符合合同规定的产品，在需方代保管期内，应偿付需方实际支付的保管、保养费。

（6）产品错发到货地点或接货单位，除按合同规定负责运达到货地点或接货单位外，并承担因而多付的运杂费和造成延期交货的责任。

10. 需方违约责任：

（1）变更产品品种、规格、质量或包装规格给供方造成损失时，应赔偿供方实际损失。

（2）中途无故退货，应偿付供方退货部分货款总值____％的违约金。

（3）自提产品未按规定日期提货，每延期一天，按照银行延期付款规定，偿付供方违约金。

（4）未按合同规定的验收办法和时间验收，应偿付供方因延期验收造成的损失；无故延期验收超过三个月即按中途退货处理。

（5）未按合同规定日期付款，每延期一天，按照银行延期付款规定，偿付供方违约金。

（6）实行送货或代运的产品无故拒绝接货，应承担因此造成的损失和运输部门的罚金。

11. 风险的承担：

12. 争议解决的办法：

13. 供需双方由于人力不可抗拒和非企业本身造成的原因而不能履行合同时，应当立即通知对方，经双方协商或合同管理机关查实证明，可免予承担经济责任。

> 本合同样本中第14条及后面的内容为合同的结尾部分。

14. 上述条款如有未尽事宜，应以书面补充，作为附件。

有效日期自_____年____月____日起至_____年____月____日止。

购货单位（甲方）：_____（公章）	供货单位（乙方）：_____（公章）
法定代表人：_____（签章）	法定代表人：_____（签章）
地址：_____	地址：_____
开户银行：_____	开户银行：_____
账号：_____	账号：_____
电话：_____	电话：_____

采购合同的正文也被称作采购合同的必备条款。合同条款是合同条件的表现和固定化，是确定合同当事人权利和义务的根据。因此，合同条款应当明确、肯定、完整，而且条款之间不能相互矛盾。如果合同条款含混不清或者有漏洞，则应当通过合同的解释予以完善。采购合同的具体内容由采购合同双方当事人约定，采购合同的主要条款如表2—18所示。

表 2—18 采购合同的主要条款

条款名称	解释
商品名称	商品名称即所要采购的物品名称。
数量	数量是以数字和计量单位来衡量采购商品的尺度，它是采购合同的必备条款。对于数量首先应该选择双方共同接受的计量单位，一般使用法定的计量单位。
质量	质量是指采购的商品所具有的内在素质与外观形态的结合，包括品种、规格、型号、等级、标准、技术要求等。填写采购合同的质量条款时采购商品的以上内容要写具体，因为这是区分同一类采购商品的标志。对采购商品的质量标准和技术要求也要具体，有法定标准的按照国家标准或行业标准执行。 对采购合同中质量条款的控制方法有两种：一是使用实物或样品；二是使用设计图纸或说明书。
价款	价款是取得标的物的需方向对方以货币支付的代价。在采购合同中价款是指购销双方交易商品每一计量单位的货币数值。价格除国家规定必须执行政府定价或政府指导价以外的由当事人协商议定。 采购合同中该条款的主要内容包括：计量单位的价格金额、货币类型、交货地点、国际贸易术语（例如 FOB、CIF 等）、商品定价方式（固定价格、滑动价格、后定价格等）。
履行期限、地点和方式	履行期限是采购合同双方实现合同规定的权利和履行义务的时间。它直接关系到采购合同履行的经济意义。履行期限不仅直接关系到采购合同义务完成的时间，也是确定违约与否的因素之一。 履行地点是采购合同双方依照合同规定完成自己义务所处的场所。 履行方式是指采购合同双方完成合同义务的方法。
包装	包装是为了有效地满足商品在运输存放过程中的质量和数量要求，有利于分拣和环保，把货物装进适当容器。采购合同中该条款的主要内容有：包装标识、包装方法、包装材料要求、包装质量、包装要求、环保要求、规格、成本、分拣运输成本等。
装运	装运是把货物装上运载工具并运送到交货地点。采购合同中该条款的主要内容有：运输方式、装运时间、装运地与目的地、装运方式（分批、转运）和装运通知等。
检验	采购方对购入货物进行的检验，要根据货物的生产类型、产品性能、技术条件的不同，采取感官检验、理化检验、破坏性检验等方法。双方应在合同中约定检验的标准、方法、期限以及索赔条件。
价款支付方式	价款支付方式包括支付手段、付款方式、支付时间等。
违约责任	违约责任是采购合同的当事人由于自己的过错，没有履行或没有全部履行应承担的义务，按照法律规定和合同约定应承担的法律责任。 当然，合同中没有约定违约责任的，并不意味着违约方就不承担违约责任。只要违约方没有依法被免除违约责任，违约方就应对其违约行为负责。
保险	采购合同中保险条款的主要内容包括：确定保险类别及其保险金额，指明投保人并支付保险费。根据国际惯例，凡是按 CIF 和 CIP 条件成交的出口货物，一般由供应商投保，按 FOB、CFR、CPT 条件成交的出口货物由采购方办理保险。

续前表

条款名称	解释
解决争议的办法	解决争议的办法是指采购合同双方当事人解决合同纠纷的手段和途径，如协商、仲裁及诉讼等。 当采购合同发生纠纷时，当事人可以通过协商或调解解决合同争议。当事人不愿协商、调解或协商、调解不成的可以根据仲裁协议向仲裁机构申请仲裁。在采购合同中确立解决争议的办法这一条款实际上最关键的是当事人是否选择用仲裁的方法解决纠纷以及选择哪一个仲裁机构。如果当事人没有选择解决争议的办法，则应通过诉讼解决合同纠纷。
免责条款	免责条款是指采购合同双方当事人以协议排除或限制其未来责任的合同条款。它与不可抗力具有相同功效但规定的主体不同。不可抗力是由各国法律所规定承认的，是违约责任的一般法定免责事由。

二》 采购合同的形式

采购合同的形式是采购合同的双方当事人达成协议的表现形式，是合同内容的外观和载体。采购合同可以分为表2—19所示的两种形式。

表2—19　　　　　　　　　　　　　采购合同的形式

类型	口头形式	书面形式
解释	口头形式是采购合同当事人只用语言为意思表示而订立合同的形式。通过口头形式订立的合同，称为口头合同。	书面形式是指通过文字为意思表示而订立合同的形式。通过书面形式订立的合同，称为书面合同。
优点	采购合同的口头形式，简便易行、快捷，在日常生活中运用得十分广泛。在个人采购活动中这种形式是最常见的。	采购合同的书面形式的最大优点是在发生纠纷时，举证方便，有据可查，易于分清责任。
缺点	口头形式不能有形地表明合同的内容，在发生纠纷时，权利义务不易确定，责任也不易分清。因此，对于不能即时清结的合同和数额较大的合同，不宜采用口头形式。	书面形式的订立程序比较烦琐。
适用范围	集市上的现货交易，商店里的商品零售买卖等。	不能即时清结合同、关系复杂的合同、数额较大的合同，如政府采购、企业采购等。

相关 链接

合同的书面形式

《合同法》第十一条规定：书面形式是指合同书、信件和数据电文（包括电报、电传、传真、电子数据交换和电子邮件）等可以有形地表现所载内容的形式。可见，采购合同的书面形式也应包括合同书、信件、电报、电传、传真、电子数据交换和电子邮件等。

"合同书"是记载合同内容的文书。合同书有很多种表现形式，可以是示范合同，或是格式合同，还可以是当事人自己签订的合同。

"信件"是当事人就要约和承诺的内容来往的普通信函。信件可以是平信，可以是挂号信，也可以是特快专递等。

"电报、电传、传真"是通过电子方式传递信息，并最终将信息表现于书面的形式。这是商业贸易中大量使用的合同形式。

"电子数据交换"将贸易或者行政事务按照一个公认的标准形成结构化的事务处理格式或信息数据格式，是从计算机到计算机的电子传输。采购合同双方当事人通过电子数据交换所订立的合同，称为电子合同或电子交易。电子合同使传统的"纸张贸易"变成了"无纸贸易"，它能够快捷地传送各种商业信息，使合同的订立和履行更为迅速，实现了高效益、低费用的商业目标。

"电子邮件"是通过计算机网络所传递的邮件。它的特点是方便快捷，费用低，效益高。

任务二　掌握采购合同的订立与终止

采购合同的订立就是采购合同双方当事人达成双方为执行供销任务，明确权利和义务而签订的具有法律效力的协议的过程，即采购合同双方当事人相互为意思表示并达成协议的过程。

《合同法》第十三条规定：当事人订立合同，采取要约、承诺方式。可见，合同的订立过程包括要约和承诺两个阶段。

相关 链接

某百货公司采购合同订立案例

乙市百货公司 4 月 25 日发函给甲市服装厂，希望购买 2 500 套儿童夏装，并附有型号、质量、价格，要求在 5 月 25 日前一次性交货。甲市服装厂 4 月 30 日回电同意。百货公司即派出采购员持委托书和已盖章的合同书前去甲市服装厂签订合同，双方按电函协商的内容签订合同，5 月 1 日服装厂在合同文书上加盖公章。5 月 30 日服装厂仍未能交货，百货公司即电告对方，因对方逾期使该批服装赶不上六一儿童节，影响销路，要求将 2 500 套改为 1 000 套。服装厂认为百货公司无权单方变更合同，未予理睬，并于 6 月 18 日将 2 500 套夏装如数发出。百货公司拒收 1 500 套夏装并拒付该部分货款。

问题： 百货公司与服装厂的买卖合同是否成立？何时成立？

案例分析： 百货公司与服装厂买卖夏装的合同已经有效成立。因为百货公司发出的信函具备要约的条件，为有效要约，服装厂回电同意，即承诺，至此双方意思表示取得一致。而且，双方依照《合同法》第十条的规定，签订了书面合同，并加盖双方单位公章，形式符合法律要求，手续完备；合同内容合法；当事人具备主体资格。因此该合同有效成立，其成立时间为双方完成盖章手续之日即 5 月 1 日。

资料来源：http：//www.dontgiveup.cn/view-317189-2.html。

一 》 采购合同的订立

（一）采购合同订立的一般程序

采购合同订立一般要包括要约和承诺两个阶段。在采购合同中，购销双方当事人任何一方都可以向对方发出要约，如果对方接受要约，才有可能完成采购合同的订立。

1. 要约

要约是采购合同中必不可少的阶段。《合同法》第十四条规定：要约是希望和他人订立合同的意思表示。在采购合同中，购销双方当事人中任何一方都可以向对方发出要约，如果对方接受要约，才有可能完成采购合同的订立。

（1）要约成立的条件。要约是一种意思表示，应当具备议定的条件才能成立，才能发生法律效力。要约成立的条件包括：要约必须是以订立采购合同为目的的意思表示；要约必须是特定人的意思表示；要约人必须向受要约人发出意思表示；要约的内容具体确定。

相关 链接

要约成立的条件

要约人发出要约的目的在于订立采购合同。所以，只有以订立采购合同为目的的意思表示才能构成要约。如何判定要约人所发出的要约具有订立采购合同的目的呢？应当综合要约所实际使用的语言、文字及其他情况，确定要约人是否已经决定订立采购合同。也就是说，只要要约能够表示要约人已经决定订立采购合同，而不是可能与对方订立采购合同，就可以认定要约人具有订立采购合同的目的。例如，购销双方中的任何一方向对方发起要约，而且在要约中明确表明了要约一经承诺即受拘束的意旨，就可以确定此要约具有订立采购合同的目的。

要约的目的在于订立采购合同，而采购合同的订立必须有采购双方当事人参加。所以，尽管要约人可以是未来采购合同中的任何一方当事人，但要约人必须是特定的。如果要约人不特定，则受要约人就无法对要约做出承诺，采购合同就无法订立。

要约人订立采购合同的目的，只有通过要约人对要约表示承诺才能实现。因此，要约只有向受要约人发出时，才能成立。要约人向谁发出要约，也就是希望与谁订立合同。例如，若采购双方当事人中的购方发出要约，则只能是向相应的供方发出此要约，而不可能是别人。

要约的内容具体确定包括两个方面：一是要约的内容必须具体，即要约必须包括能够决定采购合同成立的主要内容。要约具有一经受要约人的承诺，采购合同即告成立的效力，而采购合同的成立，必须具备得以履行的主要内容，也即通常所称的主要条款。如果要约不能包括采购合同的主要条款，那么受要约人就无法承诺。二是要约的内容必须确定，即要约包括的采购合同的主要条款必须是明确的。例如，一项提议中尽管包括了采购合同的主要条款，但如果价格条款、数量条款等不明确，也不能构成要约。

（2）要约的法律效力。要约的法律效力包括：要约生效的时间；要约对要约人的拘束力；要约对受要约人的拘束力。

相关 链接

要约的法律效力

要约的法律效力是要约生效后所发生的法律后果。《合同法》第十六条规定：要约到达受要约人时生效。所谓要约到达受要约人，是指要约送达到受要约人所能控制并应当能了解到的地方，如受要约人的住所和信箱等，但不要求必须送达到受要约人手中。例如，采购双方当事人中的购方向供方发出要约，不管是发信件还是邮件，只要确认已经送达供方的信箱或电子邮箱，不管供方是否看到，该要约都视为已经生效。

要约对要约人的拘束力是指要约人不得随意撤销或更改要约。要约人不得随意撤销或更改要约，是保护受要约人的利益，维护交易安全所必需的。因为受要约人在接到要约后，可能会拒绝第三人发来的同样内容的要约或不再向第三人发出要约，或者受要约人为承诺要约后的履行合同已经做了准备。如果允许要约人随意撤销或变更要约，则可能使受要约人遭受损失，不利于维护正常的交易安全。

在理论上，要约对受要约人的拘束力又称为要约的实质拘束力。要约对受要约人的拘束力表现在要约生效后，受要约人取得承诺的资格。实际上，要约对受要约人所产生的拘束力并不是限制受要约人为一定行为或不为一定行为，而是赋予受要约人以一定的权利，即承诺权。承诺权的行使与否，完全由受要约人决定。受要约人不为承诺的，并不承担通知要约人的义务。当然，如果在采购行为中，采购双方当事人约定，受要约人在收到要约后应当做出是否承诺的通知的，受要约人应予以通知。

2. 承诺

《合同法》第二十一条规定：承诺是受要约人同意要约的意思表示。可见，承诺是指受要约人向要约人做出的同意按要约的内容订立合同的意思表示。承诺是订立采购合同的最后一个阶段。承诺以与要约结合而使合同成立为目的，并非法律行为，而属于意思表示。

（1）承诺成立的条件。承诺必须具备一定条件，才能产生法律效力。承诺必须具备的条件包括：承诺必须由受要约人向要约人做出；承诺的内容必须与要约的内容相一致；承诺必须在要约的有效期限内做出。

相关 链接

承诺成立的条件

受要约人是由要约人所选定的，是要约人准备订立采购合同的对方当事人。受要约人做出的承诺必须向要约人为之。如果受要约人向要约人以外的人做出同意要约的表示，则不是承诺，不产生承诺的效力，而只能视为一种新的要约。承诺可以向要约人本人做出，也可以向要约人的代理人做出。

我国《合同法》第三十条规定：承诺的内容应当与要约的内容一致。受要约人对要约的内容做出实质性变更的，为新要约。有关合同标的、数量、质量、价款或者报酬、履行期限、履行地点和方式、违约责任和解决争议方法等的变更，是对要约内容的实质性变更。第三十一条规定：承诺对要约的内容做出非实质性变更的，除要约人及时表示反对或者要约表明承诺不得对要约的内容做出任何变更的以外，该承诺有效，合同的内容以承诺的内容为准。采购合同中购销双方当事人中任何一方做出的承诺都要依照这些规定，否则采购合同就无法订立。

要约的有效期限是要约效力的存续时间，也就是承诺的期限。超过了要约的有效期限，要约即失去效力，要约人不再受要约的拘束。因此，承诺必须在要约的有效期限内做出，才能产生承诺的效力。如果要约规定了承诺的期限，则承诺必须在规定的期限内做出；如果要约没有规定承诺的期限，则承诺应在合理期限内做出。受要约人在要约的有效期限届满后所做出的对要约同意的意思表示，承诺不成立，而只能是一种新要约。所以，采购双方当事人中的受要约人要及时对要约做出是否承诺的决定，如果同意则要及时做出承诺，以便于采购合同的订立。

（2）承诺的法律效力。承诺的法律效力在于，承诺生效后，合同即告成立。《合同法》第二十五条明确规定：承诺生效时合同成立。可见，承诺的生效时间直接决定着合同成立的时间。一般情况下，承诺生效之时就是合同成立之时。如果采购双方当事人中一方发出要约，而另一方对此要约也做出相应的承诺并告知要约人，此时采购合同即告订立。

《合同法》第二十六条规定：承诺通知到达要约人时生效。承诺不需要通知的，根据交易习惯或者要约的要求作出承诺的行为时生效。

（二）采购合同订立的原则

采购合同订立必须遵循的原则包括：

（1）采购合同的订立必须合法。所谓合法，是指当事人的资格、合同的形式以及订立的程序都要符合国家的法律规范，不合法的采购合同是不受保护的，也是没有任何意义的。例如，合同订立者不具有行为能力（年龄、智力等）或不具有代理资格（没有代理权），或订立者是在胁迫的情况下订立的合同都不合法。

（2）采购合同的订立必须遵循平等互利、协商一致、等价有偿的原则，要使任何一方都能在合同中得到相应的利益，这一点也称为对价原则。所谓的协商一致，是指合同的条款一定要得到双方的认同，不能用非法手段强迫别人接受己方条款，否则合同是无效的。

（三）采购合同的有效性

有效的采购合同是指采购商与供应方订立的合同符合国家法律的要求，具有法律效力，受国家法律保护的采购合同。采购合同有效的条件有三个：

（1）合同的当事人符合法律的要求。该条件要求订立合同的主体具有相应的民事行为能力，同时如果当事人是作为代理人订立合同的，一定要具有合法的代理资格。例如，一个采购员在被公司解雇以后就不再具有代表公司订立采购合同的资格，即使签订了合同也是无效的。

（2）意思表示真实。该条件要求合同表达的是当事人内心的真实想法，而不是在对方的欺骗或威胁下才接受的合同。

（3）合同的内容不能违反法律和社会公共利益，否则就不会受到法律的保护，就会成为无效合同。

二》 采购合同的终止

采购合同的终止是指采购合同双方当事人的权利义务的消失，是由于某种法律事实的出现而使得采购合同当事人之间存在的权利义务关系不复存在。

（一）采购合同终止的原因

采购合同终止的原因就是前面所说的引起采购合同终止的法律事实。《合同法》第九十一条将合同终止的原因归纳为七项，如图 2—12 所示，有其中情形之一，合同的权利义务即告终止。

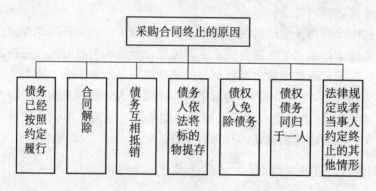

图 2—12　采购合同终止的原因

（二）采购合同终止的方法

采购合同终止的方法包括以下几种：

（1）采购合同的清偿。采购合同的清偿是指债务人按照合同的约定向债权人履行义务、实现债权目的的行为，即《合同法》中规定的"债务已经按照约定履行"。

（2）采购合同的解除。采购合同的解除是指在合同依法成立后而尚未全部履行前，当事人基于协商或者法律规定或者当事人约定而使合同关系归于消失的一种法律行为。

（3）采购合同的抵消。采购合同的抵消是指双方当事人相互负有给付义务，将两项债务相互充抵，使其相互在对等额内消失。

（4）采购合同的提存。采购合同的提存是指债务人于债务已届履行期时，将无法给付的标的物提交给提存机关，以使合同债务消失的行为。

（5）采购合同的债务免除。采购合同的债务免除是指债权人免除债务人的债务而使合同权利义务部分或全部终止的意思表示。债务免除成立后，债务人不再负担被免除的债务，债权人的债权也就不再存在。此时，采购合同也告终止。

（6）采购合同的债务债权混同。采购合同的债务债权混同是指债权债务同归于一人，而使合同关系消失的事实。

任务三　熟悉采购合同的履行与争议的解决方式

某工贸公司采购合同履行的案例

今年初，某工贸公司（甲方）与济南某物资公司（乙方）签下钢材订购合同。按照合同规定，甲方从乙方处购钢材 58 吨，用以加工轮辐，但甲方购得钢材后，在加工过程中发现，轮辐产品及半成品都出现不同程度的裂纹。因此，甲方认为乙方违背合同承诺，要求将所购钢材全部退回并赔偿损失，乙方却以种种理由推诿扯皮，合同纠纷由此产生，且长达半年未能解决。

在履行合同义务的过程中，乙方违背了采购合同履行规则中的履行标的规则。采购合同中要求履行的标的应符合采购双方当事人约定或法律规定的规格、型号、数量、质量。在此案例中，乙方提供的钢材不符合甲方用以加工轮辐的要求，属于没有实际履行自己的义务。

解决此问题的最佳方式是双方当事人协商调解，双方当事人可以到当地的质量监管部门（如工商所）申请调解。调解部门应依据合同法的有关规定，及时对双方争议进行调查，证实存在的问题是否真实可信。此案例中的双方当事人在当地工商部门的多次面对面调解下，终于达成了协议，乙方同意一次性支付甲方 35 000 元赔偿费用，甲方不再退回所购钢材及追究乙方其他责任。

资料来源：http：//news. sina. com. cn/0/2005-10-19/074972050865. shtml。

采购合同的履行就是采购双方当事人按照合同的约定或者法律的规定，全面地、正确地履行自己所承担的义务。

一　采购合同的履行

（一）采购合同的履行原则

采购合同的履行除必须贯彻民法基本原则和合同法基本原则外，还应坚持以下几项原则。

1. 实际履行原则

实际履行原则是指采购双方当事人应当按照采购合同标的履行合同义务。例如，在某采购合同中，明确规定采购的商品为纯度为 90% 的酒精，在提供商品时供应商必须提供纯度为 90% 的酒精，否则就是没有实际履行合同。

2. 适当履行原则

适当履行原则是指采购双方当事人应当按照合同的约定或者法律的规定全面、适当地履行合同。根据适当履行原则，当事人除按照合同的标的履行外，还应按照合同标的物的数量和质量、履行期限、履行地点、履行方式等履行合同。

3. 协作履行原则

协作履行原则是指采购合同双方当事人不仅应履行自己的义务，而且还应当协助对方履行义务。

当事人在履行合同中，负有通知、协助等义务。协作履行原则是合同履行的保障，是合同双方当事人的权益所要求的。例如，采购合同中供方提供货物，买方应当安排好接货的时间、地点等，互相协作共同履行合同。

4. 经济合理原则

经济合理原则是指在采购合同的履行过程中，采购合同的双方当事人应讲求经济利益，维护对方的利益。

《合同法》第三百零八条规定：在承运人将货物交付收货人之前，托运人可以要求承运人中止运输、返还货物、变更到达地或者将货物交给其他收货人，但应当赔偿承运人因此受到的损失。之所以这样规定，就是出于使合同的履行更为经济合理。

（二）采购合同的履行规则

采购合同的履行规则包括以下几个方面。

1. 履行标的

采购合同中要求履行的标的应符合采购双方当事人约定或法律规定的规格、型号、数量、质量。

标的物的数量，应按法定或约定的数量和计量方法确定。标的物的质量，应按当事人约定的质量标准履行。采购合同中对质量标准没有约定或者约定不明确的，当事人可以协议补充。不能达成补充协议的，按照采购合同有关条款或者交易习惯确定。如果质量要求按照采购合同有关条款或者交易习惯仍不能确定的，则按照国家标准、行业标准履行；没有国家标准、行业标准的，按照通常标准或者符合采购合同目的的特定标准履行。

采购合同中采购方应当按照合同约定的支付方法支付价款。如果合同对价款没有约定，按照合同有关条款或者交易习惯确定。如果按照合同有关条款或者交易习惯仍不能确定的，则按照订立合同履行地的市场价格履行；依法执行政府定价或政府指导价的，按照规定履行。

2. 履行期限

采购合同的履行期限应根据法律的规定与合同的约定加以确定。履行期限明确的，当事人应按确定的期限履行。采购合同履行期限不明确的，根据《合同法》的规定，当事人可以协议补充，不能达成补充协议的，按照采购合同有关条款或者交易习惯确定。如果履行期限按照采购合同有关条款或者交易习惯仍不能确定的，则卖方可以随时履行，买方也可以随时要求履行，但应当给对方必要的准备时间。

3. 履行地点

采购合同中明确规定地点的应按规定的地点履行；履行地点不明确的，当事人可以协议补充。不能达成补充协议的，按照合同有关条款或者交易习惯确定。按照以上方法均不能确定交付地点的，如标的物需要运输，以卖方将标的物交给第一承运人的地点为交付地点。如合同标的物不需要运输，且当事人在订立合同时知道标的物在某一地点，则该地点为交易地点；当事人不知道标的物在某一地点的，则以订立合同时卖方营业地为交付地点。

4. 履行费用

履行费用是指采购合同中供货方履行合同所支出的费用。履行费用的负担由采购双方当事人在合同中约定。采购合同中当事人对履行费用没有约定或约定不明确的，可以协议补充，不能达成补充协议的，按照采购合同有关条款或者交易习惯确定。如果履行费用按照采购合同有关条款或者交易习惯仍不能确定的，则由卖方负担。

二》 采购合同中争议的解决方式

在采购过程中，买卖双方往往会因为彼此之间的权利和义务问题引起争议，并由此引发仲裁、诉讼等。为了尽量减少买卖双方争议的产生，并在争议发生后保证相关问题能得到妥善的处理和解决，买卖双方通常都在签订合同时，对违约后的索赔、理赔事项等内容事先做出明确的规定，如违约责任条款和争议解决方式条款。

根据我国《合同法》第一百二十八条的规定，合同争议的解决方式有四种，即和解、调解、仲裁和诉讼。其中，和解、调解并非解决合同争议必经的程序，即使合同当事人在合同争议条款中做了相应的规定，当事人也可不经和解、调解而直接申请仲裁或提起诉讼。因此，选择什么方式解决合同争议是订立合同争议条款要解决的一个重要问题。

(一) 和解

在采购合同出现争议时，采购合同双方当事人在友好的基础上，可通过相互协商解决争议，这是最佳的方式。

(二) 调解

采购合同双方当事人如果不能协商一致，可以要求有关机构调解，如一方或双方是国有企业，可以要求上级机关进行调解。上级机关应在平等的基础上分清是非进行调解，而不能进行行政干预。当事人还可以要求合同管理机关、仲裁机构、法庭等进行调解。

(三) 仲裁

仲裁是指双方当事人根据有效的仲裁协议，将纠纷提交给仲裁机构进行处理的一种争议解决方式。仲裁协议一旦依法成立，当事人就不得再就争议事项向法院提起诉讼。同诉讼相比，仲裁具有快速、便捷、高度保密、裁决便于执行，能够充分体现双方当事人的意思，具备有利于维持和发展争议双方之间的商事关系等特点。

(四) 诉讼

诉讼是解决合同争议中使用得最多的纠纷解决方式。诉讼是一种强制管辖，假若合同中没有有效的仲裁条款，也没有另外达成有效的仲裁协议，即使合同中没有约定诉讼，当事人仍有权就该合同争议向人民法院起诉。诉讼制度与仲裁制度相比程序更严格、公正，对当事人的诉权保障更全面，法官审判经验更丰富等。

思考 练习

1. 完整的采购合同主要包括哪些内容？
2. 采购合同主要有哪些形式？
3. 解决合同争议主要有哪些方式？
4. 如何确定采购合同是有效的采购合同？

【演练提高】

根据所学内容，以小组形式设计一份采购合同，采购物品可自行设定，并分析讨论在实际订立采购合同的过程中，应如何订立具体条款？

项目六　采购监控

采购活动是企业很重要的一项工作，采购工作的好坏必然影响到企业各项工作的正常进行。为了保障企业各项工作的顺利进行，就必须加强采购工作的监控，降低采购风险。采购监控的主要目的是为了保证实现采购工作的目标和完成采购计划。

【学习目标】
知识目标
● 了解采购监控的对象
技能目标
● 掌握采购监控方法

任务一　了解采购监控的对象

采购监控是采购主管的重要职责，也是直线管理人员的重要职责，采购监控的主要依据是采购计划，因为在采购的运作过程中，实际工作与采购计划往往会出现偏差，而采购监控的职责就是纠正偏差，并采取各种措施，把那些不符合要求的采购活动纳入到正常的轨道上来，使企业稳定地实现采购的目标。

采购监控就是对采购流程的控制。采购流程的控制包括了整个采购的流程，但这并不意味着整个采购流程的各种活动都是控制的直接对象，因为这需要花费大量的资源，是不可能也是不必要的。采购监控应当抓住采购流程中的关键点，以重点控制达到控制全局的目的。

从采购监控的对象来看，主要有采购目标、采购方式、采购人员、采购资金、采购信息管理以及采购货物的接收。

（1）采购目标。企业的采购目标主要是通过物资供应采购，保证生产、经营活动的正常进行，从而实现经济利益或者效率的提高。

（2）采购方式。采购方式是指企业在采购中运用的方法和形式的总称。从企业采购的实际来看，常用的采购方式主要有三种，即议价采购、比价采购和招标采购。

（3）采购人员。采购人员是采购活动的执行者，也是关系到采购活动顺利进行的关键。企业要依靠采购人员顺利地完成采购工作，就要提高采购人员的素质，避免和消除在采购活动中存在的假公济私、行贿受贿、贪污腐败、损害企业利益等行为。一些供应商给采购人员一定的回扣，以此从采购人员手中获取采购订单，而这些产品往往是高价的或者质量差的。

（4）采购资金。采购资金是进行采购活动的必要前提。在一个企业中，采购管理者对采购资金的控制是相当重要的。采购预算控制是采购资金控制的常用手段，采购预算是一种以货币和数量表示的采购计划，实现了采购计划的具体化，为采购资金的控制提供了明确的控制标准，有利于采购资金控制活动的开展。

（5）采购信息管理。采购监控过程是通过采购信息的传输和反馈得以实现的，监控正是根据反馈信息才能比较、纠正和调整它发出的控制信息，从而实现有效监控。

（6）采购货物的接收。采购的商品到达商场或指定的仓库时，企业要及时组织商品验收工作，对商品进行认真检验。商品验收应坚持按采购合同办事。要求商品数量准确，质量完好，规格包装符合约定，进货凭证齐全。同时，在商品验收中要做好记录，注明商品编号、价格、到货日期。验收中发现问题，要做好记录，及时与运输部门或供货方联系解决。

相关 链接

Anheuser-Busch 公司包装材料采购案例

Anheuser-Busch 是美国的一个啤酒酿造公司，它是最大的包装材料的购买者之一，每年的包装采购达 25 亿美元。包装材料不但能保护啤酒的质量，为消费者提供方便，还能区别公司的品牌，更是对客户的一种诉求。公司视供应商为家庭的一员，彼此的关系是建立在信任和长期互惠的基础上的。质量方面，公司采购组成立了一个供应商质量保证小组并与供应商一同工作，向他们灌输全面质量管理的原则，并支援他们持续进行质量改善。

在过去的几年中，该公司包装的种类从 1 000 种猛增到 3 000 种，为了满足这一内部客户——市场部的需要，采购部组成了一个包装变革小组，并由一个执行经理负责支援市场。随着公司全球业务的扩展，采购部还专门成立了一个小组负责国际采购。正如该公司的 CEO 所讲，采购的成功是由一批有才能、有经验、经过高级培训的专业人士作保证的。

资料来源：www.56age.com。

任务二　掌握采购监控的方法

要使采购监控能够顺利进行，并行之有效，采购监控的方法是至关重要的。

一》 采购监控的方法

针对采购监控的对象不同，可以分别采取不同的监控方法。

（一）对采购目标的监控

采购目标要明确，不能随意变动。在执行采购活动时，不能偏离目标，要尽可能保证目标的实现。

相关 链接

目标管理的步骤

目标管理的具体实施分三个阶段：第一阶段为目标的设置；第二阶段为实现目标过程的管理；第三阶段为测定与评价所取得的成果。

1. 设置目标

目标管理的第一步是确定目标。目标是在一定时期内（一般为一年）组织活动的期望成果，是组织使命在一定时期内的具体化。由于组织活动、个体活动的有机叠加，因此只有每个员工、各部门的工作对组织活动做出期望的贡献，组织目标才可能实现。所以，如何使全体员工、各个部门积极主动为组织的总目标努力工作是管理活动有效性的关键。这一阶段可以分为四个步骤：

（1）高层预定目标。首先，这是一个暂时的可以改变的目标预案。既可以由上级提出，再同下级讨论；也可以由下级提出，再经上级批准。无论哪种方式，必须共同商量决定。其次，领导必须根据企业的使命和长远战略，估计客观环境带来的机会和挑战，对本企业的优劣有清醒的认识，对应该组织和能够完成的目标心中有数。

（2）重新审议组织结构和职责分工。目标管理要求每一个分目标都有确定的责任主体。因此预定目标之后，需要重新审查现有的组织结构，根据新的目标分解要求进行调整，明确目标责任者和协调关系。

（3）确立下级的目标。首先下级要明确组织的规划和目标，然后制定下级的分目标。在讨论中，上级要尊重下级，平等待人，耐心倾听下级意见，帮助下级发展一致性和支持性目标。分目标要具体量化，便于考核；分清轻重缓急，以免顾此失彼；既要有挑战性，又要有实现的可能。每个员工和部门的分目标要和其他的分目标协调一致，支持本单位和组织目标的实现。

（4）上级和下级就实现各项目标所需的条件以及实现目标后的奖惩事宜达成协议。分目标制定后，要授予下级相应的资源配置的权力，实现权、责、利的统一。由下级写成书面协议，编制目标记录卡片，整个组织汇总所有资料后，绘制出目标图。

2. 对实现目标的过程进行管理

目标管理重视结果，强调自主、自治和自觉，但并不等于领导可以放手不管，相反，由于形成了目标体系，一环出错，就会牵动全局。因此，领导对目标实施过程中的管理是不可缺少的。首先，领导要进行定期检查，利用双方经常接触的机会和信息反馈渠道自然地进行；其次，领导要向下级通报进度，便于互相协调；最后，领导要帮助下级解决工作中出现的困难和问题，当出现意外、不可测事件严重影响组织目标实现时，也可以通过一系列手续，修改原定的目标。

3. 对整个过程进行总结和评估

达到预定的期限后，下级首先进行自我评估，提交书面报告；然后上下级一起考核目标完成情况，决定奖惩；同时讨论下一阶段目标，开始新循环。如果目标没有完成，就要分析原因，总结教训，切忌相互指责，以保持相互信任的气氛。

（二）对采购方式的监控

从企业采购的实际情况来看，常用的采购方式主要有三种，即议价采购、比价采购和招标采购。每种采购方式都有各自的优缺点，如表2—20所示。

表 2—20　　　　　　　　　　　　采购方式的比较

采购方式	优点	注意事项
议价采购：由买卖双方直接讨价还价实现交易的一种采购行为，议价采购一般不进行公开竞标，仅向固定的供应商直接采购。	可以节省采购费用和采购时间，并且有利于和供应商建立互惠关系，稳定供需关系。	由于供需双方之间信息不对称，容易形成不公平竞争，因此，议价采购应注意准确掌握供应商的信息，以保证企业在采购过程中处于有利地位。
比价采购：在买方市场条件下，在选定两家以上供应商的基础上，由供应商公开报价，最后选择报价最低的为企业供应商的一种采购方式。	可以节省采购费用和采购时间，并且公开性和透明性较高，能够防止采购"黑洞"。	在供应商数量有限的情况下，防止出现轮流坐庄的现象。
招标采购：通过公开招标的方式进行物资和服务采购的一种行为，它是政府及企业采购中的基本方式之一。	在招标采购中，最大的特征在于"公开性"。凡是符合资质规定的供应商都有权参加投标。招标采购主要适用于需求量大且标准化的产品，或者高科技产品，如计算机、通信产品等。	招标采购的程序比较复杂，应变性差，所以必须防止底价泄露，以免带来巨大风险。

因此，企业在采购中，应该根据本企业的实际情况和想要实现的采购目标，合理选择采购方式。但无论采用哪一种方式，在执行时都要注意尽量避免其弊端。

（三）对采购人员的监控

（1）加强采购人员的素质管理。采购人员应当具备较高的道德素质，要有敬业精神，热爱企业；要品性正派，不贪图私利；采购人员应当有较高的业务素质，对材料的特性、生产过程、采购渠道、运输保管、市场交易行情、交易规则等有深入的了解；采购人员应当思维敏捷，表达能力强。

（2）制定采购人员行为规范。要经常就规范加以宣传，一旦有人违反该行为规范，应及时、严格执行奖惩。

相关 链接

某公司采购人员行为规范

1. 采购人员采购时应注意的事项

（1）应以公司利益为己任，切实遵守本办法及其他相关规定，善尽职责为公司采购物品。

（2）尽量向经常交易的殷实厂商购买。

（3）充分了解请购的目的及需求，并对厂商产品品质、价格及交货期审慎采购。

（4）对厂商态度应合宜，不可差别对待。

（5）如无正当理由，不可分批采购。

（6）订有交货期限者，应密切注意供应商进度，并予以督催。

（7）对于市场行情或技术资料，应随时收集。

2. 采购人员的道德与行为规范

（1）操守纯正，不得营私舞弊。

（2）接受供应商馈赠或款待时原则如下：

1）应考量其必要性，不可过于频繁或浮滥。

2）不得私自（明示或暗示）接受供应商馈赠或款待。

3）馈赠不论大小应报备上一级主管并经核准后方得收受。

4）对于供应商为达不当利益的馈赠或邀约，均应立即拒绝。

5）接受供应商款待以餐饮为主，并应以工作时间的延续为原则。

6）不得要求或接受供应商给予本身工作职责无关的方便或配合。

7）不得与供应商有金钱往来。

（四）对采购资金的监控

首先，对于采购资金的使用要建立起一套严格的规章制度，资金的领取、审批、使用，一般要规定具体的权限范围、审批制度、书面证据制度。对于货款的支付，要根据对方的信用程度，具体的风险情况进行稳妥处理。例如，一般货款的支付，要等到货物到手并验收合格以后，再付全部货款；差旅费的领取金额、领取的审批等都要有较详细的规定。

其次，采购人员必须按照预算使用采购资金，努力使采购计划符合实际，贯彻既保证生产又节约的原则，需要什么就采购什么，需要多少就采购多少，对采购的顺序也要做到心中有数。

（五）对采购信息管理的监控

采购监控过程是通过采购信息的传输和反馈得以实现的。由于采购业务牵涉范围广、涉及的部门多，要使采购业务顺利进行，必须要求采购部门与企业内部的其他部门之间达成良好沟通，而这依赖于信息在各部门之间的有效传递。如采购部门与生产部门之间为了确保原料供应的稳定性，需要经常交换信息，生产部门应尽早通知采购部门有关产品的生产计划与材料的需求计划，使采购部门有充裕的时间寻求货源，与供应商议价。而采购部门与仓储部门、采购部门与财务部门等之间也同样需要交换信息，以确保库存空间充足和货款的顺利支付。

因此，采购信息管理的关键是确保信息在企业各部门之间的真实、无障碍传递。这对于采购监控的实现是至关重要的。

（六）对采购货物接收的监控

采购的货物到达合同约定的场所时，应及时进行验收工作，对于合格的货物，要尽快接收；对于不合格的货物，要视情况做出不同的处理。详见项目七中的任务一。

二》 采购监控的实施

概括而言，采购监控应该从以下几个方面着手实施。

(一) 建立健全采购规章制度

采购规章制度既是采购工作的基础，又是采购监控的有效方法。完善的采购规章制度可以规范采购人员的行为，规范采购作业流程，从而起到规范采购活动的作用。采购规章制度包括以下内容：

(1) 采购控制程序。规定采购控制程序的目的是使采购工作有所依循，完成适质、适量的采购职能。其内容包括各部门、有关人员的职责；采购程序要点；采购流程图以及采购的相关文件、相关表格等。

(2) 采购规范。采购规范是指将所采购的物料规格详细地记录下来，成为采购人员要求供应商遵守的规范。该规范包括商标或商号名称、蓝图或规格表、化学分析或物理特性、材料明细表及制造方法、用途及使用说明、标准规格及样品等。

(3) 采购管理办法。采购管理办法是对企业采购流程每一个步骤的详细说明。

(4) 采购作业规定。采购作业规定是指采购作业的信息搜集、询价采购、比价采购或者议价采购、供应商的评估、选择供应商、签订采购合同、请购、订购、与供应商的协调沟通，以及催交、进货验收、整理付款等的相关规定。

(5) 采购作业指导。对采购作业进行指导，使采购作业有序进行。

(6) 外协加工管理办法。外协加工管理办法包括外协加工的目的、范围、类别，厂商调查，厂商选定方法及基准，厂商试用，询价，签订合同，质量控制，不良抱怨，付款，模具管理，外协厂商辅导以及考核的规定。

(7) 材料与采购管理系统。材料与采购管理系统包括材料分类编号、存量控制、请购作业、采购作业、验收作业、仓储作业、领料发料作业、成品仓储管理、滞料废料处理等有关规定。

(8) 进料验收管理办法。制定进料验收管理办法的目的是使物料的验收以及入库作业有所依据。

(9) 采购争端解决的规定。采购争端解决的规定包括解决采购争端的要求、解决采购争端的常见方法等。

(二) 实施标准化采购作业流程

应当实施标准化采购作业流程，每一个环节都应有记录，事后可以找到责任人，便于进行监管与控制。

(1) 要制定标准化的采购作业流程，制定采购作业手册，明确每一个步骤，对出现的每一种情况的处理办法都要作出规定，要求每一个步骤都要留下记录，这样才能有效地进行监控。

(2) 要明确采购人员的权限范围，即给予采购人员一定的自主权，以提高其积极性，提高工作效率。但是，对权限范围也要给予限制，防止采购人员滥用权力，增加采购风险，给企业带来经济损失。

（3）建立请示汇报制度，如果出现超越权限范围的情况，要及时请示采购主管，或者采购副总经理。特别是在采购活动中的一些关键环节，如签订合同，改变作业程序、指标等，一定要及时请示汇报。

（4）建立资金使用制度，对采购资金的使用要建立严格的规章制度，对资金使用的各环节须加以监控。特别是货款的支付，要慎重从事，充分考虑供应商的信用情况，从而降低采购风险。

（5）建立运输进货控制制度，降低进货风险，在签订采购合同时要明确进货风险与责任以及理赔的相应办法，一些贵重货物要办理好保险，降低采购进货的风险。

（三）建立采购评价制度

采购评价包括两个部分：一是对采购人员的评价，二是对采购部门的评价。建立采购评价制度的目的，就是要评定业绩、总结经验、纠正缺点、改进工作，同时也是一种监管与控制。

（1）对采购人员的评价。采购人员可进行自我评价，这是一种主观考核技术，可以采用填写自我评价表的方式进行，其内容包括实际完成情况的汇报，实际情况与计划的对比变化及原因，以及实际完成指标的优劣程度评价。这种方法简便易行，但易受考核者主观心理偏差的影响，削弱考核的公正性。

对采购人员也可以采用客观评价技术，要强化考核指标的设计，一般可以采用分值评价法，即对人员绩效评价的项目加以指标化，每一项指标确定若干个等级和分值，并逐项对被考核者进行评级和评分，然后将各项指标的得分值汇总，其总分就是对人员绩效考核的结果。此方法将定性与定量相结合，有较系统的评价依据，因而比较科学合理，有助于提高考核的效率与质量。

（2）对采购部门的评价。对采购部门的评价可以采用单次审核评估、月末评估和年末评估的方法进行。单次审核评估就是将采购人员自我评价表和采购计划进行对比，如果出现偏差就要及时查清原因，进行监管与控制。月末评估就是把一个月内所有的自我评价表进行统计汇总，得出整个采购部门的业绩评价。年末评估是把月末评估进行汇总，得出全年的业绩汇总。

（四）及时对采购人员进行奖惩

奖惩是对采购人员行为进行监控的重要内容之一。奖惩的意义在于鼓励和肯定积极因素，抵制和否定消极因素，从而保证采购队伍积极向上、努力工作的精神面貌。

奖惩要有明确的规章制度，要公之于众，并经常对采购人员进行教育。奖惩要公平合理，要分明。奖惩要建立在采购绩效考核的基础上，以客观事实为依据。同时要及时进行奖惩，以达到激励或教育的最佳效果。奖励要注意物质奖励和精神奖励相结合，惩罚要以理服人，重在说服教育。

相关 链接

实施奖惩制度应注意的事项

1. 奖惩的时间

奖惩的时间指的是奖惩的及时性，即对员工发生的行为是否给予及时准确的反馈。

及时性是有效奖励的一个重要指标。试想以下两种情况，第一种：由于你工作表现突出，老板立刻拿出现金奖励你；第二种：你工作表现突出，但老板答应发给你的奖金却经过了层层审批，半年之后才到你的手上。哪一种奖励更有效呢？毫无疑问是第一种。从行为主义心理学角度来看，延时的强化效果是递减的，如果半年以后奖金才到手，其奖励效果恐怕和不奖励没有多大区别了。

2. 奖惩的对象

奖励一个员工的时候，也是在其他的员工面前树立了榜样。奖励不应该奖励的人，从某种意义上说是对应该奖励的人的一种惩罚。所以奖励对象的选择也是十分重要的，我们可以很清晰地看到，奖励应该奖励的人，是一种树立榜样的手段，它有助于塑造被奖励对象甚至其他员工的行为。当员工知道什么样的人能够被奖励，什么样的行为能够被强化时，他们也自然会向那个方向努力。

3. 奖惩的方式

很多企业采取的奖惩的方式大都与金钱有关。如上班迟到罚五元钱；工作表现突出发放奖金等。其实奖惩的方法多种多样，管理者的言行举止既是员工获取信息的来源，其实也是奖惩的方式。除了金钱以外，晋升、带薪休假、委以重任、提供培训发展机会、表扬、解雇、降职、批评等都是不可或缺的方法。

对于不同的员工和不同的情况应该采取不同的方式。例如，一个刚从大学毕业的学生来到一个新的岗位上，对他而言，在工作中学到东西可能是最重要的。所以对他最好的奖励就是委以重任和提供培训发展机会。但对于一个工作近二十年的老员工而言，他可能更多地考虑将来的生活保障，所以福利、保险计划等金钱奖励恐怕是更合适他的方式。单一的奖惩方式恐怕只能使少数人受到激励或惩戒，而多种奖惩方式综合地、有针对性地运用则能使员工的正确行为获得最大限度的强化。

4. 奖惩的强度

针对不同的员工，奖惩的强度应当有所不同。但这种差异应该有一个"度"，不能过于厚此薄彼。例如，一个新加入公司的员工忙中出错，在一份对外宣传的资料上将公司的热线电话号码印错了，总经理一怒之下立刻将这个人炒掉了。可没过几天，总经理秘书在写给报刊的一篇文章中也犯了同样的错误，这件事却不了了之。这会让许多员工感到不可理解。

从上述事件中可以看出，该公司的惩罚完全是对人不对事的。对不同的人处理的意见完全不同。的确，一个是新加入的员工，一个是劳苦功高的老员工，强度上的确会有所不同，但应该有量的不同，而非质的差异。试想，如果公司对总经理秘书也采取某种形式的惩罚，例如扣除奖金等，恐怕其他员工就不会对此事有如此大的反应。

（五）采购内部审查

采购的内部审查，是指一项采购作业的完成过程中，必须由数人或数个部门分别负责，通过互相监督、互相制约来纠正错误和防止舞弊。

采购的内部审查，就是检查采购业务的各项程序是否符合要求。采购内部审查制度通常有纵向制约和横向制约两种方式。

在执行采购内部审查制度时，应注意以下两点：

（1）秉公办事、防止舞弊。同时，也要防止互相推诿、逃避责任的行为。

（2）发现并纠正错误。技术的进步使得工作处理上的错误逐渐减少，因此，这里所说的错误，多数是原始数据的错误，例如采购物料的数量、规格、品质、时间等。

思考 **练习**

1. 简述采购监控对象的种类。
2. 简述不同采购方式的优缺点。
3. 简述采购规章制度的基本内容。

【演练提高】

选定一家企业，了解其对采购人员的行为要求，并分析这家企业对员工的奖惩措施是否合理。

项目七　采购货物的验收与采购质量管理

对于任何一个企业而言，在供应商交货之前、交货当时或者交货后的一段特定时间内，都要组织相关人员对采购的货物进行检验，以便对货物的质量和数量等做出检验报告，根据报告决定是否接收这批货物。同时企业可以通过对货物的检验来判定供应商是否按照合同要求履行了交货义务，在对方没有尽到合同义务时，企业有权拒绝接收货物，对于损失可以提出索赔。因此，对采购的货物进行检验这一环节是必不可少的，它对于企业的利益是十分重要的。

【学习目标】

　　知识目标
　● 了解采购货物检验的程序
　● 熟悉采购质量管理的原则
　● 理解提高采购质量管理的途径
　　技能目标
　● 掌握采购货物质量检验的方法
　● 掌握采购质量管理的方法

任务一　了解采购货物的检验与验收

一》 采购货物检验的作用

对采购的货物进行检验这一环节的作用主要体现在以下三个方面：

（1）判定货物的质量是否合格，同时确定货物是否达到规定的质量要求。只有严把进货质量关，才能确保最终产品质量。

（2）及时对采购货物进行检验可以及早发现问题，分清责任。检验报告是处理纠纷的依据。

（3）通过对货物的检验，可以了解供应商的产品质量状况，对供应商实施事后质量监督。

二》 采购货物检验的流程

采购方在接收采购货物之前或者之时首先要进行货物的检验，一般有以下几个步骤。

（1）确定检验时间、地点。检验时间、地点的确定和货物的性质有关，大型的机械、设备等往往需要到供应商企业的操作现场检验；小型的原料、配件等可以把货物送过来检验；对于超市等采购的品质稳定的消费品等，可以在货物送至采购方仓库后再进行抽样检验。检验采购货物的时间和地点需要采购方的订单人员与供应商及时沟通，尽早确定。

（2）通知检验部门及人员。采购货物的检验一般交由本企业的质量检验部门完成，也可以交由专门的质量检验机构来完成；对于一些大型设备的长期订货，也可派检验人员常驻供应商企业检验。

（3）进行货物检验。货物检验的目的是检查供应商供货是否符合要求。检验的结果是将货物分为合格货物与不合格货物两种，其中不合格货物又分为致命缺陷货物、严重缺陷货物和轻微缺陷货物三种。对于那些质量性能稳定的货物或者那些长期合作、供货表现良好的供应商的货物，检验的程序可以从简；而对于那些性能不稳定的货物或者新供应商的货物，检验的程序需要比较完备。

（4）填制采购物品验收报告。对采购货物检验完毕后，检验部门人员要填写采购物品验收报告或输入计算机信息系统。

相关 链接

验收报告示例

下面是常见的验收报告格式。

1. 基本信息

检验时间：　　　　　　　　　　　　　检验地点：

采购物品名称	
供应商名称	
合同号	
采购部门负责人	
供应方负责人	
验收人员	

2. 采购物品验收报告

验收范围	
验收方法	
验收标准	
辅助工具	
采购物品名称	
检验人员和时间	
检验结果（合格/不合格）	

3. 验收问题处理

问题	处理措施
	验收部门负责人签字：
	供货方负责人签字：
	验收负责人签字：

三》 采购货物质量的检验方法

商品质量检验的方法很多，根据检验的范围可以分为全数检验和抽样检验；根据采用的检验方法不同可以分为感官检验、理化检验和实用性检验三种。这些检验方法在实际工作中，常常按照商品的不同质量特性进行选择和相互配合使用，下面介绍常用的全数检验和抽样检验。

（一）全数检验

全数检验就是对待检货物逐一进行检验，又称全面检验或 100％ 检验。在货物的数量相对较少时，可以采用全数检验的方法。这种方法的优点是可靠性较高，缺点是不适合货物数量较多的情况。

（二）抽样检验

抽样检验是实践中常用的检验方法。这种方法是按照合同或标准规定的抽样方案，从一批产品中随机抽取少量产品（样本）进行检验，以判断该批产品是否合格的检验方法。它与全面检验的不同之处在于全面检验需对整批产品逐个进行检验，而抽样检验则根据样本中的产品的检验结果来推断整批产品的质量。如果推断结果认为该批产品符合预先规定的合格标准，就予以接收；否则就拒收。采用抽样检验可以显著地节省工作量。目前在破坏性检验（如检验灯泡的使用寿命）以及散装产品（如矿产品、粮食）和连续产品（如棉布、电线）等检验中，也都只能采用抽样检验。

在采用抽样检验时，必须首先确定抽样检验方案（简称抽样方案），依据抽样方案决定如何抽样（一次抽或分几次抽，抽多少），并根据抽出产品检验的结果决定接收或拒绝该批产品。抽样方案按指标性质分为计数抽样方案与计量抽样方案两类，按抽取样本的方式分为一次、两次、多次及序贯抽样方案。

四》 采购货物的验收

（一）货物验收的步骤

货物验收的步骤如图 2—13 所示。

图 2—13 货物验收的步骤

1. 协商送货事宜

在订单发出后或货物检验合格后，采购人员一方面要与供应商协调送货的时间、地点、经手人员等，另一方面要与本企业仓储部门协调接货时间及卸货、验收、搬运、入库等事宜。这个环节工作做不好容易导致双方工作不衔接，浪费人力物力。

2. 货物验收入库

供应商将货物送至采购方仓储部门之后，采购方首先要核对发货单，检查货物种类、数量、品质等是否与合同相符；其次要检查各类单据是否齐备，如装箱单、发票等；最后要检查外包装是否完好，确定入库时是否需要另行包装。以上几项检查无误后就可以进行卸货、清点、入库操作，同时由仓储部门填写货物入库单或将该信息输入仓储管理信息系统。

3. 货物验收过程中的问题

在货物验收入库的过程中可能出现货物状况与合同不符、交货日期不符、货物包装不符合入库要求等问题，这要根据实际情况由采购人员和仓储部门人员共同协商解决，或退回供应商，或自行解决。

(二) 不合格货物的处理

对不合格货物进行处理这个环节因采购方的要求和货物的品质而异。一般来讲，对于有致命缺陷和严重缺陷的货物，采购方可以要求供应商换货；对于轻微缺陷的货物，经过检验人员、设计部门、制造部门、销售部门等协商后，视生产、销售的紧急程度，可以确定是否暂用。对于出现的质量缺陷，采购方要及时通知供应商提请他们注意，如果此情况多次出现或出现一次重大的失误，采购方则要召集各个相关部门进行讨论，对供应商采取适当的措施，或者根据合同规定，令其给予赔偿、调整或取消与该供应商的合作。

任务二　熟悉采购质量管理

一》 采购质量管理概述

(一) 质量的含义

狭义的质量是指特定使用目的所要求的商品各种特性的总和，即商品的自然属性的总和。

广义的质量是指商品能适用一定用途要求，满足社会一定需要的各种属性的总和，是商品的符合性和适用性的结合。符合性是从厂家出发的，符合性必须适应商品的革新和市场变化的需求。适用性是从用户出发的，是指商品能够满足用户的需求。

(二) 采购质量

采购质量是指一个企业通过建立采购质量保证体系，对供应商提供的产品进行选择、评价和验证，确保采购的产品符合规定的质量要求。采购质量描述的是与采购活动相关的质量问题，采购质量的好坏直接影响到企业最终产品的质量。

(三) 采购质量管理

质量管理是为了保证和提高产品质量所进行的调查、计划、组织、协调、控制、检查、处理及信息反馈等各项活动的总称，它的实质是通过企业一系列的管理工作来保证和提高产品质量，从而使用户满意放心。因此，采购质量管理就是对采购质量的计划、组织、协调和控制，同时对供应商质量进行评估和认证，从而建立采购质量管理保证体系，保证企业的物资供应。

(四) 采购质量管理的内容

采购质量管理首先包括对采购部门本身的质量管理，其次包括供应商的质量管理，包含供应商质量评估以及建立质量保证体系、采购认证体系等，最后包括建立采购质量管理保证体系。

二》 采购质量管理的意义

第一，采购货物的质量直接关系到成品的质量，采购质量管理可以保障企业最终产品的质量。而产品质量是企业的生命，高质量的产品是帮助企业获得良好信誉的途径之一。所以控制好采购货物的质量可以帮助企业在激烈的市场竞争中赢得胜利，也是企业长期生存的重要保障。

第二，采购货物的成本是影响最终产品成本的主导因素，采购质量管理可以帮助企业降低采购成本，帮助企业获得利润。从世界范围看，一个典型的企业，采购成本（包括原材料和零部件）一般要占企业总成本的60％，而在我国企业中，各种物资的采购成本要占到企业销售成本的70％以上。显然，采购成本是企业成本管理中的主体和核心部分。而现实中，很多企业在控制成本时将大量时间和精力放在不到总成本40％的企业管理费用以及职工的工资福利上，而忽视采购成本。事实上，产品成本中的材料部分每年都存在着5％～20％的潜在降价空间。所以采购质量管理如果做得好，可以大大降低企业最终产品的成本，从而使企业获得更多利润。

三》 采购质量管理的原则

针对采购质量管理的内容，必须围绕"商品"、"质"、"供应商"、"量"、"地"、"价"、"时"七个方面来开展工作，应当符合"7R"原则，如图2—14所示。

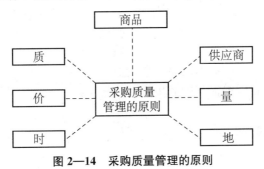

图2—14　采购质量管理的原则

（一）适当的商品（Right Commodity）

现在的商品品种繁多、规格各异，在采购时必须要注意货物规格的描述，以防买到不适合企业再生产的物品，而延误生产周期。

（二）适当的质量（Right Quality）

采购质量管理首先就是要求采购到符合规格的产品，既要保证质量，又要恰当地处理质量与成本、供应、服务等要素之间的关系。从采购的立场看，通常是要求"最适"的品质，而不是"最好"的品质。最适即合适性，是指采购的物品以符合需求为原则，并非盲目追求最佳的品质。因为最佳的品质未必是最适合的品质，品质过好甚至会造成使用上的困难或重大浪费，所以，不同物料、不同使用场合，采购物品的质量定位标准有所不同。

（三）适当的供应商（Right Supplier）

采购质量管理的重要职能是选择适当的供应商，并通过双方的互动不断提高产品质量，从而形成"双赢"的局面。

（四）适当的数量（Right Quantity）

一般而言，采购量越大，价格越便宜，但不是采购越多越好。资金的周转率、仓库储存成本都直接影响采购成本，所以应当根据资金周转率、储存成本、物品需求计划等综合计算出最经济的采购量。

（五）适当的地点（Right Place）

适地原则即就地就近原则，即供应商离自己公司越近，运输费越低，机动性越高，企业物资的合理库存量、订购点越低，越有助于企业"零库存"的实现，供需双方的沟通也越方便，出现问题后也越容易及时解决。因此，在采购的其他要求能够满足的前提下，企业应该选择在一定距离内的供应商进行合作，以降低采购、储存总成本。

（六）适当的价格（Right Price）

"一分钱、一分货"，在采购货物时，一定要注重合适的价格，不能盲目追求较低价格而牺牲货物的品质。在品质与价格之间抉择时，必须就成本、效益的关系加以考虑。

（七）适当的时间（Right Time）

现代企业竞争非常激烈，时间就是金钱，所以采购货物时必须遵循适时原则。这就要求采购部门必须依据生产需要确定采购计划，然后按采购计划适时地进料，既要保证生产的顺利进行，又要尽可能节约成本。而采购人员要监督供应商是否按照订单约定的时间准时交货。恰当的采购时间应根据不同的采购方式来决定。

四》 采购质量管理的方法

（一）调查表法

调查表是数据整理和原因分析的一种工具。为了了解产品质量状况，采购方需要收集许多数据，并将可能出现的原因及其分类预先列成"调查表"，检查时在相应的分类中进行统计并做简单原因分析，为以后决策提供依据。

根据使用目的的不同，可使用不同的调查表，常见的有：缺陷位置调查表、不合格品调查表、商品布局调查表等。下面主要介绍不合格品调查表。

不合格品调查表是对供应商供应的物料中的不合格项目，以及这些项目占的比率大小等需要调查的问题预先设计好的表格。在验收时，把设计好的表格放在验收现场，让验收人员随时在相应栏目里画上记号，填上数据，然后再进行统计，就可以及时掌握情况。

常见的不合格品调查表如表 2—21 所示。

表 2—21　　　　　　　　　　　不合格品调查表

日期	供应商	供应量	不合格量	不合格率	不合格项目								
					1	2	3	4	5	6	7	8	其他
合计													

（二）分类法

分类法也叫分层法，是一种把记录的原始质量数据按照一定标准加以分类整理，以便于分析采购质量及其影响因素的方法。分类的目的，是为了通过分类把性质不同的数据和错综复杂的影响因素分析清楚，找出问题的症结所在，以便对症下药，解决问题。分类法可以用表格表示，也可以用图形表示。

将数据进行分类要根据分析的目的，按照一定的标志加以区分，把性质相同、在同一条件下收集的数据归纳在一起。分类时，同一层内的数据波动幅度应尽可能小，而不同类别的差距应尽可能大，这是用好分类法的关键。质量数据一般按以下原则进行分类：

（1）按检验时间分类。

（2）按供应商分类。

（3）按运输方式分类。

（4）按进货时间分类。

（5）按检验方法分类。

（6）按型号分类。

（7）其他分类方法。

（三）因果图

因果图也称为树枝图、鱼刺图、特性要素图等。采购质量管理过程中对故障品（或缺陷品）应实地考察或亲自过目。为了寻找产生某种质量问题的原因，须进行现实的有价值的因果推想。当推想所需的资料数量较大且复杂性增大时，则须对推想所需的资料的清单进行有序整理，通过识别可能的主要变量，将清单压缩整理，或以表格形式分类排列。

五 》 提高采购质量的途径

如果所采购商品的原材料的质量有问题，将会直接影响到产成品的质量。因此，要在采购中切实保证采购质量，防患于未然，必须寻求可靠的提高采购质量的途径。

（一）采购部门自身的管理

采购部门自身需要有严格的制度保障，让每个采购人员都能恪尽职守，忠实地履行自己的工作职责；同时采购部门应注意参与到企业的其他职能部门的工作中，及时了解企业的采购需求，主动开展工作。

（二）选择合适的供应商

采购方在采购质量管理中的首要任务是了解供应商的质量水平，选择合适的供应商。要找到合适的供应商，必须先进行调查，以判断和核实供应商是否能保证商品质量，如果与其建立供需关系，双方能否在技术、管理、财务等方面互相配合。

作为供应商为了确保商品质量，必须提供合格品，并出具必要的合格证明。在业务交往中，供应商应提供控制质量的书面计划及计划已被执行的证明，并允许采购方对供应商的各项活动进行必要的监督。对于采购方及时反馈的有关商品质量及相关问题，供应商管理部门应坚持不懈地随时采取纠正性行动。总之，供应商应及时提供有质量保证的、价格合理的商品，能提供优良的服务。作为采购方，对于一些较为复杂或重要的商品，最好有多种供应源。

相关 链接

Amgen 公司提高采购质量的方法

Amgen 公司于 1993 年进入中国市场，它的供应链管理部门在诸多领域都胜人一筹，主要包括两个领域：第一个领域是内部客户方面。采购部门通过与内部客户、及时的和有效的沟通来努力地预测他们的要求，同时采购人员还参与各职能部门的计划工作，所以他们知道以后的六个月将会发生什么。第二个领域是供应商管理。Amgen 公司选择的供应商都是那些能给公司直接带来价值的、有世界级能力的顶级公司，公司一般希望同他们结成联盟并允许他们在公司的现场进行工作。其他领域还包括技术和风险管理系统，针对该公司的产业特征，他们建立了一个自动化采购体系，并时刻注意降低采购风险，如对重要原料有后备资源等。

资料来源：中国物流网。

（三）建立采购质量管理保证体系

采购质量管理保证体系是指企业为了保证和提高采购质量，运用系统的原理和方法，设置统一协调的组织机构，把采购部门、采购环节的质量管理活动严密地组织起来，形成一个有明确任务、职责、权限，互相协作的质量管理有机体系。

建立一个完善的、高效的质量管理保证体系，必须做到以下几点：

（1）要有明确的质量目标。质量目标是采购部门遵守和依从的行动指南。质量目标确定后，要层层下达，以保证实施。

（2）建立健全采购质量管理机构和责任制度。这可以从组织和制度上为加强采购质量管理创造良好条件，使采购质量管理工作事事有人管、人人有专职、办事有依据、考核有标准，使全体采购人员为保证和提高采购质量而认真工作。

（3）建立健全采购质量标准化体系。标准是衡量采购工作质量的尺度，优化采购质量管理工作的依据，只有做好标准化工作，建立健全质量标准化体系，才能保证和提高采购工作质量。

（4）加强质量教育，强化质量意识。要搞好采购质量管理，必须要有高素质的采购人员队伍，因此，要把质量教育作为采购质量管理工作的"第一道工序"来抓。

思考 练习

1. 简述采购货物检验的流程。
2. 简述采购质量管理的原则。
3. 简述提高采购质量管理的途径。

【演练提高】

1. 某公司的供应商按照合同约定的时间送来一份交货检查通知书，内容是其已完成 10 000 件货物的生产，要求尽快进行交货检查。请用一次正常抽样检验的方法确定检验方案，并判断这批货物的质量是否合格。

2. 选定一家企业，对其采购质量进行分析，并提出提高其采购质量管理的措施。

项目八　采购库存管理

采购库存管理是采购管理系统的一项重要功能，其作用在于消除物品生产与消费在时间上的差异，以提高采购的效率。库存管理的水平直接影响采购管理系统整体功能的发挥。企业该如何根据自身生产、销售的特点和客户需求的变化，研究合理的库存物资数量，从而使库存占用的资金尽可能最少，这就是库存控制需要解决的问题，它是实现企业采购管理目标的基础。本部分主要从认识库存管理开始，围绕库存量的确定、库存管理方法和订货点技术几个方面，对采购与供应管理加以探讨。

【学习目标】

知识目标

● 熟悉库存管理的功能与原则

● 掌握库存管理的基本方法

● 熟悉定量订货法和定期订货法的基本原理

技能目标

● 掌握定量订货法和定期订货法的运用

任务一　认识库存与库存管理

一 》库存与库存管理概述

（一）库存与库存管理的定义

1. 库存的定义

库存就是指处于储存状态的物品或商品，主要是作为今后按预定的目的使用而处于闲置或非生产状态的物料。一方面，库存具有整合需求和供给，维持各项活动顺畅进行的功能；另一方面，企业为存储货物而产生的库存成本也是相当庞大的。因此，就出现了库存管理。

2. 库存管理的定义

库存管理是仓储管理的一个重要组成部分。它是在满足顾客服务要求的前提下，通过对企业的库存水平进行控制，力求尽可能降低库存水平、提高物流系统的效率，以提高企业的市场竞争能力。

库存管理包括库存成本管理和库存控制，而库存管理的核心问题是库存控制，库存控制的核心内容是如何在满足需要的前提下，保持合理的库存水平。

（二）库存的分类

1. 按功能分类

按功能分类，库存有五种基本类型：波动库存、预期库存、批量库存、运输库存、屏障（或投机性）库存。

（1）波动库存。波动库存是由于销售与生产的数量与时机不能被正确地预测而持有的库存。例如，某一物品其平均订货量可能是每周 100 单位，但有时销售量可能高达 300 或 400 单位。通常从工厂订货后三周可以收到订货，也可能要六周。这些需求与供应中的波动可以用后备存货或安全库存来弥补，即波动库存。在实际生产计划中，常用波动库存来满足需求中的随机变化，而不需要改变生产水平。

（2）预期库存。预期库存是为了迎接一个高峰销售季节、一次市场营销推销计划或一个工厂关闭期而预先建立起来的库存。一般而言，预期库存就是未来的需要，也是为了限制生产速率的变化，而储备的工时和时机。

（3）批量库存。按照物品的销售速率去制造或采购物品往往是不可能或不实际的。因此，必须以大于眼前的数量去获取物品，由此出现的库存就是批量库存，而且企业还可以通过批量而得到折扣。

（4）运输库存。运输库存是由于物料必须从一处移到另一处而存在的库存。如卡车上被运输的物品可能需要在途中经历 10 天，在途时，库存无法为工厂或客户服务，这是因为运输需要时间。

（5）屏障库存。屏障库存是使用大量基本矿产品（诸如煤、汽油、银或水泥）或农牧产品（诸如羊毛、谷类或动物产品）的公司在低价时，大量购进这些价格易于波动的物品，而实现可观的节约；或者对预计以后将要涨价的物品，在现价较低时及时买进额外数量，达到降低物料成本的目的。这类物品在采购过程中，对价格趋势、废弃风险与处理商品的前景等要把握准确。由此而实现的节约是对该项追加投资获得的真正报酬。

例如一个产品的原材料，按每年 12 批，每批 1 000 件来采购，每个月库存将收获 1 000 件。如果均匀地采购，则现有数将平均为 500 件，其平均批量库存是 500 件。为弥补需求的波动，可以额外持有 250 件作为后备或安全库存。因此，该原材料的平均总库存量将为 750 件。为迎接即将来临的一个假期，工厂将关闭，可能要给库存再加上 250 件，这就是预期库存。若考虑到原材料价格的浮动，为了降低成本，可以在较低的价格内大批量地购进，这就是屏障库存。如果此物品要通过远方的分支仓库来分配，则在主厂与仓库之间还将存在在途的运输库存。

2. 按在加工过程中的地位分类

按在加工过程中的地位分类，库存可以分为以下几种：

（1）原料库存。原料是指用来制造成品中组件的钢铁、面粉、木料、布料或其他物料。

（2）组件库存。组件是指准备投入产品总装的零件或子装配件。

（3）在制品库存。在制品是指工厂中正被加工或等待于作业之间的物料与组件。

（4）成品库存。成品是指备货生产工厂里库存中所持有的已完工物品或订货生产工厂里准备按某一订单发货给客户的完工货物。

二》 库存管理的功能

企业持有库存的理由：一是在需要物料时，可以便利地得到，包括支持制造的生产物料（原材料和零件）、为修理和维护而用的备用品和消费品、准备交给顾客的成品。二是增加减小成本的可能性，这可以借助于批量采购的折扣来实现。进行批量采购，可以用相当水平的库存来换取采购价格的下降。企业经常购买比实际需要更多的物料，同样也是为了实现最小的订单数量或者为了避免临近的价格增加。

企业持有库存主要有以下三个方面的功能：

（1）防止断档。缩短从接收订单到送达货物的时间，以保证优质服务，同时又要防止脱销。为了保证生产经营的正常运作需要，企业对有关物资的需求，是随着生产经营活动的进行而不断发生的，但往往由于生产车间领料的数量和时间与企业向外订购物料的数量和时间都是不确定的，且不同步，因此，需要相应数量的库存周转。

（2）降低物流成本。一方面，库存可以避免价格上涨，降低供需所带来的经营风险。在企业生产经营的活动中，由于某些客观的因素，如计划的失误、生产事故、运输故障、不合格原料的退货、入库货物的不及时等，出现了供需失误，是难以避免的，这时若有足够的、适量的存储备量，则可大大降低经营风险。另一方面，库存可以保证生产的计划性、平稳性以消除或避免销售波动的影响。因此，可以用适当的时间间隔补充与需求量相适应的合理物品量，消除或避免销售波动的影响，从而降低物流成本。

（3）规模经济的获得。企业只有按照适当的数量，即一定的规格组织产品生产和物资供应，才能获得良好的经济效益。这样，当生产或供货的批量大于同期的需求量时，则增加存货量；反之，则减少存货量。所以要保证满足采购方的要求，同时又使供货方的生产均衡，就需要有一定量的成品库存。

三》 库存管理的原则

数据显示，在目前中国企业的产品销售成本中，采购成本占到70％左右，可见，采购环节管理水平的高低对企业的成本和效益影响非常大。一些企业采购行为只是利用了物流的技术与形式，经常是为库存而采购，而大量库存导致企业或部门之间无法实现无缝连接，库存积压的恰恰又是企业最宝贵的流动资金，这就造成了许多企业资金紧张、效益低下。因此，在库存管理中应遵循下面的原则。

（一）经济效益原则

企业进行库存管理的目的主要是为了获得良好的经济效益，具体包括确定合理的订货时间和订货数量。总费用成本包括每次订购成本、购入货物成本、存货成本（存货资金应计利息、保险费、仓库保管费、存货损耗费）和缺货成本（供应中断而使生产经营上的需要不能满足所造成的经济上的各种损失）。

(二) 完整性原则

企业的存货必须保证企业生产所需的各项物资的供应,既要有适量的原材料储备,又要有一定的辅助材料、生产器具、燃料等的储备,不能因为采购量小或物资的价值小而想当然地认为可以临时购置,瞬间的环境变化可能完全改变采购的条件。

(三) 安全原则

企业在进行库存管理的过程中,要确保库存物料账实相符、质量稳定。不应使物料质量在储备中下降,如由一级品变成二级品、二级品变成次品,甚至一堆垃圾等,从而使企业的有效资产迅速减少,直接影响到企业的经济效益。由于库存物料收发频繁,经常出库、入库及存储,容易导致在库存中发生计量误差、检查疏忽、自然损耗、非法侵占、被盗丢失等现象。因此,企业进行库存管理必须加强安全意识,确保库存的安全。

(四) 时效性原则

对库存物料要经常检查、及时更新,特别是对于保险储备物料。企业制定物料供应计划之后,企业的日常生产经营活动所消耗的物料主要是经常性储备。只有当发生无法意料的事情时,企业才动用保险储备。因此,保险储备作为企业长年累月的库存积累,可能发生质变、自然损耗等,从而降低物料的使用率。经常对保险储备进行更换,是加强库存管理、提高经济效益和安全性的重要保证之一。

(五) 1.5 倍原则

1.5 倍原则是经过很多公司的销售实践总结出来的安全存货原则,具体数据是建立在上期客户的销量基础上,本期建议客户订单的依据。1.5 倍原则备货是结合新的促销活动或者季节时机或者天气等因素,向客户建议合理的订货批量,并动员他们按建议订货。这种建议是建立在提高客户销量和利益基础之上的,因而能赢得客户信任,客户容易采纳。

从业人员必须灵活掌握和应用 1.5 倍原则,避免生搬硬套。例如,如果遇到特殊情况应适当变化(如天气、节假日等)。1.5 倍原则可以保证客户有充足的存货,减少断货、脱销的可能性,保证客户随时都能买得到所需产品,帮助客户不漏掉每次成交的机会。

任务二 掌握合理库存量的确定方法

一》 库存量的影响因素和确定依据

(一) 库存量的影响因素

库存量的影响因素包括以下几个方面:

（1）库存量与服务水平的平衡。

（2）企业的年销售目标。可以借助公式计算：

商品平均库存额＝年度计划销售额/行业标准周转率

（3）月需求量的变动。可以借助公式计算：

月初库存额＝年度平均库存额×0.5×（1＋季节指数）

季节指数＝该月销售目标（或计划）/月平均销售额

（4）商品毛利率与周转率的关系。可以借助公式计算：

交叉比率＝商品周转率×毛利率×100％

（二）确定库存量的依据

确定库存量的依据包括以下几个方面：

（1）订货成本；

（2）价格折扣成本；

（3）缺货成本；

（4）库存占用流动资金的成本；

（5）存储成本；

（6）废弃成本。

二》 合理库存量的确定和管理

（一）订货数量的确定——经济订货批量模型

1. 经济订货批量

经济订货批量（Economic Order Quantity，EOQ），是固定订货批量模型的一种，可以用来确定企业一次订货（外购或自制）的数量。当企业按照经济订货批量来订货时，可实现订货成本和储存成本之和最小化。购进库存商品的经济订货批量，是指能够使一定时期购、存库存商品的相关总成本最低的每批订货数量。企业购、存库存商品的相关总成本为购买成本、相关订货费用和相关储存成本之和。

2. 经济订货批量模型

经济订货批量模型又称整批间隔进货模型、EOQ 模型，是目前大多数企业最常采用的货物订购方式。该模型适用于整批间隔进货、不允许缺货的情况，即某种物资单位时间的需求量为 D，存储量以单位时间消耗数量 D 的速度逐渐下降，经过时间 T 后，存储量下降到零，此时开始订货并随即到货，库存量由零上升为最高库存量 Q，然后开始下一个存储周期，形成多周期存储模型。

3. 经济订货批量法

为了生产某些产品而订购所需要原料时，使用什么标准来确定订购的数量？订购怎样的批量才能够获得最佳的投资效益？经济订货批量的大小，只能以影响某一特定生产局面的各种外部因素来决定。有着大量库存财务负担的公司，计算机能够对储备控制提供很有价值的帮助。不过，企业也能够建立一项简便的处理方法，即经济订货批量法。这项处理方法可以随时加以调整，使其能够适应各种不同的需要，这项方法还可以扩充延伸，以便在复杂的情况下使用。

在定点订货方式中，每一品种的商品每次订货批量都是相同的，所以每个品种都要制定一个订货批量，通常取经济订货批量为订货批量。计算公式为：

$$Q^* = \sqrt{2CD/K}$$

或：　　　$= \sqrt{2CD/PF}$

式中：C——单位订货成本（元/次）；

　　　D——某库存物品的年需求量（件/年）；

　　　K，PF——单位库存平均年度保管费用（元/件，年）；

　　　P——单位采购成本（元/件）；

　　　F—— 单件库存保管费用与单件库存采购成本之比。

由此可得出，年最佳订货次数：$N = D/Q^*$（次）

订货时间间隔：$t = 365/N$（天）

与订货相关的存货总成本：$TC = \sqrt{2CDPF}$

4. 经济订货批量法应用案例

【例 2—1】　某加工企业对某种原材料的年需求量 $D = 8\,000$ 吨，每次的订货费用 $S = 2\,000$ 元，每吨原材料的单价为 100 元，存储费用率为 8%（即每吨原材料储存一年所需要的存储费用为原材料单价的 8%）。求所需要的经济订货批量、年订货次数、订货时间间隔及总库存成本。

解：根据经济订货批量公式可得：

$$Q^* = \sqrt{2CD/PF} = \sqrt{2 \times 8\,000 \times 2\,000/(100 \times 8\%)} = 2\,000 （吨）$$

一年的总订货次数为：$N = D/Q = 8\,000/2\,000 = 4$（次）

订货时间间隔为：$t = 365/N = 365/4 \approx 91$（天）

与订货相关的存货总成本为：

$$TC = \sqrt{2CDPF} = \sqrt{2 \times 8\,000 \times 2\,000 \times 100 \times 8\%} = 16\,000 （元）$$

5. 对经济订货批量法的评价

对经济订货批量法有许多批评，但并不是批评该方法在内容上的不足之处，而是批评那种不顾实际情况而不适当地随便使用这种方法的态度。伯比奇教授在其 1978 年的著作《生产管理原理》中，对经济订货批量提出的批评大略如下：

（1）它是一项鲁莽的投资政策——不顾有多少可供使用的资本，就确定投资的数额。

（2）它强行使用无效率的多阶段订货办法，根据这种办法，所有的部件都足以用不同的周期提供。

（3）它回避准备阶段的费用，更谈不上分析及减低这项费用。

（4）它与一些成功的企业经过实践验证的工业经营思想格格不入。

其他反对意见则认为，最低费用的订货批量并不一定意味着获利最多。此外，许多公司使用了另一学者塞缪尔·艾伦教授加以扩充修订的经济订货批量法之后认为，在他们自己的具体环境条件下，该项方法要求进行的分析本身就足够精确地指明这项方法的许多缺点所在，而其他方法则又不能圆满地解决他们试图要解决的问题。

（二）数量折扣条件下的经济订货批量模型

供应商为了吸引客户一次购买更多的商品，往往规定对于购买数量达到或超过某一数量标准时给予客户价格上的优惠，这个事先规定的数量标准称为折扣点。在数量折扣的条件下，由于折扣之前的单位购买价格与折扣之后的单位购买价格不同，因此必须对经济订货批量模型进行必要的修正。

在多重折扣点的情况下，如表 2—22 所示，先依据确定条件下的经济订货批量模型，计算最佳订货批量（Q^*），而后分析并找出多重折扣点条件下的经济订货批量。其计算步骤如下：

（1）用确定经济订货批量的方法，计算出最后折扣区间（第 n 个折扣点）的经济订货批量 Q_n^* 与第 n 个折扣点的 Q_n 比较，如果 $Q_n^* \geqslant Q_n$，则取最佳订购量 Q_n^*；如果 $Q_n^* < Q_n$，就转入下一步骤。

表 2—22   多重折扣价格表

折扣区间	0	1	⋯	t	⋯	n
折扣点（个）	Q_0	Q_1	⋯	Q_t	⋯	Q_n
折扣价格（元/个）	P_0	P_1	⋯	P_t	⋯	P_n

（2）计算第 t 个折扣区间的经济订货批量 Q_t^*。若 $Q_t \leqslant Q_t^* < Q_{t+1}$ 时，则计算经济订货批量 Q_t^* 和折扣点 Q_{t+1} 对应的总库存成本 TC_t^* 和 TC_{t+1}，并比较它们的大小，若 $TC_t^* \geqslant TC_{t+1}$，则令 $Q_t^* = Q_{t+1}$，否则就令 $Q_t^* = Q_t$。如果 $Q_t^* < Q_t$，则令 $t = t+1$ 再重复步骤 （2），直到 $t = 0$，其中：$Q_0 = 0$。

【例 2—2】   A 商品供应商为了促销，采取以下折扣策略：一次购买 1 000 个以上打 9 折；一次购买 1 500 个以上打 8 折，如表 2—23 所示。若单位商品的仓储保管成本（H）为单价的一半，求在这样的订货批量折扣条件下，甲仓库的最佳经济订货批量应为多少？（$D = 30\,000$ 个，$P = 20$ 元，$C = 240$ 元，$H = 10$ 元，$F = H/P = 10/20 = 0.5$）

表 2—23   A 商品多重折扣价格表

折扣区间	0	1	2
折扣点（个）	0	1 000	1 500
折扣价格（元/个）	20	18	16

解：

（1）计算折扣区间 2 的经济订货批量：

经济订货批量 $Q_2^* = \sqrt{2CD/PF} = \sqrt{2 \times 240 \times 30\,000 / (16 \times 0.5)} = 1\,342$（个）

因为 1 342 < 1 500，所以转入下一计算步骤。

（2）计算折扣区间 1 的经济订货批量：

经济订货批量 $Q_1^* = \sqrt{2CD/PF} = \sqrt{2 \times 240 \times 30\,000 / (18 \times 0.5)} = 1\,265$（个）

因为 1 000 < 1 265 < 1 500，所以还需计算 TC_1^* 和 TC_2 对应的年总库存成本，即：

$$TC_1^* = DP_1 + HQ_1^*$$
$$= 30\,000 \times 18 + 10 \times 1\,265$$
$$= 552\,650 \text{（元）}$$

$$TC_2 = DP_2 + DC/Q_2 + Q_2 PF/2$$
$$= 30\,000 \times 16 + 30\,000 \times 240/1\,500 + 1\,500 \times 16 \times 0.5/2$$
$$= 490\,800\ (元)$$

由于 $TC_2 < TC_1^*$，所以在订货批量折扣的条件下，最佳订货批量 Q^* 为 1 500 个。

（三）延期购买条件下的经济订货批量模型

当企业向供应商订货时，在供应商库存不足发生缺货的情况下，如果不转向购买其他供应商的替代产品而是延期购买，供应商为了尽快满足顾客需要，就必须加班生产产品，快速运送发货。这样对供应商来说由于加班和快速发送而产生了延期购买成本，在这种情况下，需要对经济订货批量模型进行必要的修正：

$$Q^* = \sqrt{2AC_2/C_1} \times \sqrt{(C_1 + B)/B}$$

式中：B——单位产品的延期购买成本；

A——产品的需求量。

由于 $\sqrt{(C_1 + B)/B} > C_2$，可知在延期购买条件下的经济订货批量要大于正常条件下的经济订货批量。当单位延期购买成本 B 不断增加时，在延期购买条件下的经济订货批量逐渐接近于正常条件下的经济订货批量。

（四）多品种条件下的经济订货批量模型

实际上，库存品种的数目是相当多的，所以有必要探讨在多个品种条件下的经济订货批量模型。

在总库存成本最小的前提下，按各个品种进行求微分并令其为零，求得各个品种的经济批量 Q_j^* 为：

$$Q_j^* = \sqrt{2A_j C_{2j}/C_{1j}}\quad (j = 1,\ 2,\ 3,\ \cdots,\ n)$$

式中：C_{1j}——j 品种的储存成本；

C_{2j}——j 品种的订购成本；

A_j——j 品种的需求量。

考虑到各种资源的制约是客观存在的，需要对多品种经济订货批量模型进行修正，下面在存在资金制约和仓库容积制约的情况下对多品种经济订货批量模型进行修正。

设定 M 代表最大库存资金，V 代表仓库最大容积，f_j 代表 j 个品种的单位体积。则有：$\sum\limits_{j=1}^{n}(P_j Q_j) \leqslant M,\ \sum\limits_{j=1}^{n}(f_j Q_j) \leqslant V$。

这样在上述两个制约条件下求年总库存成本最小的经济订货批量为：

$$Q_j^* = \sqrt{2C_{2j}A_j/(C_{1j} + 2\mu_1 P_j + \mu_2 f_j)}\quad (j = 1,\ 2,\ \cdots,\ n)$$

式中：μ_1，μ_2——未知常数。

这样，如果已知 μ_1 和 μ_2 的数值，则可求得资金制约和仓库容积制约条件下各个品种的经济订货批量数值 Q_j^*。

（五）分批连续进货的经济订货批量模型

企业在连续补充库存的过程中，有时不可能在瞬间就完成大量进货，而是分批、连续进货，甚至是边补充库存边供货，直到库存量最高，这时不再继续进货，而只是向需求者供货，直到库存量降至安全库存量，又开始新一轮的库存周期循环，如图2—15所示。分批连续进货的经济订货批量，仍然是使存货总成本最低的经济订货批量。

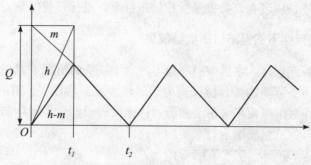

图2—15　分批连续进货经济订货批量

设一次订购量为 Q，商品分批进货率为 h（千克/天），库存商品耗用率为 m（千克/天），并且 $h > m$。一次连续补充库存直至最高库存量需要的时间为 t_1；该次停止进货并不断耗用直至最低库存量的时间为 t_2。

由此可以计算出以下指标：$t_1 = Q/h$；在 t_1 时间内的最高库存量为 $(h-m)t_1$；在一个库存周期（$t_1 + t_2$）内的平均库存量为 $(h-m)t_1/2$；仓库的平均保管费用为 $[(h-m)/2] \cdot [Q/H] \cdot (PF)$；经济批量 Q^* 为 $\sqrt{2CD/[PF(1-m/h)]}$；在按经济批量 Q^* 进行订货的情况下，每年最小总库存成本 TC^* 为 $DP + \sqrt{2DCPF(1-m/h)}$；每年订购次数 N 为 D/Q^*；订货间隔周期 T 为 $365/N = 365 \times Q^*/D$。

【例2—3】　甲仓库B种商品年需要量为5 000千克，一次订购成本为100元，B商品的单位价格为25元，年单位商品的保管费率为单价的20%，每天进货量 h 为100千克，每天耗用量 m 为20千克，要求计算在商品分批连续进货条件下的经济订货批量、每年的库存总成本、每年订货的次数和订货间隔周期。

解：经济批量 $Q^* = \sqrt{2CD/[PF(1-m/h)]}$

$$= \sqrt{(2 \times 5\,000 \times 100)/[0.2 \times 25 \times (1-20/100)]}$$

$$= 500（千克）$$

每年的库存总成本 $TC^* = DP + \sqrt{2DCPF(1-m/h)}$

$$= 5\,000 \times 25 + \sqrt{2 \times 5\,000 \times 100 \times 0.2 \times 25 \times (1-20/100)}$$

$$= 127\,000（元）$$

每年订货次数 $N = D/Q^* = 5\,000/500 = 10$（次）

订货间隔周期 $T = 365/N = 365/10 = 36.5$（天）

传统的库存管理思想着眼于在企业已有的生产经营结构中应用经济订货批量模型求解经济订货批量，以使企业的库存总成本最低，也就是说在企业现有条件不变的情况下来寻找最优的库存水平。但是如果对企业现有的经营结构进行改革（如经营观念的创新、生产制造方式的变革、先进技术的采用、与供应商和销售商共享信息资源等），这样不仅可以减少经济订货批量的数量，而且能降低总的库存成本，因此对企业生产经营结构的改进是降低企业库存水平最有效的手段。

任务三　掌握库存管理的基本方法

一　ABC 分类法

(一) ABC 分类法的含义和指导思想

ABC 分类法又称重点管理法或 ABC 分析法。它是一种从名词众多、错综复杂的客观事物和经济现象中，通过分析找出主次，分类排队，并根据不同的情况分别加以管理的一种方法。它是根据巴雷特曲线所揭示的"关键的少数和次要的多数"的规律在管理中加以应用的。

在库存管理中，一个仓库存放的物资品种成千上万。但这些物资的重要程度都不一样，每个品种的价格不同，且库存数量也不等，有的物资品种不多但价值很大，而有的物资品种很多但价值不高。由于企业的资源有限，因此从经济原则上讲，企业不可能也没必要对所有库存品种均给予相同程度的重视和管理。为了使有限的时间、资金、人力、物力等企业资源得到更有效的利用，应对库存物资进行分类，将管理的重点放在重要的库存物资上，进行分类管理和控制，即依据库存物资重要程度的不同，分别进行不同的管理，这就是 ABC 分类法的基本思想。

(二) ABC 分类法分析的一般步骤

ABC 分类法就是将库存物资按重要程度分为特别重要库存（A 类库存）、一般重要库存（B 类库存）和不重要库存（C 类库存）三个等级，然后针对不同的级别分别进行管理和控制。ABC 分类法分析的一般步骤如下所述。

1. 收集数据

按分析对象和分析内容，收集有关数据。针对库存物资的平均资金占用额进行分析，以了解哪些物品占用资金多，以便实行重点管理。应收集的数据包括每种库存物资的平均库存量和每种物资的单价。

2. 处理数据

对收集来的数据资料进行整理，按要求计算和汇总。例如，以平均库存乘以单价，求算各种物品的平均资金占用额和所占库存总品种数目的比例等。

3. 制 ABC 分析表

ABC 分析表栏目构成如下：第一栏为"物品名称"；第二栏为"品目数累计"，即每一种物品皆为一个品目数，品目数累计实际就是序号；第三栏为"品目数累计百分数"，即累计品目数对总品目数的百分比；第四栏为"物品单价"；第五栏为"平均库存"；第六栏是第四栏物品单价乘以第五栏平均库存，为各种物品"平均资金占用额"；第七栏为"平均资金占用额累计"；第八栏为"平均资金占用额累计百分数"；第九栏为"分类结果"，如表 2—24 所示。

表 2—24　　　　　　　　　　　　　　　　ABC 分析表

物品名称	品目数累计	品目数累计百分数	物品单价	平均库存	平均资金占用额	平均资金占用额累计	平均资金占用额累计百分数	分类结果
(1)	(2)	(3)	(4)	(5)	(6)	(7)	(8)	(9)

制表按下述步骤进行：将已求算出的平均资金占用额，以大排队方式，由高至低填入表中第六栏。以此栏为准，将相应物品名称填入第一栏、物品单价填入第四栏、平均库存填入第五栏，在第二栏中按 1、2、3、4… 编号，则为品目数累计。此后，计算品目数累计百分数填入第三栏；计算平均资金占用额累计填入第七栏；计算平均资金占用额累计百分数填入第八栏。

4. 根据 ABC 分析表确定分类

根据 ABC 分析表，观察第三栏"品目数累计百分数"和第八栏"平均资金占用额累计百分数"，将品目数累计百分数为 5%～15%，而平均资金占用额累计百分数为 60%～80%的前几个物品，确定为 A 类；将品目数累计百分数为 20%～30%，而平均资金占用额累计百分数也为 20%～30%的物品，确定为 B 类；其余为 C 类，C 类情况正和 A 类相反，其品目数累计百分数为 60%～80%，而平均资金占用额累计百分数仅为 5%～15%。如表 2—25 所示。

表 2—25　　　　　　　　　　　　库存物资 ABC 分类标准

类别	品目数累计百分数	平均资金占用额累计百分数
A	5%～15%	60%～80%
B	20%～30%	20%～30%
C	60%～80%	5%～15%

5. 绘 ABC 分析图

以品目数累计百分数为横坐标，以平均资金占用额累计百分数为纵坐标，按 ABC 分析表第三栏和第八栏所提供的数据，在坐标图上取点，并连接各点，则绘成如图 2—16 所示的 ABC 曲线。

按 ABC 曲线对应的数据，按 ABC 分类标准，在图上标明 A 、B 、C 三类物品，则制成 ABC 分析图。在管理时，如果认为 ABC 分析图直观性仍不强，也可绘成直方图。

（三）确定重点管理要求

ABC 分析，理顺了复杂事物，搞清了各局部的地位，明确了重点。按 ABC 分析结果，再权衡管理力量与经济效果，可对三类库存物品进行有区别的管理，见表 2—26。

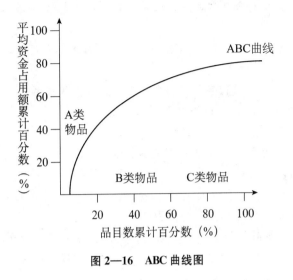

图 2—16 ABC 曲线图

表 2—26 ABC 管理列表

	A	B	C
管理要点	投入较大力量精心管理，将库存压缩到最低水平	按经营方针调节库存水平	集中大量订货，以较高的库存来减少订货费用
订货方式	计算每种商品的订货批量，按最优批量订货，采用定期订货的方式	采用定量订货方式，当库存降到最低点时发出订货，订货批量为经济订货批量	采用双箱法或三箱法，用两个库位储存，一个库位货发完了，用另一个库位发，并补充第一个库位
定额水平	按品种甚至规格控制	按品种大类控制	按总金额控制
检查方式	经常检查	一般检查	按年度或季度检查
统计方法	详细统计，按品种、规格规定统计项目	一般统计，按大类规定统计项目	按金额统计

此外，以流动速度而言，A 类物品常被列为快速流动，需要有较多的库存，因此需置于所有的配送中心或零售店；B 类物品列为正常流动，应存放于区域性仓库或配销仓库；C 类物品为缓慢流动，常存放于中央仓库或工厂仓库。

相关 链接

青岛海尔的成品库规划

根据统计显示，海尔青岛成品库共 272 149 平方米，内销部成品库共 1 685 411 平方米，而 1999 年 1～9 月份的调货量为 31 361 车次（车长 10 米）。假设海尔库存周转期为18 天，9 个月周转次数则为 15 次，平均周转库存为（按空调计算）13.59 万套，而青岛库的可容纳库存（按空调计算）为 68 万套，可见真正创造利润的周转库存所占比例不到总库存容量的 20%，这正符合巴雷特曲线，即所谓的"关键的少数和次要的多数"，又称

20∶80法则,因此有必要对青岛成品库进行重点控制,采取行之有效的分类管理法(ABC分类法)。

(1)分类规划。基于此现状,××公司建议采用 ABC 库存管理方法规划青岛库存,将青岛库存划分为:

A 类库存:快速周转库,储存周转期在 6~12 天以内的商品。

仓库要求:交通方便,库区位置靠近铁路站、专用线、国道、高速路口,仓间面积大、库门多,停靠车辆方便,作业能力强。

管理要求:为了达到真正意义上的"快速周转",装卸搬运环节实现单元化装卸、带托盘运输,出入库信息采集采用计算机管理,条形码扫描自动采集。

B 类库存:储备库存,储存周转期在 20 天以上的淡季生产产品和滞销产品。

仓库要求:库区交通较为方便,仓间面积大。

C 类库存:不良品库存,储存各环节产生的不良品、淘汰型号产品。

仓库要求:靠近生产线和处理站,便于产品的回收和废弃处理。

(2)规划程序。产品划分采用 K-U 曲线划分法。

(3)库存量统计。A 类、B 类库存的统计方法为盘点量+周转期内生产量;C 类库存统计方法为盘点量。

(4)产品周转期的确定,即 ABC 类的划分标准的确定。

二》CVA 管理法

尽管 ABC 分类法可以把高值材料(A 类)的库存管理做得很好,但是对于 C 类物品却不能进行有效的管理。例如,经销鞋的企业会把鞋带列入 C 类物品,但是如果鞋带缺货将会严重影响鞋的销售;一家汽车制造商会把螺钉列入 C 类物品,但缺少一个螺钉往往导致整个装配线的停工。因此,有些企业采用关键因素分析法,简写为 CVA。

CVA 的基本思想是把存货按照关键性分成 3~5 类,例如:

(1)最高优先级。这是经营的关键性物品,不允许缺货。

(2)较高优先级。这是经营活动的基础性物品,但允许偶尔缺货。

(3)中等优先级。这多属于比较重要的物品,允许合理范围内的缺货。

(4)较低优先级。经营中需用这些物品,但可替代性高,允许缺货。

对于上述的四个等级可以通过 CVA 管理列表来详细地展示,见表 2—27。

表 2—27　　　　　　　　　　　　　　CVA 管理列表

类型	特点	管理措施
最高优先级	关键物品或 A 类物品	不允许缺货
较高优先级	基础性物品或 B 类物品	允许偶尔缺货
中等优先级	比较重要的物品或 C 类物品	允许合理范围内缺货
较低优先级	需要但可替代物品	允许缺货

CVA 管理法比起 ABC 分类法有着更强的目的性。但在使用中,人们往往倾向于制定高的优先级,结果高优先级的物品种类很多,最终导致哪种物品也得不到应有的重视。CVA 管理法和 ABC 分析法结合使用,则可以达到分清主次、抓住关键环节的目的。

任务四　熟悉订货点技术

一 》 定量订货法

（一）定量订货法的概念

定量订货法是预先确定一个订货点和一个订货批量，然后随时检查库存，当库存下降到订货点时，就发出订货，订货批量的大小每次都相同，都等于规定的订货批量。这样程序化地自动启动订货，反复运行。

（二）定量订货法的决策思路

定量订货法以库存费用与采购费用总和最低为原则，事先确定出相对固定的经济订货批量和订货点。每当库存量降低到订货点时，即按预定的经济订货批量组织订货。这种方法是通过"经济订货批量"和"订货点"两个量来控制库存的。订货点可用以下公式计算求得：

$$R = D \times T$$

式中：R——订货点，即当库存降至此数量时订货；

D——平均日需求量；

T——平均运作时间，又称订货提前期，即开始订货到货物入库的时间。

当需求或运作周期不能完全确定时，就需要建立安全库存，这时的基本订货点的公式变为：

$$R = D \times T + S$$

其中，$D \times T$ 是订货期间的需要预测量，S 为安全库存量。

假定每日正常出库量为 120 件，日最低安全库存量为 160 件，如果经销商习惯接到订单后 6 天发货，而路途运输的时间是 7 天，那么合理的订货点应该是：$120 \times (6+7) + 160 = 1\ 720$（件）。

（三）定量订货法的内容

实施定量订货法需要确定两个控制参数，一个是订货点，即订货点库存量；另一个是订货数量，即经济订货批量。

1. 订货点的确定

影响订货点的因素包括：订货提前期、平均需求量、安全库存。

（1）在需求和订货提前期确定的情况下，不需设安全库存即可直接求出订货点。公式为：

订货点＝订货提前期×（全年需求量/360）

【例 2—4】 某仓库每年出库商品业务量为 18 000 箱，订货提前期为 10 天，计算订货批量。

解： 订货点＝10×（18 000/360）＝500（箱）

（2）在需求和订货提前期都不确定的情况下，需要设安全库存。订货点的公式为：

订货点＝（平均需求量×最大订货提前期）＋安全库存量

安全库存量需要用概率统计方法求出，公式为：

$$安全库存量 = 安全系数 \times \sqrt{最大订货提前期 \times 需求变动值}$$

式中：安全系数可根据安全系数值表（见表 2—28）得到。

表 2—28　　　　　　　　　　安全系数值表

缺货概率/%	30.5	27.4	24.2	21.2	18.4	15.9	13.6	11.5	9.7	8.1
安全系数值	0.5	0.6	0.7	0.8	0.9	1.0	1.1	1.2	1.3	1.4
缺货概率/%	6.7	5.5	5.0	4.5	3.6	2.9	2.3	1.8	1.4	0.8
安全系数值	1.5	1.6	1.65	1.7	1.8	1.9	2.0	2.1	2.2	2.3

需求变动值可以采取下列方法获得，公式为：

$$需求变动值 = \sqrt{\frac{\sum (y_i - y)^2}{n}}$$

式中：y_i——i 期需求量；

y ——n 期需求量平均值；

n ——统计月份。

2. 经济订货批量的方法

在定量订货中，对每一个具体的品种而言，每次订货批量都是相同的，所以对每一个品种都要制定一个订货批量，通常是以经济订货批量作为订货批量的。而经济订货批量是试图寻找使库存总成本最低的订货数量，它是通过平衡订货成本和储存成本两方面得到的。储存成本随订货批量的增加而增加；而在总需求相对稳定时，每次订货量的增加意味着总的订货次数的减少，从而使订货成本降低。

（四）定量订货法的适用范围

因为定量订货法的订货量固定，所以具有管理方便，便于采用经济订货批量进行订货等优点，同时也具有不便于严格管理、事前计划比较复杂等缺点。通常在下面几种情况下采用定量订货法：

（1）单价比较便宜，便于少量订货的产品，如螺栓、螺母等；

（2）需求预测比较困难的维修材料；

（3）品种数量繁多、库房管理事务量大的物品；

（4）消费量计算复杂的产品；

（5）通用性强、需求总量比较稳定的产品等。

（五）定量订货法的优缺点

1. 定量订货法的优点

（1）控制参数一经确定，则实际操作就变得非常简单。在实际操作中经常采用"双堆法"来处理，即将商品库存分为两堆：一堆为经常库存，另一堆为订货点库存。当消耗完订货点库存就开始订货，并使用经常库存，不断重复操作。这样可减少经常盘点库存的次数，方便可靠。

（2）当订货批量确定后，商品的验收、入库、保管和出库业务可以利用现有规格化器具和计算方法，可以有效节约搬运、包装等方面的作业量。

（3）可充分发挥经济订货批量的作用，降低库存成本，节约费用，提高经济效益。

2. 定量订货法的缺点

（1）要随时掌握库存状态，严格控制安全库存和订货点库存，占用了一定的人力和物力。

（2）订货模式过于机械，不具有灵活性。

（3）订货时间不能预先确定，对于人员、资金、工作业务的计划安排不利。

（4）受单一订货的限制，对于实行多种联合订货，采用此方法还需灵活掌握处理。

（六）库存控制策略

定量订购策略泛指通过公式计算或经验得出报警点 s 和每次订货批量 Q，并且当库存量下降到 s 点时，就进行订货的存储策略。通常使用的策略有（Q、s）制、（S、s）制、（R、S、s）制等。

（1）（Q、s）制。采用这种策略需要确定订货批量 Q 和报警点 s 两个参数。（Q、s）制属于连续监控制（又称永续盘点制），即每供应一次就结算一次，得出一个新的账面数字和报警点进行比较，当库存量达到 s 时，就立即以 Q 进行订货。

（2）（S、s）制。这种策略是（Q、s）制的改进，需要确定最高库存量 S 及报警点 s 两个参数。（S、s）制属于连续监控制，每当库存量达到或低于 s 时，就立即订货，使订货后的名义库存量达到 S，因此，每次订货的数量 Q 是不固定的。

（3）（R、S、s）制。这种策略需要确定记账间隔期 R、最高库存量 S 和报警点 s 三个参数。（R、S、s）制属于间隔监控制，即每隔 R 时间整理账面，检查库存。当库存等于或低于 s 时，应立即订货使订货后名义库存量达到 S，因而每次实际订购批量是不同的。当检查实际库存量高于 s 时，不采取订货措施。

二 》 定期订货法

（一）定期订货法的概念

定期订货法是指预先确定一个订货周期和一个目标库存水平，然后以规定的订货周期为周期，周期性地检查库存，发出订货的方法。订货批量的大小每次都不相同，订货批量的大小等于当时的实际库存量与规定的目标库存水平的差额。这种方法也是程序化地自动启动订货，反复运行。

（二）定期订货法的决策思路

定期订货法的决策思路是每隔一个固定的时间周期检查库存项目的储备量，根据盘点的结果与预定的目标库存水平的差额确定每次订购批量。这里假设需求为随机变化，因此，每次盘点时的储备量都是不相等的，为达到目标库存水平 Q_0 而需要补充的数量也随着变化。这样，这类系统的决策变量应是：检查时间周期 T、目标库存水平 Q_0。

（三）定期订货法的内容

1. 订货周期的确定

订货周期一般根据经验确定，主要考虑制定的生产计划的周期时间，常取月或季度作为库存检查周期，也可以借用经济订货批量的计算公式确定使库存成本最低的订货周期。具体计算公式如下：

$$T = \sqrt{\frac{2C}{KR}}$$

式中：T——经济订货周期；

$\quad\quad\quad C$——单位订货成本；

$\quad\quad\quad K$——单件库存平均年库存保管费用；

$\quad\quad\quad R$——单位时间内库存商品的需求量（销售量）。

定期订货周期确定的主要依据为：

（1）人们习惯的日历时间单元。订货周期取人们习惯的日历时间单元，例如周、旬、季、年等。人们通常按这些时间单元安排生产计划、工作计划。取这样的时间单元可以与生产计划、工作计划相吻合，比较方便。

（2）供应商的生产周期或供应周期。有些供应商是多品种轮番批量生产，或是季节性生产，都有一个生产周期或供应周期。订货周期要与供应商的生产周期、供应周期一致，才能够订到货物。

（3）经济订货周期。经济订货周期与经济订货批量一样，都是根据补充缺货瞬时到货情况下总费用最省的原理计算出来的。

【例 2—5】某单位对商品 G 的全年需求量为 1 440 件，每次订货成本为 40 元，单位产品的平均年保管费用为 2 元，求经济订货周期。

解： $T = \sqrt{\frac{2C}{KR}} = \sqrt{\frac{2 \times 40}{2 \times 1\,440}} = 0.17$（年）$= 2$（月）

2. 目标库存水平的确定

目标库存水平是指能够满足订货周期加订货提前期内的需求量的库存水平，即最高库存量。它包括两部分：一部分是订货期加提前期内的平均需求量，另一部分是根据服务水平保证供货概率的保险储备量。其具体计算公式如下：

$$Q_0 = (T+L)\,r + ZS_2$$

式中：T——订货周期；

$\quad\quad\quad L$——订货提前期；

$\quad\quad\quad r$——平均日需求量；

$\quad\quad\quad Z$——服务水平保证的供货概率，查正态分布表对应的 t 值；

$\quad\quad\quad S_2$——订货周期加订货提前期内的需求变动的标准差。

若给出需求的日变动标准差 S_0，则：$S_2 = S_0\sqrt{(T+L)}$

依据目标库存水平可得到每次检查库存后提出的订购批量：

$$Q = Q_0 - Q_t$$

式中：Q_t——在第 t 期检查时的实际库存量。

【例 2—6】某货品的需求率服从正态分布，其日均需求量为 200 件，标准差为 135 件，订购的提前期为 5 天，要求的服务水平为 95%，每次订购成本为 450 元，年保管费率为 20%，货品单价为 1 元，企业全年工作 250 天，本次实际库存量为 500 件，经济订货周期为 24 天。计算目标库存水平与本次订购批量。

解： $(T+L)$ 期内的平均需求量 $= (24+5) \times 200 = 5\,800$（件）

$(T+L)$ 期内的需求变动标准差 $= 135$（件）

目标库存水平：$Q_0 = 5\,800 + 1.96 \times 135 = 6\,065$（件）

订购批量：$Q = 6\,065 - 500 = 5\,565$（件）

从上例的计算结果可以看出，在同样的服务水平下，固定订货周期的保险储备量和订购批量要比固定订货批量系统的保险储备量和订购批量大得多。这是由于在固定订货周期系统中，需要满足在订货周期加订货提前期内为防止发生缺货所需的保险储备量。这就是为什么一些关键物品、价格高的物品不用定期订货法，而用定量订货法的原因。

3. 订货批量的确定

定期订货法：每次订货的批量是不确定的，订货批量的多少由当时的实际库存量的大小决定，每次订货批量的计算公式是：

$$Q_i = Q_{max} + Q_{Ni} - Q_{Ki} - Q_{Mi}$$

式中：Q_i——第 i 次的订货批量；

Q_{max}——最高库存量；

Q_{Ni}——达到第 i 次订货点时的在途到货量；

Q_{Ki}——达到第 i 次订货点时的实际库存量；

Q_{Mi}——达到第 i 次订货点时的待出货量。

在使用定期订货法确定订货批量时，要考虑到达到订货点时的在途到货量和已发出出货指令尚未出货的待出货量。

(四) 定期订货法的适用范围

定期订货法的订货时间固定，每次的订货批量不固定，根据该特点总结出定期订货法适合在以下情况中使用：

(1) 消费金额高、需要实施严格管理的重要物品，如 A 类物品。

(2) 根据市场状况和经营方针需要经常调整生产或采购数量的物品。

(3) 需求量变动幅度大，但变动具有周期性，而且可以正确判断其周期的物品。

(4) 建筑工程、出口等时间可以确定的物品。

(5) 受交易习惯的影响，需要定期采购的物品。

(6) 多种商品一起采购可以节省运输费用的物品。

(7) 分散保管、向多家供应商订货、批量订货分期入库等订货、保管和入库不规则的物品。

(8) 取得时间很长的物品，定期生产的物品。

(9) 制造之前需要人员和物料准备、只能定期制造的物品等。

(五) 定期订货法的优缺点

1. 定期订货法的优点

(1) 可以根据实际情况自由调整订购量。

(2) 可以顺应需求做出变动,需求预测比较精确。

(3) 订购周期固定,可以有计划地进行作业管理,不必每天检查库存。

(4) 能同时进行各个品种的商品采购,库存量也可以减少。

2. 定期订货法的缺点

(1) 在管理上很费工夫,因此很难适用于很多商品。

(2) 库存量的确认作业,手续相当烦琐。

(3) 因为每次在订货时才决定订货批量,因此决策和管理困难。

(4) 需求变动较大的商品很难做出库存调整。

(六) 库存控制策略——(T、S) 制

根据定期订货法,常采用的库存控制策略为 (T、S) 制库存控制策略。(T、S) 制库存控制策略需要确定订购间隔 T 和最高库存量 S 两个参数,属于间隔监控制,即每隔 T 时间检查库存,根据剩余存储量和估计的需求量确定订货批量 Q,以使库存量恢复到最高库存量 S。

三 》 定量订货法与定期订货法的区别

(一) 提出订购请求时点的标准不同

定量订货法提出订购请求时点的标准是,当库存量下降到预定的订货点时,即提出订购请求;而定期订货法的订购请求时点,由预先规定的订货间隔周期确定,到了订货的时点即提出请求订购。

(二) 商品的订货批量不同

定量订货法每次的商品的订货批量相同,都是事先确定的经济订货批量;而定期订货法在每个规定的请求订购时点所订购的商品批量都不相同,一般根据当时的实际库存情况进行计算后确定。

(三) 商品库存管理的控制程度不同

定期订货法要求对库存商品进行严格的控制、精心的管理、经常性的检查、详细的记录和认真的盘点;而定量订货法、只要求对库存商品进行一般的管理、简单的记录,不需要经常检查和盘点。

(四) 适用的商品范围不同

定期订货法适用于品种少、平均占用资金大、需重点管理的 A 类物品;而定量订货法

适用于品种多、平均占用资金少、只需一般管理的 B 类、C 类物品。

定量订货法与定期订货法的区别如表 2—29 所示。

表 2—29　　　　　　　　　　定量订货法与定期订货法的区别

订货方法	定量订货法	定期订货法
订货批量	每次订货批量保持不变	每次订货批量不同
订货时间	订货间隔期变化	订货间隔期不变
库存检查	随时进行货物库存状况的检查	在订货周期到来时检查库存
订货成本	较高	较低
订货种类	每个货物品种单独进行订货作业	各品种统一进行订货
订货对象	B 类和 C 类物品	A 类物品，有时 B 类物品亦可使用
缺货情况	缺货情况只是发生在已经订货但货物还未收到的订货提前期	在整个订货间隔期间内以及订货提前期内均有可能发生缺货

相关 **链接**

一汽大众的库存管理优势

一汽大众汽车有限公司目前仅捷达车就有七八十个品种、十七八种颜色，而每辆车都有 2 000 多种零部件需要外购，市场兑现率已高达 95%～97%。与这些数字形成鲜明对比的是公司零部件基本处于"零库存"状态，这是该公司物流控制系统的杰作。

一汽大众的整车车间占地 9 万多平方米，可同时生产三种不同品牌的汽车，却没有仓库。走进一个标有"整车捷达入口处"牌子的房子，只见在上千平方米的房间内零零星星地摆着几箱汽车玻璃和小零件，四五个工作人员在有条不紊地用电动叉车往整车车间里送零件。在入口处旁边的一个小亭子里，一位保管员正坐在电脑前用扫描枪扫描着一张张纸单上的条形码，他正在把订货单发往供货厂。这时，一辆满载着安全杠的货车开了进来，两个工作人员见状立即开着叉车跟了上去。几分钟后，这批安全杠就被陆续送进了车间。

一汽大众零部件的送货形式有三种：

第一种是电子看板，即公司每月把生产信息用扫描的方式通过电脑网络传送到各供货厂，对方根据这一信息安排自己的生产，然后公司按照生产情况发出订货信息，对方则马上用自备车辆将零部件送到公司各车间的入口处，再由入口处分配到车间的工位上。刚才运送的安全杠就采取这种形式。

第二种是准时化，即公司按过车顺序把配货单传送到供货厂，对方也按顺序装货直接把零部件送到工位上，从而取消了中间仓库。

第三种是批量进货，对于那些不影响大局又没有变化的小零部件可由供货厂每月分批送一到两次。

资料来源：王为人：《采购案例精选》，北京，电子工业出版社，2007。

思考 **练习**

1. 简述库存和库存管理的含义。
2. 库存管理的原则和功能各是什么？

3. 对比说明定期订货法与定量订货法的异同。

4. 简述经济订货批量的确定方法。

5. 某公司为实施定期订货法策略，对某个商品的销售量进行了分析，发现用户需求服从正态分布。该公司过去 9 个月的销售量分别是：11、13、12、15、14、16、18、17、19（吨/月），如果组织进货，则订货提前期为 1 个月，一次订货费用为 30 元，1 吨物资 1 个月的保管费用为 1 元。如果要求库存满足率达到 90%，那么根据这些情况应当如何制定定期订货法策略？该公司在实施定期订货法策略后，第一次订货检查时，发现现有库存量为 21 吨，已订未到物资 5 吨，已经售出但尚未提货的物资 3 吨，问第一次订货时应该订多少？

6. 某金属公司销售钢材，在过去 12 周中，每周销售的钢材分别是 162、173、167、180、181、172、170、168、167、174、170 和 168 吨。如果它们服从正态分布，订货提前期为 1 周，一次订货费用为 200 元，1 吨钢材 1 周所需保管费用为 10 元，并且要求库存满足率达到 90%。那么该公司实行定量订货法控制，应该怎样进行操作？

7. 某种物料的订货周期为 10 天，每日需用量为 20 吨，保险储备定额为 200 吨。

（1）若采取定期订货法，每 30 天订购一次，订购日的现有库存量为 450 吨，已知订购但尚未到货的数量为 45 吨，求订购批量。

（2）若采用定量订货法，试确定订货点。

8. 某加工企业对某种原材料的年需求量（D）为 18 000 吨，每次的订货费用（S）为 12 000 元，每吨原材料的单价为 1 000 元，存储费用率为 6%（即每吨原材料储存一年所需要的存储费用为原材料单价的 6%）。求所需要的经济订货批量、年订货次数、订货时间间隔及总库存成本。

【演练提高】

表 2—30 为某企业库存物料和金额一览表。

表 2—30　　　　　　　　　　　　某企业库存物料及金额一览表

物料	品种数量（件）	库存金额（万元）
钢材	717	448.6
建材	430	111.3
配件套	1 423	79.4
化工原料	500	39.1
标准件	1 722	29.3
杂品	621	32.2
工具	1 530	22.1
电工材料	1 114	21.5
汽车配件	1 890	14.8
劳保用品	221	14.0
齿轮	1 050	8.3
合计	11 218	820.6

试用 ABC 分类法对库存物料进行分类。

项目九 采购结算管理

采购结算是企业最关心的问题之一。如果企业在货款的支付上引起供应商的不满，则会导致双方关系的恶化，会为企业原材料的采购带来诸多困难。一般来说，付款是财务部门的主要工作之一，但不同的企业在付款操作上有很大的区别，有时采购部门也会成为付款的主要部门。

【学习目标】

知识目标

● 熟悉付款操作的流程

● 掌握付款的结算方式

技能目标

● 能独立完成采购结算

任务一 了解货币种类与采购的关系

美国的一些学者曾经提及："美国采购部门与贸易伙伴相比较处于比较不利的地位……最主要是因为币别的因素……美国买主因为不熟悉外国货币而导致高成本。"这段话可以从以下两个方面来探讨：第一，美国买主试图将所有货币风险都转嫁给供应商，导致供应商收取避险费用，或将额外的费用加到售价之中；第二，美国买主为了避免使用外国货币承担风险，通常会与供应商在美国的子企业或代理商交易，因为他们可以接受美元付款，却也收取高额的费用。

对于跨国采购而言，企业的财务人员与采购人员必须知道何时需要使用外国货币采购，何时需要使用本国货币采购，还要知道如何避免货币成本增加，即尽可能降低货币成本。同时，好的采购人员应该了解某些可以降低外汇风险的避险方法，最好选择相对较软的货币付款。

相关链接

硬货币和软货币

硬货币是指汇率保持稳定，且有上浮趋势的货币；软货币是指汇率不稳定，且有下浮趋势的货币。

通常供应商应选择硬货币，采购商应选择软货币。

任务二　掌握付款的操作流程

付款的操作流程主要包括查询物料入库信息、准备付款申请单、付款审批等几个环节。

一》 查询物料入库信息

针对国内供应商的付款操作，一般是在物料检验通过并且完成入库操作后，由订单人员（或者专职付款人员）查询物料入库信息，并对已经入库的物料办理付款手续。对于国际采购而言，一般是"一手交钱，一手交货"，待物料到岸后或者到达指定交易地点后，就必须完成付款操作中的开具付款票据（汇款等）工作，在验收物料之后再对供应商进行付款。

二》 准备付款申请单

在对国内供应商进行付款时，应拟订付款申请单，并附上合同、物料检验单、物料入库单及发票。作为付款人员要注意，五份单据（付款申请单据、合同、物料检验单据、物料入库单据、发票）中的合同编号、物料名称、数量、单价、总价、供应商必须一致。

三》 付款审批

付款审批由管理办公室或者财务部门专职人员进行，审核内容包括以下三个方面：
（1）单据的匹配性。单据的匹配性是指以上五份单据在六个方面（合同编号、物料名称、数量、单价、总价、供应商）的一致性及正确性。
（2）单据的规范性。特别是发票，其次是付款申请单，要求格式标准、统一、描述清楚。
（3）单据的真实性。单据的真实性包括发票及检验、入库单等单据的真假等。

四》 付款时的其他注意事项

（1）资金平衡。如果企业拥有足够的资金，那么本环节可以省略。但是在大多数情况下，企业需要合理利用资金，特别是在资金紧缺的情况下，要综合考虑物料的重要性、供应商的付款周期等因素，以确定首先向谁付款。对于不能及时付款的物料，要充分与供应商进行沟通，征得供应商的谅解和同意。
（2）向供应商付款。企业财务出纳部门接到付款申请单及通知后，即可向供应商付款，并提醒供应商注意收款。
（3）供应商收款。企业之间的交易付款活动一般通过银行进行，要确认供应商是否收到货款，有时可能因为付款账号疏漏，导致供应商收不到货款。对于大量资金的付款活动，企业有必要在付款之后向供应商做出收款提醒。

任务三　掌握采购付款的各种结算方式

　　企业向供应商的付款时间一般有预付、货到付款、月结 30 天（或 60 天、90 天）等几种方式。由于市场竞争激烈，企业对本地供应商的付款绝大多数都采用月结方式，并且付款期限也越来越长，但一般不宜超过 90 天。若选择国际知名跨国公司或海外企业作为供应商，往往因对方对我的信誉状况不了解，要求预付款，另外对于市场紧俏的商品或供应商垄断的商品，供应商通常也要求预付款，如果企业有足够的流动资金，采用预付款这种方式常能得到更优惠的价格。经过一段时间的贸易往来后，若双方对对方的情况有了更多的了解，一般经企业向供应商申请后，通常可以改成月结。作为采购员，必须了解货款的支付方式以及支付流程，以便选择合适的结算方式。

一》付款工具

　　付款工具主要包括支票、汇票和本票三种付款票据。

（一）支票

　　支票是出票人签发的，委托办理存款业务的银行或其他金融机构，在见票时无条件支付确定的金额给收款人或者持票人的票据。

　　1. 支票的内容

　　支票必须载明的事项是：表明为支票、确定的金额、无条件支付的委托、付款人名称、出票日期、出票人签章。未记载上述事项的支票无效。

　　2. 支票的分类

　　支票分为现金支票、转账支票、普通支票三种。现金支票只能用于支取现金，它可以由存款人签发用于到银行为本单位提取现金，也可以签发给其他单位和个人用来办理结算或者委托银行代为支付现金给收款人；转账支票只能用于转账，它适用于存款人给同一城市范围内的收款单位划转款项，以办理商品交易、劳务供应、债务清偿或其他往来款项结算等业务；普通支票可以用于支取现金，也可以用于转账，但在普通支票左上角划有两条平行线的，为划线支票，只能用于转账，不能支取现金。

　　3. 支票结算的特点

　　支票结算的特点是简便、灵活、迅速和可靠。所谓简便，是指使用支票办理结算手续简便，只要付款人在银行有足够的存款，就可以签发支票给收款人，银行凭支票就可以办理款项的划拨或现金的支付。所谓灵活，是指按照规定，支票可以由付款人向收款人签发以直接办理结算，也可以由付款人出票委托银行主动付款给收款人，另外转账支票在指定的城市中还可以进行背书转让。所谓迅速，是指使用支票办理结算，收款人将转账支票和进账单送交银行后，一般当天或次日即可入账，而使用现金支票则当时即可取得现金。所谓可靠，是指银行严禁签发空头支票，各单位只能签发银行存款余额以内的支票，因而收款人凭支票就能取得款项，一般不存在得不到正常支付的情况。

（二）汇票

汇票是由出票人签发的，委托付款人在见票时或指定日期无条件支付一定金额给收款人或持票人的票据，汇票是一种支付命令。汇票的当事人一般有出票人、付款人和收款人，汇票对收款人的资格不加限制。

1. 汇票的内容

据《中华人民共和国票据法》的规定，汇票必须记载以下事项：汇票字样、无条件支付的委托、确定的金额、付款人名称、收款人名称、出票日期、出票人签章，汇票上未记载规定事项之一的，汇票无效。汇票上记载付款日期、付款地、出票地等事项时应字迹清楚。

2. 汇票的分类

汇票从不同角度可分成以下几种：

（1）按出票人的不同，汇票可分成银行汇票和商业汇票。银行汇票的出票人是银行，付款人也是银行。商业汇票的出票人是企业或个人，付款人可以是企业、个人或银行。

（2）按是否附有包括运输单据在内的商业单据，汇票可分为光票和跟单汇票。光票是指不附带商业单据的汇票，银行汇票多是光票。跟单汇票是指附有包括运输单据在内的商业单据的汇票，跟单汇票多是商业汇票。

（3）按付款日期的不同，汇票可分为即期汇票和远期汇票。汇票上记载的付款日期有四种方式：见票即付、见票后定期付款、出票后定期付款和定日付款。若汇票上未记载付款日期，则视作见票即付。见票即付的汇票为即期汇票，其他三种记载方式为远期汇票。

（4）按承兑人的不同，汇票可分成商业承兑汇票和银行承兑汇票。远期的商业汇票，经企业或个人承兑后，称为商业承兑汇票。远期的商业汇票，经银行承兑后，称为银行承兑汇票。银行承兑后成为该汇票的主债务人，所以银行承兑汇票是一种银行信用。

（5）按流通领域的不同，汇票分为国内汇票和国际汇票。

（三）本票

本票是出票人签发的并承诺自己在见票时无条件支付确定的金额给收款人或持票人的票据。本票的当事人即出票人与收款人，出票人始终是债务人，本票是一种无条件支付的承诺，是自付证券。

1. 本票的内容

本票必须记载的内容是：表明是本票、无条件支付的承诺、确定的票据金额、收款人名称、出票日期、出票人签章。未记载上述任一事项本票无效。

本票上记载的付款地、出票地等事项，应当清楚明确。未记载付款地、出票地的，出票人营业场所为付款地、出票地。

2. 本票的分类

根据出票人的不同，本票可分为商业本票和银行本票。银行本票有即期与远期之分，见票即付、不记载收款人名称的小额银行即期本票，其流通性与纸币相似，可代替现金使用；远期银行本票主要适用于大额交易，以保证交易的安全；商业本票由企业或个人开立，用于清偿自身债务。

相关 链接

本票与汇票的区别

本票与汇票的区别包括以下几个方面：

（1）本票是无条件承诺，而汇票为无条件命令。

（2）本票的基本当事人有两个，即出票人与收款人，而汇票则有出票人、付款人和收款人三个基本当事人。

（3）本票出票人即是付款人，所以远期本票无须承兑便可付款，而远期汇票则必须办理提示要求承兑和承兑手续，但见票后定期付款的本票则要求持票人向签发人提示见票，并在本票上载明见票日期，这和见票后定期付款的汇票相同。

（4）本票在任何情况下，出票人都是主债务人，而汇票在承兑前出票人是主债务人，在承兑后，承兑人是主债务人。

二》 付款方式

（一）汇兑

1. 汇兑的概念

汇兑是汇款人委托银行将款项汇给异地收款人的一种结算方式。根据划转款项的不同以及传递方式的不同，汇兑可以分为信汇和电汇两种，由汇款人自行选择。

信汇是指由汇款人向银行提出申请，同时交存一定的金额及手续费，再由汇出行将信汇委托书以邮寄方式寄给汇入行，授权汇入行向收款人解付一定金额的汇兑方式。

电汇是指由汇款人将一定款项交存汇款银行，汇款银行通过电报或电传给目的地的分行或代理行（汇入行），指示汇入行向收款人支付一定金额的汇兑方式。

2. 汇兑结算的特点

汇兑结算适用范围广，手续简便易行，灵活方便，是目前一种应用极为广泛的结算方式。其特点包括：

（1）汇兑结算，无论是信汇还是电汇，都没有金额起点的限制，不管款多款少都可使用。

（2）汇兑结算属于由汇款人向异地主动付款的一种结算方式。

（3）汇兑结算手续简便易行，单位或个人很容易办理。

3. 汇兑结算流程

汇兑结算流程如图2—17所示，具体步骤为：

（1）汇款人委托银行办理汇款；

（2）银行间划拨；

（3）汇入行通知汇款已到。

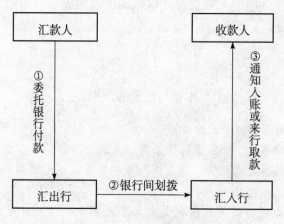

图 2—17　汇兑结算流程图

（二）异地托收承付

1. 异地托收承付的概念

异地托收承付是指收款人根据购销合同发货后，委托银行向异地付款人收取款项，并由付款人按照购销合同的规定核对结算单证或验货后向银行承付款项的一种结算方式。

2. 异地托收承付的结算流程

异地托收承付的结算流程如图 2—18 所示，具体步骤为：

（1）收款人发运商品；

（2）收款人委托银行收款；

（3）托收行将托收凭证传递给委托行；

（4）委托行通知付款人承付；

（5）付款人承付；

（6）银行间划拨款项；

（7）通知收款人货款收妥入账。

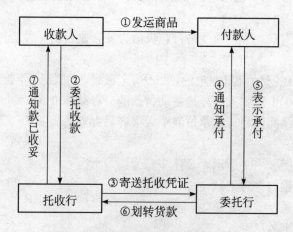

图 2—18　异地托收承付的结算流程图

（三）信用证

在跨国采购中，信用证是一种较常用的结算方式。

1. 信用证的含义

信用证是银行（开证行）依照采购商（开证申请人）的要求和指示开立的，向供应商（受益人）发出的，有条件（单证一致）地承诺付款的书面文件。

2. 信用证结算的收付程序

（1）采购商根据采购合同填写开证申请书并交纳押金或提供其他保证，请开证行开证。

（2）开证行根据申请书内容，向供应商开出信用证并寄交供应商所在地的通知行。

（3）通知行核对印鉴无误后，将信用证交供应商。

（4）供应商审核信用证内容与合同规定相符后，按信用证规定装运货物、备妥单据并开出汇票，在信用证有效期内，送议付行议付。

（5）议付行按信用证条款审核单据无误后，把贷款垫付给供应商。

（6）议付行将汇票和货运单据寄开证行或其指定的付款行索偿。

（7）开证行核对单据无误后，付款给议付行。

（8）开证行通知采购商付款赎单。

相关 链接

某公司的采购结算方式

某公司从德国采购一批医疗设备，双方商定以美元计价，总值为 1 000 万美元，3 个月后付款。签约时市场汇率为 USD1＝CNY 7.112 0，以此汇率计算，某公司需支付人民币 7 112.00 万元。但 3 个月后，美元贬值，汇率变为 USD1＝CNY 7.111 0，按此汇率计算，某公司只需支付人民币 7 111.00 万元。由于美元的贬值，采购商比签约时节约了 1 万元人民币。

【演练提高】

以小组的形式进入银行进行调研，了解国际采购的主要结算方式，并分析原因，完成调研报告。

项目十　采购风险管理与绩效评估

采购过程是企业与外部环境的接口，在不断变化的市场环境中，企业的采购活动必然会面对众多的不确定因素，这些不可预料的事件会直接影响企业的采购活动，并且可能给企业造成重大的损失。企业的采购风险既包括由于市场预测失误、价格波动、消费需求变化等因素引起的经济损失，也包括由于通货膨胀、汇率变化导致的损失。研究采购风险的目的在于预防、控制和转移采购风险。

【学习目标】

知识目标

● 了解采购风险的种类

● 掌握规避风险的方法

技能目标

● 掌握采购绩效评估的指标体系

任务一　掌握采购风险的概念和种类

一》 采购风险的概念

采购风险是指在采购过程中因采购人员工作失误，采购单位管理失控，供应商进行商业欺诈等违规、违法行为，造成企业采购政策不合理、采购程序不规范、评标过程不公正、采购成本过大、合同执行中超支、所购入物品及接受的劳务与企业所需要的规格不匹配、质次价高、履约纠纷等问题的可能性。采购风险是客观存在的，贯穿于采购的全过程，只能控制并将其可能发生的损害降低到最低的限度。

二》 采购风险的种类

（一）计划风险

因市场需求发生变动，影响到采购计划的准确性；或因采购计划管理技术不适当或不科学，使之与目标发生较大偏离，导致采购中出现的风险。

（二）供应商延迟交货的风险

供应商若在生产要素的组织管理以及运输上存在不足或失误，将使实际的交货日期迟于采购合同所规定的日期，从而使采购方不能及时采购到委托单位所需的货物、工程或服务，产生延迟交货的风险。

（三）采购质量不符合要求的风险

采购质量不符合要求的风险是指供应商（或承包商）由于自身生产能力上的局限或是一味地追求自身利益的最大化，不择手段、偷工减料、以次充好、弄虚作假，使所提供的货物、工程或服务的质量达不到采购合同的要求，而给采购带来的风险。

（四）采购中的道德风险

采购中的道德风险是指在合同签约过程中，由于工作人员责任心不强未能把好合同关，造成合同纠纷，或者采购人员为了个人私利，与某一供应商合谋，利用自己手中的权力，使该供应商在竞标过程中处于优势地位，破坏采购所奉行的公开、公正和公平准则，给采购所带来的风险。

（五）合同风险

合同风险是指企业采购人员在签订合同的过程中，由于盲目签约，造成合同条款考虑不当，合同条款模糊不清，进而给企业造成经济损失的风险。签订合同是企业采购活动中的重要环节，如果采购人员不了解《合同法》的有关条款，就有可能签订不完善的合同，被对方钻空子，使企业蒙受损失。

（六）存货风险

存货风险是指企业存货因价格变动、商品过时、自然损耗等因素而产生价值减少的可能性。存货具有实效性和发生潜在亏损的可能性。如果采购人员对市场变化的风险估计不足，没有很好地控制采购，清理库存，就有可能造成存货积压。随着时间的推移，存货贬值和降价的可能性就越大，企业的潜亏就越大。

相关 链接

供应商交货时间及原材料价格波动引起的采购风险

1. 供应商交货时间的波动

现代企业，特别是采用 JIT、敏捷制造等先进生产技术的企业，是严格按照预先制定的计划进行生产的，它的目标是将库存保持在维持生产的最合理的水平，将产货到交货的间隔期降到最短。如果供应商不能按时交货，就会导致一系列严重的后果。例如，停工待料使企业的生产效率降低；企业不能按计划生产，必须加班以保证交货日期，因此增加了的劳动费用；不能按时给客户交货，导致企业信用丧失、后续订货单减少等。因此，供应商准时的交货对于保证企业的正常生产是十分重要的。采用供应链管理，加强与供应商之间的合作，建立牢固的合作关系，可以降低由供应商的交货所引起的风险。

2. 原材料价格的波动

近年来，随着新技术的不断应用，某些原材料或设备的价格下跌迅速，在采购这些原材料和设备时，就存在很大的风险；同时，随着世界经济日益一体化，企业的生产越来越无法脱离国际市场，而国际市场上商品的价格受政治动荡、战争、金融危机等诸多因素的影响波动也十分剧烈。

企业类型不同，产生风险的主要因素也不同。对于原材料价格波动较大的企业，它的风险主要来自于供应商能否准时交货。

任务二　掌握采购风险管理的措施和方法

一》 企业风险管理的含义

企业风险管理是指企业在充分认识所面临的风险的基础上，采用适当的手段和方法，予以防范、控制和处理，以最小成本确保企业实现经营目标的管理过程。

二》 采购风险管理的措施和方法

采购风险管理的措施和方法有：

(1) 做好年度采购预算及策略规划；
(2) 慎重选择供应商，重视供应商的筛选和评级；
(3) 严格审查订货合同，尽量完善合同条款；
(4) 拓宽信息渠道，保持信息流畅顺；
(5) 完善风险控制体系，充分运用供应链管理优化供应和需求；
(6) 加强过程的跟踪和控制，发现问题及时采取措施处理。

任务三　掌握采购绩效评估的方法

一》 采购绩效评估的原因

物品采购工作在经过一系列的作业程序之后，是否达到了预期的目标，企业对采购的物品是否满意，需要经过考核评估，才能下结论。采购绩效评估就是通过建立一套科学的评估指标体系，来全面反映和检查采购部门的工作实绩、工作效率和效益。

二》 采购绩效评估的目的

采购绩效评估的目的包括：
(1) 确保采购目标的实现；
(2) 提供改进绩效的依据；
(3) 作为个人或部门奖惩的参考；
(4) 协助甄选与训练人员；
(5) 促进和改善部门间的关系；
(6) 提高人员的士气。

三》 采购绩效评估的标准

确定了采购绩效评估指标后，还必须考虑采购绩效的评估标准。一般常见的标准有以下几种：

第一，历史绩效标准。

第二，标准绩效标准。

如果历史绩效难以取得或采购业务变化比较大，可以使用标准绩效作为衡量的基础。标准绩效的设定，要符合下列三个标准：

(1) 固定标准，是指预算或标准绩效一旦建立，就不能再有所变动。

(2) 挑战标准，是指标准的实现具有一定的难度，采购部门和人员必须经过努力才能完成。

(3) 可实现标准，是指在现有内外环境和条件下经过努力，确实应该可以达到的水平，通常依据当前的绩效加以衡量设定。

第三，行业平均绩效标准。

如果其他同行业公司在采购组织、职责以及人员等方面与本企业相似，则可与其绩效进行比较，以辨别彼此在采购工作成就上的优劣。数据资料既可以使用个别公司的相关采购结果，也可以参考整个行业绩效的平均水准。

第四，目标绩效标准。

标准绩效是指在现有的情况下，应该可以达成的工作绩效；而目标绩效则是在现有的情况下，非经过一番特别的努力，否则无法完成的较高绩效，目标绩效代表公司管理层对工作人员追求最佳绩效的期望值。

四》 采购绩效考核的指标体系

采购人员在其工作职责上，应该达到"适时、适量、适质、适价及适地"等目标，其绩效评估应以"5适"为中心，并以数量化的指标作为衡量绩效的尺度。具体可以把采购部门及人员的考核指标划分为以下五大类。

（一）数量绩效指标

当为争取数量折扣，而增加采购物料批量时，有可能导致存货过多，甚至发生呆料、废料的情况。数量绩效指标包括储存费用指标和呆料、废料处理损失指标。

1. 储存费用指标

储存费用是指存货占用资金的利息及保管费用之和。企业应当经常将现有存货占用资金利息及保管费用与正常存货占用资金利息及保管费用进行比较考核。

2. 呆料、废料处理损失指标

呆料、废料处理损失是指处理呆料、废料的收入与其取得成本的差额。存货积压的利息及保管的费用愈大，呆料、废料处理的损失愈高，显示采购人员的数量绩效愈差。不过此项数量绩效指标，有时受到公司营业状况、物料管理绩效、生产技术变更或投机采购的影响，并不能完全归咎于采购人员。

（二）质量绩效指标

质量绩效指标主要用来考评供应商的质量水平以及供应商所提供的产品或服务的质量，它包括供应商质量体系指标和物料质量指标。

1. 质量体系指标

质量体系指标包括通过 ISO9000 的供应商比例、实行来料质量免检的供应商比例、来料免检的价值比例、实施 SPC 的供应商比例、SPC 控制的物资数比例、开展专项质量改进（围绕本公司的产品或服务）的供应商数目及比例、参与本公司质量改进小组的供应商人数及供应商比例等。

2. 物料质量指标

物料质量指标包括批次质量合格率、物料抽检缺陷率、物料在线报废率、物料免检率、物料返工率、退货率、对供应的投诉率及处理时间等。

同时，采购的质量绩效可由验收记录及生产记录来判断。验收记录指供应商交货时，采购企业所接收（或拒收）的采购项目的数量或百分比；生产记录是指交货后，在生产过程中发现的质量不合格的项目数量或百分比。采购物料验收指标计算公式如下：

采购物料验收指标＝合格（或拒收）数量/检验数量

若以物料质量抽样检验的方式进行考核，拒收或拒用比率越高，显示采购人员的质量绩效越差。

（三）时间绩效指标

时间绩效指标用以衡量采购人员处理订单的效率，以及控制供应商交货的时间。延迟交货，固然可能形成缺货现象，但是提早交货，也可能增加买方不必要的存货成本或提前付款的利息费用。时间绩效指标包括紧急采购费用指标和停工断料损失指标。

1. 紧急采购费用指标

紧急采购费用是指因紧急情况采用紧急运输方式（如空运）的费用。紧急采购会使购入的价格偏高，质量欠佳，连带也会产生因赶工必须支付的额外加班费用。可将紧急采购费用与正常采购费用的差额用于考核。

2. 停工断料损失指标

停工断料损失包括停工生产车间的作业人员的工资及有关费用。除了直接费用或损失外，还有许多间接损失，例如经常停工断料，会造成顾客订单流失、员工离职，以及恢复正常作业时，必须对机器进行各项调整。

(四) 价格绩效指标

价格绩效是企业最重视及最常见的衡量指标。透过价格绩效指标，可以衡量采购人员的议价能力以及供需双方势力的消长情形。价格绩效指标通常有下列几种：

(1) 实际采购价格与标准采购成本的差额。该指标是指企业采购物品的实际价格与企业事先确定的物品的标准采购成本的差额，它反映企业在采购物品过程中的实际采购成本与标准采购成本的超出或节约额。

(2) 实际采购价格与过去移动平均采购价格的差额。该指标是指企业采购物品的实际价格与已经发生的物品的移动平均采购价格的差额，它反映企业在采购过程中的实际采购成本与过去采购成本的超出或节约额。

(3) 使用时的价格与采购时的价格之间的差额。该指标是指企业在使用物品时的价格与采购时的价格的差额。它要求企业采购物品时间要考虑市场价格的走势，如果企业预测未来市场的价格走势是上涨的，那么应该在前期多储存物品；如果企业预测未来市场的价格走势是下跌的，那么应少储存物品。

(4) 将当期采购价格与基期采购价格之比及当期物价指数与基期物价指数之比相互比较的比值。该指标是动态指标，主要反映企业物品价格的变化趋势。

(五) 采购效率 (活动) 指标

采用采购效率指标体系时，通常要结合年采购金额、年采购金额占销售收入的百分比、订购单的件数、采购人员的人数、采购部门的费用、新供应商的开发个数、采购计划的完成率、错误的采购次数、订单处理的时间等指标综合考虑。

相关 链接

改进采购绩效的途径

1. 建立企业内部网及使用互联网

企业规模越大，就越有必要建立内部网 (Intranet)。内部网的建立可使众多部门之间更便捷地进行沟通。

互联网为采购人员展示了一个巨大的虚实结合的市场，合理利用它会有效提升采购绩效。电子商务采购在很多方面虽然还有待完善，在短期还不能取代传统采购方式，但是它必将成为一种主要的采购方式。

2. 普及微型计算机及推行 MRP 系统

采购人员没有计算机，会将相当多的时间耗费在烦琐的日常公文处理上，这样不仅效率低下，而且出错率高。要提升采购绩效，就必须将采购人员从费时的机械性事务中解脱出来，把精力与时间放到可以增值的采购活动上去。

MRP系统中的数据不仅全面而且实时性好，推行MRP系统可以提升整个企业的管理水平。MRP系统的使用对规范采购作业、提升采购绩效具有不可替代的作用。

3. 使用条形码及与供应商进行电子数据交换

越来越多的产品包装上使用的条形码，包含了物料名称、编号、价格、制造商等信息，工作人员只需用读码器扫描一下便可得到这些信息并自动输入到计算机中。对于采购来说，条形码在收货时特别有用，不仅迅速快捷，而且避免了手工输入容易出错的缺点。

与供应商之间建立电子数据交换可极大地缩小采供双方的时空距离，从而更容易将企业内部的优秀管理延伸到供应商，把供应商作为企业的一个部门来管理。

4. 与供应商建立合作伙伴关系，实现物品采购绩效的提升

(1) 与供应商共同制定可行的成本降低计划；

(2) 与供应商签订长期的采购协议；

(3) 供应商参与到产品设计中去；

(4) 通过开发优秀的新的供应商来降低采购总成本。

任务四　掌握采购人员绩效评估的方式

一》 采购人员绩效评估体系的构成

采购人员的绩效评估体系由以下人员或部门构成：

(1) 采购部门主管。采购部门主管对所管辖的采购人员最为熟悉，而且所有工作任务的完成，以及工作绩效的优劣，都在其直接监督之下。因此，由采购部门主管负责评估，可以真实考核采购人员的表现，体现公平客观的原则。但是由主管进行评估会包含很多个人情感因素，有时会因为"人情"，而使评估结果出现偏颇。

(2) 会计部门或财务部门。当采购金额占公司总支出的比例较高时，采购成本的节约对公司利润的贡献非常大，尤其在经济不景气时，采购成本的节约对资金周转的影响也十分明显。会计部门或财务部门不但掌握公司的产销成本数据，而且对资金的获得与付出也进行全盘管制，因此，会计部门或财务部门也可以对采购部门的工作绩效进行评估。

(3) 工程部门或生产主管部门。当采购项目的品质与数量对企业的最终产品质量与生产影响重大时，也可以由工程或生产主管人员评估采购部门绩效。

(4) 供应商。有些企业通过正式或非正式渠道，向供应商探询其对本企业采购部门或人员的意见，以间接了解采购作业绩效和采购人员素质。

(5) 外界专家或管理顾问。为避免公司各部门之间的本位主义或门户之见，可以特别聘请外部采购专家或管理顾问，针对企业全盘的采购制度、组织、人员及工作绩效，做客观的分析与建议。

二》采购人员绩效评估的方式

采购人员绩效评估的方式可以分为定期和不定期两种。

（1）定期评估是配合公司年度人事考核制度进行的。一般而言，以"人"的表现，如工作态度、学习能力、协调精神、忠诚程度等为考核内容。

（2）不定期评估是以专案的方式进行的，比如公司要求某项特定产品的采购成本降低6％，则评估实际的成果是否高于或低于6％，并以此成果给予采购人员适当的奖惩。此种评估方法对采购人员的士气有巨大的提升作用。这种不定期的绩效评估方式，特别适用于新产品开发、资本支出预算、成本降低专项方案等。

相关 链接

某公司采购人员的绩效管理方案

1. 总则

1.1 制定目的

为提高采购人员的士气，提升各项采购绩效，特制定本办法。

1.2 适用范围

本公司采购人员的绩效评估依本办法办理。

1.3 权责单位

（1）总经理室负责本办法的制定、修改、废除等起草工作。

（2）总经理负责本办法的制定、修改、废除的核准。

2. 采购绩效评估的办法

2.1 采购绩效评估的目的

本公司制定采购绩效评估的目的，包括以下几项：

（1）确保采购目标的达成。

（2）提供改进绩效的依据。

（3）作为个人或部门的奖惩参考。

（4）作为升迁、培训的参考。

（5）提高采购人员的士气。

2.2 采购绩效评估的指标

采购人员绩效评估以"5R"为核心，即适时、适质、适量、适价、适地，并用量化指标作为考核的尺度。

2.2.1 时间绩效

由以下指标考核时间绩效：

（1）停工断料，影响工时。

（2）紧急采购（如空运）的费用差额。

2.2.2 品质绩效

由以下指标考核品质绩效：

（1）进料品质的合格率。

（2）物料的不良率或退货率。

2.2.3 数量绩效

由以下指标考核数量绩效：

（1）呆料物料金额。

（2）呆料处理损失金额。

（3）库存金额。

（4）库存周转率。

2.2.4 价格绩效

由以下指标考核价格绩效：

（1）实际价格与标准成本的差额。

（2）实际价格与过去平均价格的差额。

（3）使用时的价格和采购时的价格的差额。

（4）将当期采购价格与基期采购价格之比同当期物价指数与基期物价指数之比相互比较。

2.2.5 效率指标

采购绩效评估指标有：

（1）采购金额。

（2）采购金额占销售收入的百分比。

（3）采购部门的费用。

（4）新开发供应商的数量。

（5）采购完成率。

（6）错误采购次数。

（7）订单处理的时间。

（8）其他指标。

2.3 采购绩效评估的方式

本公司采购人员的绩效评估方式，采用目标管理与工作表现考核相结合的方式进行。

【演练提高】

请结合所给的资料，分析说明 ABC 公司在采购管理中存在哪些问题。

ABC 公司要采购 M 产品，采购经理石峰选择了几家公司，详细提出了对 M 产品的规格要求。

要满足石峰的要求，意味着厂商首先要花很大的成本改变 M 产品的生产工艺，最后，几家厂商纷纷放弃石峰的订单，只有一家 BCD 公司答应了石峰的"苛求"。不过，对方要求必须与该公司签订一份独家采购协议，协议规定合同期内 ABC 公司不得再选择别家的产品。同时，分批供应产品，三个月内供应第一批货，以后陆续供应。于是，双方顺利签了两年的合约。三个月过后，第一批货顺利送到，产品质量没得挑，接下来的几个月，产品均能如期供应，石峰大大松了一口气。

　　不过，再下去，这家公司开始拖延产品的发货时间，从三天，到一周，到两周，打电话过去，对方总是说最近订单紧，需稍延几天，石峰为此不得不开始一趟一趟地要求这家公司发货。

　　产品不能及时供应，使得 ABC 公司也丢掉了大批的订单。石峰被公司领导催得紧，只得再选择一家供应商，但时间周期至少也要三个月，而且要付给 BCD 公司一大笔违约金。

第三模块

采购技术

在许多行业中，原材料投入成本占总成本的比例很大，投入原材料的质量影响成品的质量，并由此影响顾客的满意度和企业的收益，因此采购对企业的收入和利润起着决定性作用，所以采购技术越来越受到重视。

【学习目标】

知识目标
- 熟悉 JIT 采购的原理和特点
- 了解 MRP 采购
- 了解不同采购技术的含义和特点

技能目标
- 熟悉网上采购的程序

任务一　认识 JIT 采购

一》 JIT 的基本原理

JIT 的基本原理是以需定供，即供方根据需方的要求（或称看板），按照需方需求的品种、规格、质量、数量、时间、地点等要求，将物品配送到指定的地点。不多送也不少送，不早送也不晚送，所送品种要完全保证质量，不能有任何废品。JIT 基本原理虽简单，但内涵却很丰富：

（1）在品种的配置上，保证品种的有效性，拒绝不需要的品种。

（2）在数量的配置上，保证数量的有效性，拒绝多余的数量。

（3）在时间的配置上，保证所需的时间，拒绝不按时供应。

（4）在质量的配置上，保证产品的质量，拒绝次品和废品。

JIT 基本原理具有普遍意义，既可适用于任何类型的制造业，也可适用于服务业。尤其是电子商务，最适于采用 JIT 技术，以降低物流成本，使物流成为电子商务中的重要利润源。

二》 JIT 采购的原理

（一）JIT 采购的产生与基本思想

传统的采购模式一般是多头采购，供应商的数目相对较多。在传统的采购模式中，供应商是通过价格竞争取得供应资格的，供应商与用户的关系是短期的合作关系，当用户发现供应商不合适时，可以通过市场竞标的方式重新选择供应商。传统的采购，包括前面所说的订货点采购，都是一种基于库存的采购，采购的目的都是为了填充库存，以一定的库存来应对用户的需求。虽然这种采购也极力进行库存控制，想方设法地压缩库存，但是由于机制问题，其压缩库存的能力是有限的。特别是在需求急剧变化的情况下，这种做法常常导致既有高库存，又出现缺货的局面。高库存增加了成本，缺货则直接影响生产、降低服务水平。为此，人们在采购中一直在进行一种持续的、无休止的努力，就是要做到既能保证企业生产的物资需要，又能使企业库存无限最小化。

JIT 采购是把 JIT 生产的管理思想运用到采购中，形成的一种先进的采购模式。它的基本思想是：在恰当的时间、恰当的地点、以恰当的数量、恰当的质量提供恰当的物品。

JIT 采购是从准时化生产发展而来的，也和准时化生产一样，是为了消除库存和不必要的浪费而进行的持续性改进。准时化生产不但能够最好地满足用户的需要，而且可以最大限度地消除库存、最大限度地消除浪费。要进行准时化生产必须有准时的供应，因此 JIT 采购是准时化生产管理模式的必然要求。它和传统的采购方法在质量控制、供需关系、供应商的数目、交货期的管理等方面有许多不同，其中，供应商的选择（数量与关系）、质量控制是其核心内容。

JIT 采购包括供应商的支持与合作以及制造过程、货物运输系统等一系列内容。JIT 采购不但可以减少库存，还可以加快库存周转、缩短提前期、提高采购的质量、获得满意的交货等效果。

（二）JIT 采购的原理

美国超级市场除了商店货架上的货物之外，是不另外设仓库及库存的。市场每天晚上都根据当天的销售量来预计第二天的销售量而向供应商发出订货。第二天清早，供应商按指定的数量将货物送到商场，有的供应商一天还分两次送货，基本上按照用户需要的品种、需要的数量，在需要的时候，送到需要的地点。所以基本上每天的送货刚好满足了用户的需要，没有多余、没有库存，也没有浪费。

实际上，超级市场模式本来就是一种采购供应的模式。有一个供应商，有一个用户，双方形成了一个供需"节"。在这个供需节中，需方是采购方，供应商是供应方。采购方向供应商发出订货，供应商应当根据需方的订货，送货到需方。具体在超级市场模式下表现为：超级市场是需方，供应商给超级市场进行准时化供货。JIT 采购的特点主要表现在如下几个方面：

（1）与传统采购面向库存不同，JIT 采购是一种直接面向需求的采购模式，它的采购送货是直接送到需求点上。

（2）用户需要什么，就送什么，品种规格符合客户需求。

（3）用户需要什么质量的产品，就送什么质量的产品，品种质量符合客户需求，拒绝次品和废品。

（4）用户需要多少，就送多少，不少送也不多送。

（5）用户什么时候需要，就什么时候送货，不晚送也不早送，非常准时。

（6）用户在什么地点需要，就送到什么地点。

做到了以上几条，既能很好地满足用户的需求，又能使用户的库存量最小。用户不需设库存，只在货架上（或在生产线边）有一点临时的存放，一天销售完毕后（一天工作完，生产线停止时），这些临时存放就消失，库存完全为零，真正实现了零库存。

依据 JIT 采购的原理，一个企业中的所有活动只有当需要进行的时候才接受服务，才是最合算的。即只有在需要的时候，把需要的品质和数量，提供到所需要的地点，才是最节省、最有效率的。因此，JIT 采购是一种最节省、最有效率的采购模式。

（三）JIT 采购的作用

JIT 采购是关于物资采购的一种全新的思路，企业实施 JIT 采购具有重要的意义。根据资料统计，JIT 采购在以下几个方面已经取得了令人满意的成果：

（1）大幅度减少原材料和外购件的库存。

（2）提高采购物资的质量。

（3）降低原材料和外购件的采购价格。

此外，推行 JIT 采购，不仅缩短了交货时间，节约了采购过程所需资源（包括人力、资金、设备等），而且提高了企业的劳动生产率和适应性。

（四）JIT 采购的特点

JIT 采购和传统的采购方式有许多不同之处，具体如表 3—1 所示。

表 3—1　　　　　　　　　　　　JIT 采购与传统采购的区别

项　目	传统采购	JIT 采购
采购批量	大批量、送货频率低	小批量、送货频率高
供应商选择	短期合作，多源供应	长期合作，单源供应
供应商评价	质量、价格、交货期	质量、交货期、价格
检查工作	收货、点货、质量验收	逐渐减少，最后消除
协商内容	获得最低价格	长期合作关系，合格的质量和合理的价格
运输	较低成本，卖方安排	准时交货，买方安排
文书工作	文书量大，不改变交货期和质量	文书量小，需要有能力改变交货时间和质量
产品说明	买方关心设计，供应商没有创新	供应商革新，强调性能宽松要求
包装	普通包装、无特别说明	小包装、标准化容器包装
信息交流	一般要求	快速、可靠

1. 采用较少的供应商，甚至单源供应

单源供应指的是对某一种原材料或外购件只从一个供应商那里采购。或者说，对某一种原材料或外购件的需求，仅由一个供应商供货。JIT采购认为，最理想的供应商的数目是每一种原材料或外购件对应一个供应商。因此，单源供应是JIT采购的基本特征之一。

2. 采取小批量采购的策略

小批量采购必然增加采购次数和采购成本，对供应商来说，这是很不经济的，特别是对于供应商在国外这种距离较远的状况，实施JIT采购的难度就更大。解决这一问题的方法有四种：

（1）使供应商在地理位置上靠近制造商，如汽车制造商扩展到哪里，其供应商就跟到哪里。

（2）供应商在制造商附近建立临时仓库，实质上，这只是将负担转嫁给了供应商，而未从根本上解决问题。

（3）由一个专门的承包运输商或第三方物流企业负责送货，按照事先达成的协议，收集分布在不同地方的供应商的小批量物料，按需求数量准时送到制造商的生产线上。

（4）让一个供应商负责供应多种原材料和外购件。

3. 选择供应商的标准发生变化

在传统的采购模式中，供应商的选择是通过价格竞争进行的，供应商与用户的关系是短期的合作关系，当用户发现供应商不合适时，可以重新选择供应商。但在JIT采购模式中，由于供应商和用户是长期合作关系，供应商的合适与否将影响企业的长期经济利益，为此企业对供应商的要求就比较高。在选择供应商时，需要对供应商进行综合的评价，而对供应商的评价必须依据一定的标准。这些标准应包括产品质量、交货期、价格、技术能力、应变能力、批量柔性、交货期与价格的均衡、价格与批量的均衡、地理位置等，而不像传统采购模式那样主要依靠价格标准。

4. 对交货准时性的要求更加严格

JIT采购的一个重要标准是要求交货准时，这是实施精细生产的前提条件。交货准时取决于供应商的生产和运输条件。作为供应商，要使交货准时，可从以下两个方面入手：

（1）不断提高和改进企业的生产条件，提高生产的可靠性和稳定性，减少延迟交货现象。在JIT采购中，作为准时化供应链管理的一部分，供应商也同样应该采用准时化的生产管理模式，以提高生产过程的准时性。

（2）为提高交货准时性，要重视运输问题。在物流管理中，运输问题是一个很重要的问题，它决定准时交货的可能性。特别是全球的供应链系统，运输过程长，而且要先后经过不同的运输工具，需要中转运输等，因此供应商要进行有效的运输计划与管理，使运输过程准时化。

5. 从根源上保障了采购质量

JIT采购就是要把质量责任返回给供应商，从根源上保障采购质量。实施JIT采购后，从根源上保证了采购质量，购买的原材料和外购件就能够实行免检，直接由供应商送货到生产线，从而大大减少了购货环节，降低了采购成本。

6. 对信息交流的需求加强

JIT 采购要求供应与需求双方信息高度共享，以保证供应与需求信息的准确性和实时性。由于供需双方的战略合作关系，企业在生产计划、库存、质量等各方面的信息都应及时进行交流，以便出现问题时能够及时处理。只有供需双方进行可靠而快速的双向信息交流，才能保证所需的原材料和外购件的准时供应。同时，充分的信息交换可以提高供应商的应变能力。

7. 可靠的送货和特定的包装要求

由于消除了缓冲库存，任何交货失误和送货延迟都会造成难以弥补的损失，送货可靠性主要取决于供应商的生产能力、运输条件和应变能力。JIT 采购对包装也有特定的要求，目的是为了运输和装卸搬运的方便。

三》 JIT 采购的实施

(一) JIT 采购的实施条件

成功实施 JIT 采购，需要具备一定的前提条件，下面的这些条件是实施 JIT 采购最为基本的条件：

(1) 距离越近越好。

(2) 制造商和供应商建立互利合作的战略伙伴关系。

(3) 注重基础设施的建设。

(4) 强调供应商的参与。

(5) 建立实施 JIT 采购策略的组织。

(6) 制造商向供应商提供综合的、稳定的生产计划和作业数据。

(7) 着重教育与培训。

(8) 加强信息技术的应用。

(二) JIT 采购的实施步骤

要想成功实施 JIT 采购，除了要具备一定的前提条件外，还必须遵循一定的科学实施步骤。在实施 JIT 采购时，大体上可以遵从以下几个步骤。

1. 创建 JIT 采购班组

JIT 采购班组负责全面处理 JIT 有关事宜。制定 JIT 采购的操作规程，协调企业内部各有关部门的运作，协调企业与供应商之间的运作。JIT 采购班组除了采购部门的有关人员之外，还要由本企业以及供应商企业的生产管理人员、技术人员、搬运人员等共同组成。一般应成立两个班组，一个是专门处理供应商事务的班组，该班组的任务是培训和指导供应商的 JIT 采购操作，衔接供应商与本企业的操作流程，认定和评估供应商的信誉、能力，与供应商谈判签订准时化订货合同，向供应商发放免检签证等。另外一个班组是专门协调本企业各个部门的 JIT 采购操作，制定作业流程，指导和培训操作人员，并且进行操作检验、监督和评估。这些班组人员对 JIT 采购的方法应有充分的了解和认识，必要时要进行培训。

2. 制定计划，确保 JIT 采购策略有计划、有步骤地实施

要制定采购策略以及改进当前采购方式的措施，包括如何减少供应商的数量，对供应商进行评价，向供应商发放签证等内容。在这个过程中，要与供应商一起商定 JIT 采购的目标和有关措施，保持信息畅通。

3. 精选少数几家供应商建立伙伴关系

供应商和制造商之间互利的伙伴关系，意味着双方之间充满了一种紧密合作、主动交流、相互信赖的和谐气氛，共同承担长期协作的义务。在这种关系的基础上，供需双方发展共同的目标，分享共同的利益。

4. 进行试点工作

先从某种产品或某条生产线开始，进行零部件或原材料的准时化供应试点。在试点过程中，取得企业各个部门的支持是很重要的，特别是生产部门的支持。通过试点，总结经验，为正式的 JIT 采购实施打下基础。

5. 搞好供应商的培训，确定共同目标

JIT 采购是供需双方共同的业务活动，单靠采购部门的努力是不够的，还需要供应商的配合，只有供应商对 JIT 采购的策略和运作方法有了正确的认识和理解，才能获得供应商的支持和配合。因此，需要对供应商进行教育培训，通过培训，供需双方取得一致的目标，相互之间就能够很好地协调，做好采购的准时化工作。

6. 给供应商颁发产品免检证书

在实施 JIT 采购时，核发免检证书是非常关键的一步。颁发免检证书的前提是供应商的产品 100% 合格。为此，核发免检证书时，要求供应商提供最新的、正确的、完整的产品质量文件，包括设计蓝图、规格、检验程序以及其他必要的关键内容。

有些公司在核发免检证书的初始阶段，只发放单件产品的免检证，但是最终目标还是为了发放供应商的免检证，并完全免除采购物资中常规产品的进货检查。达到这个目标后，就只需对尚未获得免检证书的新产品和新零件进行检查，直到它们也达到免检要求为止。最后，所有采购的物资就可以从卸货点直接运至生产线上使用。

7. 实现配合节拍进度的交货方式

企业向供应商采购的原材料和外购件，其目标是要实现这样的交货方式：当企业正好需要某物资时，该物资就运抵卸货台，并随之直接运至生产线，生产线拉动所需的物资，并在制造产品时使用该物资。

8. 继续改进，扩大成果

JIT 采购是一个不断完善和改进的过程，企业需要在实施过程中不断总结经验教训，从降低运输成本，提高交货的准确性，提高产品的质量，降低供应商库存等各个方面进行改进，不断提高 JIT 采购的运作绩效。

四 JIT 采购实践分析

为了对 JIT 采购的目的、意义和影响 JIT 采购的相关因素有一个初步的了解，美国加利福尼亚州立大学的研究生对汽车、电子、机械等 67 家美国公司进行了一次问卷调查，

其中包括著名的惠普公司、苹果计算机公司等。这些公司有的是制造商，有的是分销商，有的是服务企业，调查的对象为公司的采购与物料管理经理。调查的有关内容和结果如表 3—2 所示。

表 3—2　　　　　　　　　　问卷调查的结果

JIT 采购成功的关键	
问题	肯定回答率（%）
和供应商的相互关系	51.5
管理的措施	31.8
适当的计划	30.3
部门协调	25.8
进货质量	19.7
长期的合同协议	16.7
采购物品的类型	13.6
特殊的政策与惯例	10.6
JIT 采购解决的问题	
问题	肯定回答率（%）
空间减少	44.8
成本减少	34.5
改进用户服务	34.5
及时交货	34.5
缺货问题	17.2
改进资金流	17.2
提前期减少	10.3
实施 JIT 采购困难的因素	
问题	肯定回答率（%）
缺乏供应商的支持	23.6
部门之间的协调性差	20.0
缺乏对供应商的激励	18.2
采购物品的类型	16.4
进货物品质量差	12.7
特殊政策与惯例	7.1
与供应商有关的 JIT 采购问题	
问题	肯定回答率（%）
很难找到好的供应商	35.6
供应商不可靠	31.1
供应商太远	26.7
供应商太多	24.4
供应商不想频繁交货	17.8

从以上调查报告不难得出以下几个方面的结论：

（1）JIT 采购成功的关键是与供应商的关系，而最困难的问题也是缺乏供应商的合作。供应链管理所倡导的战略伙伴关系为实施 JIT 采购提供了基础性条件，因此，在供应链环境下实施 JIT 采购比传统管理模式下实施 JIT 采购具有更加现实的意义和可能性。

（2）找到"好"的合作伙伴是成功实施 JIT 采购的第二个重要因素，如何选择合适的供应商就成了影响 JIT 采购的重要条件。在传统的采购模式下，企业之间的关系不稳定，具有风险性，影响了合作目标的实现。供应链管理模式下的企业是协作性战略伙伴，因此，为 JIT 采购奠定了基础。

（3）对供应商的激励是影响 JIT 采购的另外一个因素。要成功地实施 JIT 采购，必须建立一套有效的供应商激励机制，使供应商和用户一起分享 JIT 采购的好处。

（4）JIT 采购不单是采购部门的事情，企业的各部门都应为实施 JIT 采购创造有利的条件，为实施 JIT 采购而共同努力。

五》 JIT 采购的技术应用

（一）运用 JIT 采购技术的注意事项

1. 应用电子商务信息管理系统，建立网上采购信息平台

JIT 采购技术须建立在有效的信息交换技术基础之上，信息交换技术的应用可以保证采购方、供应方、物流配送机构之间的信息交换和反馈，可以保证所需的产品准时按量供应和配送。在电子商务中，这种交换将变得更为直接和迅速，各方信息都会在一个电子商务平台上得到反映和处理。电子商务公司在编制、建立信息系统的过程中，应选用国家或国际统一规定的商品编码，建立所销商品数据库，以便于参与各方的使用、增加、查询和维护。数据库的内容包括商品名称、品种规格、数量、生产作业计划、需求计划、产品设计、工程数据、质量、成本、交货期、商品保存方式及有关注意事项等。网上采购信息平台的建立要与拟采用的物流技术相适应，即与经营范围、商品和物流方式相适应。

2. 合理选择供应商

在选择供应商时，要改变现有的观点，即仅着眼于企业内部核心竞争能力的提升，而置供应商的利益于不顾。企业应以长远的战略思想来对待供应商。

3. 建立长期稳定的战略合作关系

供需双方建立起一种长期的、互利的战略合作关系，则供需双方可以及时把生产、质量、服务、交易期的信息实现共享，最终使供应商进入生产过程与销售过程，实现双赢。

4. 制定合理的采购计划

JIT 采购必须达到三个目的：一是争取实现零库存；二是提高采购商品的质量，减少质量成本；三是降低采购价格。为适应 JIT 采购技术的要求，企业应向供应商提供更为恰当有效的需求计划。

5. 组织有效的配送途径

在采用 JIT 采购技术的过程中，采购企业其实已经基本解决了商品从供应方到采购方的物流信息的传递与配送问题，而这正是 JIT 采购技术的实质所在。只是这些物流配送应在采购企业统一、细致、周密、有效地组织、培训、协调、实施下完成。凡委托第三方配送的，如专业物流公司、供应商等，应使第三方了解和掌握 JIT 采购的运作过程和内涵，保证物品在规定的时间送到。若企业自己从事物流配送，则要根据物品特性，在包装、分

拣、装卸、配货、送货、选择运输方式、分配运输能力等方面做出具体的安排和实施。

（二）看板管理的原理

相关 链接

看 板

所谓看板，就是一张信息卡片，又称为要货指令。在看板上记录着商品号、商品名称、供应商和需求点（取货地、送货地）、生产或要货数量、所用工位器具的型号、该看板的周转张数等信息，以此作为取货、运输、生产的凭证和信息指令。由需求方向供货方发出看板，就是向供应商发出什么时间把什么品种、什么规格、什么数量的产品从什么地方送到什么地方的指令。

看板可以用不同的材料做成，可以用纸片、塑封纸片、塑料片，甚至金属片做成。可以挂在看板牌上，也可以放在看板袋里。

看板根据其服务对象，可以分为生产看板和运输看板。生产看板用在生产循环中，运输看板主要用在运输循环中。生产看板循环是指从生产的产成品工位到其前面各个工序以及原材料库的看板循环，主要利用看板指挥其前面各个工序，以及索要零部件或工件、原材料。运输看板循环是指从生产部门的产成品到用户需求点的看板循环，主要是用户需求点向产成品供应点索要产成品的看板循环。它们的应用原理都一样，我们这里只讨论运输看板循环。

用户与供应商进行着 JIT 采购运作，并实行运输看板操作。供应商直接小批量、多批次地送货到用户的生产线需求点。货物以货箱为单位，直接用叉车装运到用户需求点。操作原理如下：

当用户在生产线上消耗完一个货箱的货物后，就在空箱上挂上一块看板，由叉车取走，直接运到供应商的产成品供应处要货。供应商按看板指定的需要品种、需要数量备货（或生产）、装货，装货完毕，叉车司机再按看板给定的时间准时运送到用户需求地，供用户继续使用消耗。叉车由用户处离开时又把放在旁边的空箱连同挂在其上的要货看板一起送到供应商处进行下一次的备货、装货和运输，这样循环不止，直到用户需求点完工为止。如果用户不发出要货看板，则供应商的供应（或生产）就自然停止。在实际操作时，用户处积累的空箱可能不止一个，这时候也可能一次要取多个看板，发出多个货箱的要货指令。这样，一个看板循环过程中的时间构成如下：

（1）指令的等待时间（$t_{等}$）。

指令的等待时间即用户处空箱看板的等待时间，它等于从货物用完、货箱腾空开始，直到叉车司机把它取走之前的时间间隔，如果是多个空箱一起取走，则是这多个空箱的平均等待时间。一般叉车司机是按一定的频率 F 送货的，这样相邻两次送货之间的时间间隔是 $1/F$。

（2）指令的传递时间（$t_{传}$）。

指令的传递时间即看板的传递时间，它等于空箱看板从用户运送到供应商处的传送时间。

（3）装货停留时间（$t_{装}$）。

装货停留时间即看板空箱在供应商处的装货停留时间，它等于从空箱连同看板被送到供应处到叉车司机把货箱装满货物后启运出发之前的时间间隔。一旦空箱看板指令送到供应商处的存储点，就被贴在一箱装满零件的容器上，这时一箱装满零件的容器和看板就准备好了，即可送往用户。

（4）运输时间（$t_{运}$）。

运输时间即叉车司机将装满货物的容器和看板从供应商运送到用户需求地的运输时间。

这样，如果用户需求地对于商品的日消耗量为 R，每个货箱中商品的数量为 m，叉车司机日运送频次为 F，则在两次交货之间用户消耗所需的包装容器的数量 M 为：

$$M = \frac{R}{m} \cdot \frac{1}{F} + 1$$

看板循环中包装容器和看板卡的总数量 N 为：

$$N = \frac{R}{m}(t_{等} + t_{传} + t_{装} + t_{运}) + 1$$

在看板供应中，每次订货和供应都是对现实消耗的补充，它体现了 JIT 采购的基本原则。这种方式简单实用，是 JIT 采购最有效的管理工具，而且随着计算机通信技术的发展，传统的纸制看板已大多被电传、传真和电子信箱等现代化媒介所替代，使得看板供应更为迅速和准确。

直送看板供应是拉动式准时供应的重点方式之一，将准时化要求向上游延伸至供应厂商。用户厂家以看板作为自己生产线上需求点的准时化要货指令，供应厂商按照看板指令实施生产或运输，即按照看板指定的需要品种、需要数量、需要时间，直接送至用户生产线的需求点进行生产消耗，而不是运到用户的仓库进行存储。这样利用看板实现了从供应商供应点到用户生产线消耗点的直送供应，从而减少了存储点和存储量，降低了用户的库存成本，也降低了供应厂商的库存成本，同时发挥看板的现场自动微调功能以平顺排产、运输与仓储作业，降低调度协调难度和减少工作量，提高系统化管理水平。

以上所述，只是 JIT 在采购管理应用中的一些探讨。其实，在实际工作中，企业都在不知不觉地运用着 JIT 采购技术，但真要在采购管理中充分应用 JIT，并达到所要求的理念，仍有许多问题要解决。这就要求我们在实施 JIT 采购技术的过程中，不断地进行改进，即降低物品库存—暴露物品采购问题—采取措施解决问题—再降低库存，如此循环往复，直至达到最佳效果和最高境界。

任务二　了解 MRP 采购

目前，世界各国企业普遍采用的物料需求预测方法是 MRP。MRP 于 20 世纪 60 年代初期在美国最早出现，其特点是应用计算机技术计算物料需求，大大提高了物料需求预测的能力和精度。在以往的定量、定期模型中都有一个假定条件——原材料的需求是独立或稳定的。但事实上，随着竞争的日益加剧，需求变得难以捉摸，且不断发生变化，定量、定期模型已渐渐不能适应企业柔性生产对原材料的需要，而MRP的出现则在某种程度上解决了这一问题。计算机提供的数据处理能力，可以迅速地完成对零部件需求的计算，使企业采购能够及时根据需求变动进行调整。图3—1是MRP的一个简单模型。

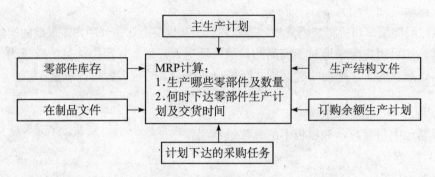

图 3—1　MRP 的简单模型

图3—1描绘了MRP的简单处理过程：先通过生产结构文件将主生产计划中对产品的需求进行分解，生成对部件、零件以及材料的主需求量计划，进而利用主需求量、库存情况、计划期内各零部件的构成以及在制品情况等进行计算，以确定在产品结构各层次上零部件的净需要量，最终确定零部件的订购计划。

一》 MRP 的目标

MRP能够根据产品的生产量，自动地计算出构成这些产品的零部件与材料的需求量，并能由产品的交货期展开成零部件生产进度日程和材料及外购件的采购日程；当计划执行情况有变化时，还能根据新情况区分出轻重缓急，调整生产优先次序，重新编制出符合新情况的采购作业计划。

MRP的目标是：（1）保证按时供应用户所需产品，及时取得生产所需的原材料及零部件；（2）保证尽可能低的库存水平；（3）计划生产活动、交货进度与采购活动，使各车间生产的零部件、外购配套件与装配的要求在时间和数量上精确衔接。

二》 MRP 的输入信息

MRP系统有三种输入信息，即主生产计划、库存状态信息和产品结构信息。

（一）主生产计划

将计划时间内（年、月）每一时间周期（月、周、旬等）的最终成品的计划生产量，记入主生产计划。它表示计划需求的每种成品（产品）的数量和时间。产品主生产计划根据市场预测与用户的订货单来确定，但它并不等同于市场预测，因为市场预测没有考虑到企业的生产能力，而计划则要同企业的生产能力进行平衡后才能确定。预测的需求量可能随时间的起伏而发生变化，计划则可以通过提高或降低库存水平作为缓冲器，以达到均衡稳定的生产。产品主生产计划是 MRP 的基本输入，MRP 根据主生产计划展开并导出构成这些产品的零部件与材料在各周期的需求量。

（二）库存状态信息

库存状态信息应保存所有产品、零部件、在制品、原材料（将之统称为项目）的库存状态信息，主要包括以下内容：

（1）当前库存量，是指工厂仓库中实际存放的可用库存量。

（2）计划入库量，是指根据正在执行中的采购订单或生产订单，得到在未来某个时间周期内的项目的入库量。在项目入库的周期内，将其视为可用库存量。

（3）提前期，是指执行某项任务从开始到完成所消耗的时间。对于采购来说，是指从向供应商提出对某个项目的订货，到进货入库所消耗的时间；对于制造或装配来说，则是从工作单到制造或装配完毕所消耗的时间。

（4）订购批量，是指在某个时间周期内向供应商订购（或要求生产部门生产）的某项目的数量。

（5）安全库存量，是指为了预防需求或供应方面不可预测的波动，在仓库中经常性保持的最低库存数量。

（三）产品结构信息

产品结构信息又称为零部件需求明细表，如图 3—2 所示，字母表示部件组件，数字表示零件，括号中数字表示装配数。

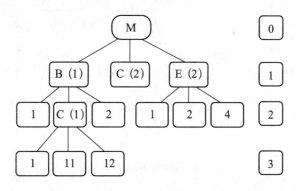

图 3—2　产品结构信息

从图 3—2 中可以看出，最高层次（0 层）的 M 是企业的最终成品，它是由部件 B（每件 M 需用 1 个 B）、部件 C（每件 M 需用 2 个 C）及部件 E（每件 M 需用 2 个 E）组成的。第一层次的 B 部件，又是由部件 C（1 个）、零件 1（1 个）、零件 2（1 个）组成，以此类推。在这些部件、组件和零件中，有些是工厂自己生产的，有些是外购件。如果是外购件，如图 3—2 中的 C，则不必再进一步分解。

当产品结构信息输入计算机后，计算机根据输入的结构关系，自动赋予各零部件一个低层代码。当一个零部件出现在多种产品结构的不同层次，或者出现在一个产品结构的不同层次时，该零部件就具有不同的层次码。如图 3—2 中的部件 C 既处于第一层，也处于第二层，即部件 C 的层次代码是 1 和 2。产品结构是按层次代码逐级展开的，相同零部件处于不同层次就会产生重复展开，增加计算工作量。因此当一个零部件有一个以上的层次码时，应以它的最低层代码（其中数字最大者为其低层代码）为准。

一个零件的需求量为其上层（父项）部件对其需求量之和。图 3—2 中低层代码在作第二层分解时，每件 M 需要 2 件部件 C，B 需要 1 件部件 C，因此生产 1 个成品 M 共需 3 件部件 C。部件 C 的全部需要量可以在第二层展开时一次求出，从而简化了运算过程。

三》 MRP 的工作逻辑

MRP 的工作逻辑如图 3—3 所示。

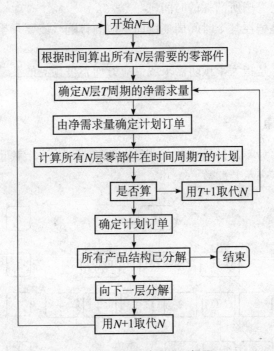

图 3—3 MRP 的工作逻辑图

MRP 的计算是根据反工艺路线的原理，按照主生产计划规定的产品生产数量及期限要求，利用产品结构、零部件和在制品的库存情况、各生产阶段（或订购）的提前期、安全库存等信息，推算出的各个零部件的数量与到货期限。它采用计算机辅助计算，具有以下三个主要特点：

（1）根据产品计划，可以自动连锁地推算出制造这些产品所需的各部件、零件的生产任务。

（2）可以进行动态模拟，不仅可以计算出零部件需要数量，而且可以同时计算出其生产的期限要求；不仅可以算出下一周期的计划要求，而且可推算出今后多个周期的要求。

（3）运算速度快，便于计划的调整与修正。

四》 参数的确定

在 MRP 计算中，计划订购的数量并不一定正好等于净需求量，经常要用一些方法来进行调整。在实践中，常用的决定批量的方法有静态方法和动态方法两类。静态方法就是保持订货数量为常数，常用的静态方法有固定批量法、经济订货批量法。使用动态方法时，不同的周期订货数量可能变动，常用的动态方法有直接批量法、固定周期批量法等。

任务三　熟悉供应链采购管理

一》 供应链采购管理的原理

供应链采购，准确地说，是一种在供应链机制下的采购模式。在供应链机制下，采购不再由采购者操作，而是由供应商操作。采购者只需要把自己的需求规律信息即库存信息向供应商连续地及时传递，供应商就可根据自己产品的消耗情况不断及时连续地小批量补充库存，保证采购者既满足需要又使总库存量最小。供应链采购对信息系统、供应商操作要求都比较高。同时，它也是一种科学的、理想的采购模式。在供应链采购管理模式下，采购工作要做到"5 适"：适质、适价、适时、适量、适地。

因此，对供应链采购的基本要求是：

（1）保证供应，不缺货。采购的根本任务就是要满足企业生产所需的各种物资需要，保证供应。不做到这一点，采购部门就失去了存在的意义。

（2）保证质量，控制成本。产品质量是企业的生命线。产品质量的好坏取决于所采购原材料和设备工具的质量。控制成本，就是要做到适质、适价、适时、适量、适地，也就是要进行库存控制。适质、适价，就是要多方了解市场行情，分析各供应商提供材料的性能、规格、品质、要求、用量，以此建立比价标准，根据底价的资料、市场的行情、供应商用料的不同、采购量的大小、付款期的长短等与供应商议定出一个令双方都能满意的价格。适时、适量，就是要根据库存控制制定的订货点、订货批量、订货周期、最高库存、安全库存等标准进行采购进货，使总成本最低。适地，既包括供应商离自己公司的远近（可以降低采购进货成本），也包括把采购进货送到所需要的地点。

（3）掌握资源市场信息，进行供应链操作和供应商管理。采购部门是企业与资源市场的接口，直接和供应商打交道，建立起一个有效的供应链并进行供应链管理，是采购部门应尽的职责。

二》 供应链采购管理的特点

在供应链采购管理的环境下，企业的采购方式和传统的采购方式有所不同。这些差异主要体现在以下几个方面。

（一）从为库存采购到为订单采购转变

在传统的采购模式中，采购的目的很简单，就是为了补充库存，即为库存而采购。采购部门并不关心企业的生产过程，不了解生产的进度和产品需求的变化，因此采购过程缺乏主动性，采购部门制定的采购计划很难适应制造需求的变化。在供应链采购管理模式下，采购活动是以订单驱动方式进行的，制造订单的产生是在用户需求订单的驱动下产生的，然后，制造订单驱动采购订单，采购订单再驱动供应商。这种准时化的订单驱动模式，使供应链系统得以准时响应用户的需求，从而降低了库存成本，提高了物流的速度和库存周转率。订单驱动的采购方式有以下特点：

（1）由于供应商与制造商建立了战略合作伙伴关系，因而签订供应合同的手续大大简化，不再需要双方的反复协商，交易成本也因此大为降低。

（2）在同步化供应链计划的协调下，制造计划、采购计划、供应计划能够并行进行，缩短了用户响应时间，实现了供应链的同步化运作。采购与供应的重点在于协调各种计划的执行。

（3）采购物资直接进入制造部门，减少了采购部门的工作压力和不增加价值的活动，实现了供应链精细化运作。

（4）信息传递方式发生了变化。在传统采购方式中，供应商对制造过程的信息不了解，也不关心制造商的生产活动。但在供应链采购管理环境下，供应商能共享制造部门的信息，提高了供应商的应变能力，减少了信息失真。同时，制造商在订货过程中不断进行信息反馈，修正订货计划，使订货与需求保持同步。

（5）实现了面向过程的作业管理模式的转变。订单驱动的采购方式简化了采购工作流程，采购部门的作用主要是加强供应与制造部门之间的联系，协调供应与制造的关系，为实现精细采购提供基础保障。

（二）从采购管理向外部资源管理转变

在建筑行业中，当采用工程业务承包时，为了对承包业务的进度与工程质量进行监控，负责工程项目的部门会派出有关人员深入到承包工地，对承包工程进行实时监管。这种方法也可以适用于制造企业的采购业务活动，这种将事后把关转变为事中控制的有效途径被称为供应管理或者外部资源管理。

那么，为什么要进行外部资源管理，如何进行有效的外部资源管理呢？

正如前文所述，传统采购管理的不足之处，就是与供应商之间缺乏合作，缺乏柔性和对需求快速响应的能力。准时化思想出现以后，对企业的物流管理提出了严峻的挑战，需要改变传统的单纯为库存而采购的管理模式，提高采购的柔性和市场响应能力，增加和供应商的信息联系和相互之间的合作，建立新的供需合作模式。

一方面，在传统的采购模式中，供应商对采购部门的要求不能得到适时的响应；另一方面，关于产品的质量控制也只能进行事后把关，不能进行实时控制，这些缺陷使供应链企业无法实现同步化运作。为此，供应链采购管理模式的第二个特点就是实施有效的外部资源管理。

实施外部资源管理也是实施精细化生产、零库存生产的要求。供应链采购管理中的一个重要思想是，在生产控制中采用基于订单流的准时化生产模式，使供应链企业的业务流程朝着精细化生产努力，即实现生产过程的几个"零"化管理：零缺陷、零库存、零交货值、零故障、零（无）纸文书、零废料、零事故、零人力资源浪费。

供应链采购管理思想具有系统性、协调性、集成性、同步性，外部资源管理是实现供应链采购管理的一个重要步骤。从供应链企业的集成过程来看，它是供应链企业从内部集成走向外部集成的重要一步。

要实现有效的外部资源管理，制造商的采购活动应从以下几个方面着手进行改进：

第一，和供应商建立一种长期的、互惠互利的合作关系。

长期的、互利互惠的合作关系保证了供需双方能够有合作的诚意和共同解决问题的积极性。

第二，通过提供信息反馈和教育培训支持，促进供应商改善和保证质量。

传统采购管理的不足在于没有给予供应商有关产品质量保证方面的技术支持和信息反馈。在顾客化需求的今天，产品的质量是由顾客的要求决定的，而不能简单地通过事后把关来解决。因此在这样的情况下，质量的管理除了需要下游企业提供相关质量保证外，还应及时把供应商的产品质量问题及时反馈给供应商，以便其及时改进。对于个性化的产品要提供有关技术培训，使供应商能够按照要求提供合格的产品和服务。

第三，参与供应商的产品设计和产品质量控制过程。

同步化运营是供应链采购管理的一个重要思想。通过同步化的供应链计划使供应链各企业在响应需求方面取得一致性的行动，增加供应链的敏捷性。实现同步化运营的措施是并行工程。制造商企业应该参与供应商的产品设计和质量控制过程，共同制定有关产品质量标准等，使需求信息能很好地在供应商的业务活动中体现出来。

第四，协调供应商的计划。

一个供应商有可能同时参与多条供应链的业务活动，在资源有限的情况下必然会造成多方需求争夺供应商资源的局面。在这种情况下，下游企业的采购部门应主动参与供应商的协调计划。在资源共享的前提下，保证供应商不至于因为资源分配不公而出现与其他供应商的矛盾，保证供应链的正常供应关系，维护企业的利益。

第五，建立一种新的、有不同层次的供应商网络，并通过逐步减少供应商的数量，致力于与供应商建立合作伙伴关系。

在供应商的数量方面，一般而言，供应商越少越有利于双方的合作。但是，企业的产品对零部件或原材料的需求是多样的，因此不同的企业需要的供应商的数目不同，企业应该根据自己的情况选择适当数量的供应商，建立供应商网络，并逐步减少供应商的数量，致力于和少数供应商建立战略合作伙伴关系。

外部资源管理并不是通过采购一方（下游企业）的单方面努力就能取得成效的，还需要供应商的配合与支持。为此，供应商也应该从以下几方面提供协作：

（1）帮助拓展用户（下游企业）。

（2）保证高质量的售后服务。

（3）对下游企业的问题做出快速反应。

（4）及时报告发现的可能影响用户服务的内部问题。

（5）基于用户的需求不断改进产品和服务质量。

（6）在满足自己能力需求的前提下提供一部分能力给下游企业。

（三）从一般买卖关系向战略协作伙伴关系转变

供应商管理模式下供应链采购管理的第三个特点是，供应与需求的关系从简单的买卖关系向双方建立战略协作伙伴关系转变。

在传统的采购模式中，供应商与需求企业之间是一种简单的买卖关系，因此无法解决一些涉及全局性、战略性的供应链问题。而基于战略协作伙伴关系的采购方式为解决这些问题创造了条件，主要包括：

（1）解决库存问题。在传统的采购模式下，供应链的各级企业都无法共享库存信息，各级节点企业都独立地采用订货点技术进行库存决策，这就会不可避免地产生需求信息的失真现象，因此供应链的整体效率得不到充分提高。但在供应链采购管理模式下，通过双方的合作伙伴关系，供应与需求双方可以共享库存数据，因此采购的决策过程变得透明，减少了需求信息的失真现象。

（2）降低风险。供需双方通过战略协作伙伴关系，可以降低由于不可预测的需求变化带来的风险，比如运输过程的风险、信用的风险、产品质量的风险等。

（3）建立战备协作途经。通过战备协作伙伴关系，可以为双方共同解决问题提供便利的条件，双方可以为制定战略性的采购供应计划共同协商，不必为日常琐事消耗时间与精力。

（4）降低采购成本。通过战略协作伙伴关系，供需双方都可从降低交易成本中获得好处，避免许多不必要的手续和谈判过程，避免信息不对称决策可能造成的成本损失。

（5）消除组织障碍。战略协作伙伴关系消除了供应过程的组织障碍，为实现准时化采购创造了条件。

三》 供应链采购管理的实施

（一）转变观念

1. 由传统管理模式转向供应链采购管理模式的原因

当今世界各种技术和管理问题日益复杂化和多样化，这种变化促使人们认识问题和解决问题的思维方法也发生了变化，逐渐从点和线性空间的思考向面和多维空间的思考转化，管理思想也从纵向思维朝着横向思维方式转化。在经济全球化的背景下，横向思维正成为国际管理学界和企业界的热门话题和新的追求，供应链采购管理就是其中的一个典型代表。

供应链采购管理是新的管理思想，在许多方面表现出不同于传统管理思想的特点。从另一个角度看，这一新的管理思想与传统管理思想之间也必然存在着许多有冲突的地方，因此，应用供应链采购管理首先要认清传统管理模式在当前环境下存在的问题。在传统的采购模式下，需求信息和反馈信息（供应信息）都是逐级传递的，因此上级供应商不能及时地掌握市场信息，因而对市场的信息反馈速度比较慢，从而导致需求信息的失真。另外，传统的采购系统没有从整体角度进行采购规划，常常导致一方面库存不断增加，另一方面当需求出现时又无法满足。这样，企业就会因为采购系统管理不善而丧失市场机会。总体上讲，传统的企业管理模式已经不能很好地适应供应链采购管理的要求，主要存在以下几个方面的问题：

（1）企业生产与经营系统的设计没有考虑供应链的影响。现行的企业系统在设计时只考虑生产过程本身，而没有考虑本企业生产系统以外的因素对企业竞争力的影响。

（2）供应、生产、销售系统没有形成"链"。供应、生产、销售是企业的基本活动，但是在传统的运作模式下基本上是各自为政，相互脱节。

（3）存在着部门主义障碍。激励机制以部门目标为主，孤立地评价部门业绩，造成企业内部各部门片面追求本部门利益，物流、信息流经常被扭曲。

（4）信息系统落后。我国大多数企业仍采用手工处理方式，企业内部信息系统不健全、数据处理技术落后，没有充分利用数据交换、Internet 等先进技术，致使信息处理不准确、不及时，不同地域的数据库没有集成起来。

（5）库存管理系统满足不了供应链采购管理的要求。传统企业中库存管理是静态的、单级的，库存控制决策没能与供应商联系起来，无法利用供应链上的资源。

（6）没有建立有效的市场响应、用户服务、供应链采购管理等方面的评价标准与激励机制。

（7）系统协调性差。企业和各个供应商没有协调一致的计划，每个部门各搞一套，只顾安排自己的活动，影响整体最优。

（8）没有建立对不确定性变化的跟踪与管理系统。

（9）企业与供应商和经销商缺乏战略协作伙伴关系，而且往往从短期效益出发，挑起供应商之间的价格竞争，失去了供应商的信任与合作基础。市场形势好时，企业对经销商态度傲慢，市场形势不好时，企业又企图将损失转嫁给经销商，因此得不到经销商的信任与合作。

以上这些问题的存在，使企业一下子很难从传统的纵向管理模式转变到供应链采购管理模式上来。

2. 传统管理模式与供应链采购管理模式的区别

综上所述可以看出，供应链采购管理与传统的物料管理和控制有着明显的区别，主要体现在以下几方面：

（1）供应链采购管理把供应链中的所有节点企业看作一个整体，供应链采购管理涵盖整个物流，包括从供应商到最终用户的采购、制造、分销、零售等过程。

（2）供应链采购管理强调和依赖战略管理，"供应"是整个供应链中节点企业之间事实上共享的一个概念（任意两个节点之间都是供应和需求关系），同时它又是一个有重要战略意义的概念，因为它影响或者决定了整个供应链的成本和市场占有份额。

（3）供应链采购管理的关键是集成，而不仅仅是节点企业、技术方法等资源的简单连接。

（4）供应链采购管理具有更高的目标，通过管理库存和合作关系达到高水平的服务，而不仅仅是完成一定的市场目标。

3. 传统管理模式转变的内容

为了适应供应链采购管理的发展，必须从与生产产品有关的第一层供应商开始，环环相扣，直到货物到达最终用户手中，真正按"链"的特性改造企业业务流程，使各个节点企业都具有处理物流和信息流的组织和能力。因此，对我国企业传统制造模式的改造应该侧重于以下几方面：

（1）供应链采购管理系统的设计。

怎样将制造商、供应商和分销商有机地集成起来，使之成为相互关联的整体，是供应链采购管理系统设计应主要解决的问题。其中，与供应链采购管理联系最为密切的是关于生产系统设计的时间问题。就传统管理模式而言，生产系统设计主要考虑的是制造企业的内部环境，侧重点在生产系统的可制造性、质量、效率、生产率、可服务性等方面，对企业外部因素研究考虑较少。在供应链采购管理的影响下，不仅要考虑企业内部的影响因素，而且还要考虑供应链对产品成本和服务的影响。供应链采购管理的出现，扩大了原有企业的生产系统的设计范畴，把影响生产系统运行的因素延伸到了企业外部，将供应链上的所有企业都联系了起来，因而供应链采购管理系统设计就成为构造企业系统的一个重要方面。

（2）供应链分布数据库的信息集成。

对供应链的有效控制要求集中协调不同企业的关键数据。所谓关键数据，是指订货预测、库存状态、缺货情况、生产计划、运输安排、在途物资等数据。为了便于管理人员迅速、准确地获取各种信息，应该充分利用电子数据交换、Internet 等技术手段实现供应链分布数据库的信息集成，能够共享采购订单的电子发送与接收、多位库存控制、批量和系列号跟踪、周期盘点等重要信息。

（3）集成的生产计划、控制模式和支持系统。

供应链上各个节点企业都不是孤立的，任何一个企业的生产计划与控制决策都会影响到整个供应链上其他企业的决策，因此，企业要研究出协调决策的方法和相应的支持系统。运用系统论、协同论、精细生产等理论与方法，研究适应于供应链采购管理的集成化生产计划、控制模式和支持系统。

（4）适应供应链采购管理的组织系统结构。

现行企业的组织都是基于职能部门的专业化组织，基本上适应可制造性、质量、生产率、可服务性等方面的要求，但不一定能适应供应链采购管理，因而必须研究基于供应链采购管理的流程重构问题。为了使供应链上的不同企业、在不同地域的多个部门协同工作以取得整个系统最佳的效果，必须根据供应链的特点优化运作流程，进行企业重构，确定出相应的供应链采购管理组织系统的构成要素及应该采取的结构形式。

4. 供应链采购管理模式转变的过程

尽管许多企业已经开始整合供应链，但是达到目的的却很少。必须意识到从"独立"的组织向供应链伙伴转变时必须克服一些重要的障碍。这一转换过程包括下面四个阶段：

（1）基准组织。基准组织具有典型的管理系统，动机是利润最大化和高度的功能专业化，企业不能快速地适应消费者市场的变化，并且开发物料流动和市场信息的能力差。

（2）职能性整合企业。通过关注客户服务标准和销售订单处理，职能性整合企业已经开始向层级结构和短期财务中心转变。它的主要竞争优势是系统的配送效率、销售职能与配送职能之间的协作。

(3) 内部整合企业。内部整合企业通过持续地重组和调整生产与采购活动来建立客户服务系统，减少了行政职能人员的数量，通过部门之间交叉处的有效运营来优化信息交换，从而优化整个企业的绩效。同时，规划层次从短期扩展到中期，并涉及与供应商之间有限的相互作用。这时的组织结构是以产品为中心并进行高度的跨职能管理。

(4) 外部整合企业。外部整合企业的组织特征是联盟过程的外部化，以及在透明化的物料和信息交换系统中整合供应和消费者需求。它谨慎地管理企业之间的交接处，以建立灵活的和相应的长期协作系统。此时，企业已经完成了内部供应链重组，并且意识到外部供应链管理战略的重要性和供应流程同步化的需要。组织内部运营实行跨职能管理结构，可能是产品联营，特点是形成供应商网络群。

（二）基础建设

企业如果想成功地实施供应链采购管理，就必须对组织内部的采购职能实施变革。这包括重整和再造组织的内部和外部关系。在内部，企业必须考虑采购在组织内部的地位、支持战略活动的管理能力与专业技能的水平。在外部，企业必须与供应商建立相应的伙伴关系，并学会如何管理这些关系。最后，供应链采购必须要有有效技术的支持。

1. 内部关系建设

(1) 组织结构的建设。

传统上，关于"采购部门"作用的讨论主要集中在采购在组织内部是集权还是分权。如果进行供应链采购管理，那么"采购"不得不具有跨越组织运营的作用。这意味着采购活动应当与其他部门联系在一起，并与许多职能部门相互影响，而且在某种意义上充当这些部门与企业供应商之间的连接。没有采购和其他部门之间良好的内部关系，企业将不可能与外部供应商建立强有力的关系网络。

部门间的相互影响已经使采购超越了传统的对集权式组织结构的争论。事实上，成功的供应链采购能够同时带来集权式运营模式和分权式运营模式所具有的优势。例如，供应链采购能够将关键的采购决策与企业长期竞争目标连接在一起，因为它具有组织整体中心作用，这是集权式运营具有的能力。供应链采购同时能够详细地要求相关成本，这是分权式组织结构的一个特征。

现在许多企业意识到兼具集权和分权特点的混合式组织结构是最具有效率和最有效的结构。在企业中，常见的混合式组织结构包括由企业总部和经营部门等各部门人员组成的采购委员会。为了完成首席采购官提出的供应链采购，采购委员会设置目标和优先权，对于通常跨越多个部门的原材料和服务商品，采购委员会优先组成跨职能商品小组。这些小组由某特定商品的运营部门代表领导，通常是商品支出最大的部门。对传统采购范围以外的原材料和服务，如电力、旅费或津贴，采购人员一般只作为小组成员，而不领导团队。商品小组的领导者及商品专家是与供应商沟通的焦点。

供应关系和合同由商品小组制定，执行交易职能则转交给运营部门。总体合同通常用更广泛的术语定义，由各部门向供应商规定其具体需求。在实施中，商品小组的领导者与运营部门保持密切联系以确保供应商正在按照合同要求执行，并确保在各机构间不存在持续发生的问题。

（2）技能与培训。

实施供应链采购管理的另一个重要内部要素是采购人员的知识与技能。无论是采购人员还是大型企业的管理者，每个职员必须具备实施采购所要求的技能水平。供应链采购意味着采购人员必须从办事员角色向决策角色转变。因此，企业必须加大对现有员工再培训的投资，如有必要，应招聘具有专业技术背景和具有高等企业管理学位的高技能混合型人才。

实施供应链采购管理所需要的不同类型的技能包括：

第一，营销和战略分析。识别最好的供应商（包括那些目前在行业外部的供应商）需要战略分析技能。买方必须能够分析和评价潜在的供应商，确定约束条件，细分供应市场，确认竞争对手，分析行业成本结构和了解产品在生命周期不同阶段的定价。

第二，信息收集和技术知识。买方也是企业技术和商业意识的关键参与者，因为其既要建立关系又要开发技术技能。除了购买，买方必须持续地搜集信息，学习新材料和新产品，进行一致性检查和开发企业外部信息网络。

第三，绩效评估技能。传统上，销售价格是评价供应商的唯一判别要素。然而，现在随着供应商管理技术的提高和成本的降低，使得对供应商评价更加复杂详细，包括服务评价、共同开发能力、创新能力、质量和前置时间精确度等。

第四，产品开发技能。买方能够推动企业内部的变革，其必须与供应商一起执行产品或服务的共同开发方案。买方必须同时非常了解价值分析和目标成本设计，并且能够识别运用这些技术的机会，并为技术人员提出产品改进试验方案。

第五，谈判技能和形成伙伴关系。除了日常运营管理技能之外，要求企业熟知法律和具有谈判技能。一旦伙伴关系确定，保持和监督这种伙伴关系就非常重要。

2. 外部关系建设

（1）管理供应商和伙伴关系。

在供应链采购模式下，供应商和买方之间存在各种潜在的关系，从低价值、建立在交易基础上的相互作用，到对企业有较高的战略和财务价值的伙伴关系。打算实施供应链采购管理的企业应当限制对低价值商品类的采购资源的投资。

企业的最大利益来自于与战略协作伙伴型的供应商建立长期关系。战略协作伙伴关系意味着对需求方、供应商和分销商所推行的传统关系的根本动摇，特别是避开了众多供应商之间的与生俱来的对立竞争。它要求放弃"零和博弈"的逻辑，而选择"双赢"的思想，协作与共同目标占据了优势，要求企业与有限数量的供应商建立互惠关系。

当采用"双赢"模式时，战略协作伙伴关系同时有利于供应商和需求方。产品联合开发和持续改进方案能够在降低总成本的同时改进产品，通过收益分享系统使双方受益。具备这种类型的战略协作伙伴关系思想是重要的。战略协作伙伴关系建立在相互信任的基础之上，但是为了保持这种关系，必须通过联合跟踪伙伴业绩来保持其平衡。

双方之间权利的不平衡，会使这种伙伴关系倒向零和博弈。保持这种伙伴关系平衡的几种方法如下所示：

第一，战略协作伙伴关系需要在一开始就清楚地界定。双方必须建立契约关系确保工作和利润在关系存续期间的公平分配。在供应商与买方合同中严格的关系定义是实现贸易量和稳定性的关键。明确地规定双方在伙伴关系内的各种情况将使机会主义行为最小化。

如果战略协作伙伴关系的持续时间界定清晰，那么成本和服务水平就可以保持弹性，并能根据消费者需求的变化与内部过程的优化或原材料的价格水平进行调整。例如，成功的关系合同将规定未来价格调整、未来生产率增加和供应链成本增加的分配。

第二，信息必须对双方透明，并提供有经济绩效的完全信息。实现相互尊重的战略协作伙伴关系的透明度需要规范，特别是供应商业绩的评价、需求方需求的预测、质量和技术规格的规定要规范。总采购成本的控制对平滑关系的运转也是至关重要的，通常要求重组标准的控制程序。成本需要由供应单位分配，不仅要对直接原材料和人工成本进行分配，而且要对间接成本如物流成本、非质量成本和管理费用进行分配。

战略协作伙伴关系要求的透明化不仅强调供应商的成本结构和盈利能力，而且强调买方的成本结构和盈利能力。关于价格调整和利润分享的合同条款要求关键效益指标的透明化。成本结构说明了内部业绩，有助于指导增进和创新活动。

第三，正如前面业绩评价技能中所提到的，应当在更广泛的业绩基础上评价战略协作伙伴关系中的供应商。

第四，战略协作伙伴应当有能力通过产品重新设计或整合物流战略进行成本缩减。一般认为，产品设计占产品成本的40%，供应链整合能够同时增加利润和提高反应能力。

第五，除了日常的管理技能外，建立战略协作伙伴关系的双方还要精通法律知识和复杂的谈判技能。随着采购人员更多地参与到企业战略决策中来，人员技能将变得更加重要。

（2）实际谈判。

成功地实施供应链采购管理主要依赖于实际谈判的能力。为了进行实际谈判，企业要组成具有采购、工程、财务、维护和研发等多种经营职能经验的小组。具体的行业和供应商分析可为小组提供有关行业成本要素和每个供应商独有能力的实际情报。通过第一阶段的审核，企业可高度了解哪个供应商符合企业的采购条件。接下来要考虑的问题是供应商是否具有必要的能力和足够的生产线，以及能否进行研究与开发来支持新产品开发。

行业和供应商分析可能会将传统采购部门的标准研究方法延伸至企业资源，如行业报告、部门刊物、行业协会和行业分析师的出版物以及网络等，企业也可对供应商进行现场调查。

分析技术同样也应受到企业内部的重视。如果商品小组不能详细说明商品支出，企业将得不到供应商的信任。关于商品采购数量、存发水平、成本变化和运送与服务要求的数据，将有助于制定报价要约数量和按全部购置成本模型分类。

相关 链接

全部购置成本模型

全部购置成本模型必须包含商品的全部成本，包括价格、使用和管理费用。价格不仅包括支付的实际价格，还包括数量折扣、利金分派收益、支付条款和交货期限。通过标准化、抵消、功能等效、产品重新设计、规格变化和废料处理等措施能够产生更低的总购置成本。管理和加工成本对于低价值、高交易性的商品尤其重要，如维护、修理和营业用品。这些成本可以通过自动订单处理、统一开具发票、无库存存货系统和电子数据交换等方式降低。

采购小组和预期供应商之间的沟通在整个过程中都是至关重要的，它能够确保供应商完全了解采购要求并能够解决问题。采购小组将不得不决定供应商的数量、对备用能力的要求和多方采购时对供应商的奖励比例。一旦供应商被选定，和供应商一起实施计划将确保计划平缓运行。迅速解决问题需要组织的各个层级之间的沟通。与供应商每季度一次的后续会议将会实现持续的总成本降低和确保更长期的关系。

3. 信息技术

供应链采购管理实施的决定性要素是信息技术。通过实现与供应链伙伴快速、直接的连接，IT系统能够使组织显著地增加信息处理的数量，并相当大地减少组织内部和整个供应链需要的日常管理工作。

IT系统实现了工业企业与供应商之间的生产和供应的整合。一旦收到新订单，每个伙伴的生产周期就会自动开始。这种整合简化了供应商关系管理，建立了长期的伙伴关系并缩短了供应前置时间。

IT系统能够预先发出出货通知，它能够提供运送途中的产品的电子信息。这有助于收货仓库计算货物到达时间并随后更新进货记录。

任务四　熟悉电子商务采购

一》 电子商务采购的意义

所谓电子商务采购，就是利用电子商务形式进行的采购活动。因为电子商务主要是在计算机网络上进行的，所以电子商务采购又称为网上采购。电子商务是电子商务采购的基础和环境。

电子商务出现后，可以通过互联网实现很多功能，主要有以下几种：

（1）电子交易。

（2）电子支付。

（3）电子安全。

（4）电子广告。

（5）电子邮件等。

这五大功能可以独立使用，也可以联合使用。其中，电子交易是最主要的功能，是电子商务的支柱，其他的功能虽然也可以独立使用，但它们基本上都是为电子交易服务的。

电子交易又可以分为以下两大功能，即网上采购和网上销售。两者虽然都是电子交易，但是它们的内容不同，处理方法也完全不同。网上销售主要是接受用户的订货，向用户提供商品销售服务。而网上采购则主要是寻找自己的供应商，开展采购和进货工作。

二》 网上采购的方式及特点

（一）网上采购的方式

网上采购的方式是多种多样的，最主要的是以下两种方式：

（1）网上招标，网上采购。

（2）网上招标，网下采购。

（二）网上采购的特点

（1）公开性。在网上采购，由于因特网具有公开性的特点，所以全世界都可以看到采购方的招标公告，谁都可以前来投标。

（2）广泛性。网络没有边界，所有的供应商都可以向采购方投标，采购方也可以调查所有的供应商。

（3）交互性。在电子商务采购的过程中，采购方与供应商的网上联系非常方便，可以通过电子邮件或聊天的方式进行信息交流。

（4）低成本。网上操作可以节省大量人工业务环节，省人、省时间、省工作量，总成本最小。

（5）高速度。网上信息传输既方便，速度又快。

（6）高效率。以上几点综合起来，显然是高效率的。

当前，网上采购处在快速的成长阶段，许多的企业和公司出于自身业务的增长或竞争需要，纷纷对网上采购进行了大量的投资，这些投资包括对企业原有的 ERP 系统进行改造或自行构建新的商务系统。

三》 网上采购的步骤

网上采购的一般步骤如下：

（1）建立企业内部网、管理信息系统，实现业务数据的计算机管理。

（2）建立企业的电子商务网站，在电子商务网站的功能中，应当有网上采购的功能。

（3）利用电子商务网站和企业内部网收集企业内部各个单位的采购申请。

（4）对企业内部的采购申请进行统计整理，形成采购招标任务。

（5）针对既定的网上采购任务进行网上采购的策划和计划。

进行网上采购的实施过程如下：

（1）设计采购招标书；

（2）发布招标公告；

（3）各个供应商编写投标书，向采购方的电子商务网站投标；

（4）采购方收集投标书，并且进行供应商调查和信息查询；

（5）组织评标小组进行评标；

（6）在网上公布评估结果；

（7）通知中标单位，签订采购合同；

（8）实施采购合同。

在上面所述的网上采购过程中，在企业的内部，采购申请主要通过企业内部网进行传递。在申请被批准并形成订单后，在企业外部的因特网上进行网上采购，途径也十分多样化。目前，国际流行的网上采购数据传送途径主要包括以下几种形式：电子商务网站招标；人工向供应商传真或递交书面文件、订购；向供应商发送电子邮件订单；向供应商的站点提交订单；与供应商的 ERP 系统进行集成；电子交易平台等。但是最常用的还是电子商务网站招标。网上采购流程图如图 3—4 所示。

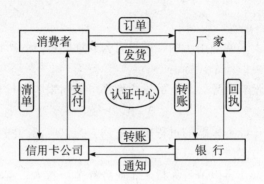

图 3—4　网上采购流程图

以电子商务网站作为交易平台，其优点是显而易见的，它为买方和卖方提供了一个快速寻找机会、快速匹配业务和快速交易的电子商务社区。供需双方能够快速建立联系，从而使企业采购操作能快捷方便地进行。在电子商务交易平台中，所有的供应商家都能得到相同质量的服务，并遵照共同标准的协议进行交易处理，体现了公平、公正、公开的原则。另外，利用电子商务交易平台，商家之间的信息沟通更加便利。

思考　练习

1. JIT 采购与 MRP 采购的区别是什么？

2. 请阐述供应链采购管理的特点。

【演练提高】

请设计可口可乐饮料的 JIT 生产模式。

第四模块

供应管理

供应管理是指为确保生产企业正常运转，对不断发生的原材料、零部件或其他物品的采购、供应等物流活动所进行的管理。生产企业、流通企业或消费者购入原材料、零部件或商品的物流过程，就是物品在供需双方的实体流动。对于生产企业而言，供应管理针对的是生产活动所需要的原材料、备品备件等物资的采购，即供应活动所产生的物流；对于流通企业而言，供应管理针对的是交易活动中从买方角度出发的交易行为所产生的物流。

【学习目标】
　　知识目标
　　● 掌握供应市场环境分析的内容和步骤
　　● 理解供应市场环境分析的意义
　　技能目标
　　● 理解供应管理规划在企业战略中的作用
　　● 掌握供应管理策略的基本方法

任务一　掌握供应市场环境分析的内容及步骤

供应市场环境分析的主要目标就是确保制定合理的决策。和其他类型的分析一样，供应市场环境分析要确认并分析与重要的采购决策有关的风险。供应市场环境分析不会降低与决策制定有关的风险，然而，它会使这些风险变得更加直观和透明。

近年来，互联网已成为买主调查供应商市场的专业工具，各种各样的供应商数据库的获得已成为可能。有了互联网和正在迅速改善的搜寻手段，市场已变得更加透明。互联网甚至给客户和专业采购者提供了新的工具以促进投标、订购、运输和付款。通过这些新的工具，许多供应部门的生产率得以提高，与此同时，供应策略的质量也得以提高。

供应分析和供应市场环境分析不同。供应分析指的是与内部组织（例如对供应品种的研究、对买主的工作量的研究、对内部效率的研究）相关的主题的分析。供应市场环境分析指的是对外部供应市场的分析，同时包括对内部组织的供应分析，它包括对供应商所在国宏观经济的分析、重要原材料的供需分析、单独供应商的（财务）优势和弱点的估计等。

一》 进行供应市场环境分析的必要性

近年来，系统地进行供应市场环境分析的要求逐渐增长。进行主动的供应市场环境分析的需求因素主要有以下几方面。

（一）持续的技术发展

每一家公司，无论从事工业生产还是商业贸易，为保持其竞争力必须致力于产品的创新和质量的改善。当投资于新技术时，问题就会出现：是自行发展还是购买新技术？由于受到财力的约束，经理们通常会选择后者。在制定制造或购买决策中，一旦决定要购买，同样需要对最终供应商的选择进行大量研究。买主必须通过研究产品和供应商，不断更新其掌握的供应市场的新技术情况。

（二）供应市场动态

供应市场环境处在不断变化之中：国家间的政治协定会突然限制一些出口贸易，供应商会因破产而消失或被其竞争对手收购，价格水平和供应的持续性都会因此受影响；需求也会出现同样变化——对某一产品的需求会急剧上升，从而导致紧缺状况的发生。供应方必须预期某一产品供需状况的可能变化，并由此获得对自己商品价格动态的更好理解。

（三）汇率发展动态

币种汇率的不断变化为国际化经营的企业增加了新的挑战。许多国家的高通货膨胀、巨额政府预算赤字、汇率的迅速变化都要求买主对其原料需求的重新分配作出快速反应。

二》 供应市场环境分析的特点

供应市场环境分析就是系统地收集、分类以及分析所有影响公司获取货物和服务的相关因素的数据，旨在满足现在和未来的公司需求，使其能够为最优的回报作出贡献。

（一）客观性

企业总是在特定的社会经济和其他外界环境条件下生存、发展的。

（二）差异性

供应市场环境的差异性不仅表现在不同的企业受不同环境的影响，而且表现在同样一种环境因素的变化对不同企业的影响也不相同。例如，不同的国家、民族、地区之间在人口、经济、社会文化、政治、法律、自然地理等方面存在着广泛的差异性。

（三）相关性

供应市场环境是一个系统，在这个系统中，各个影响因素是相互依存、相互作用和相互制约的。例如，企业开发新产品时，不仅要受到经济因素的影响和制约，更要受到社会文化因素的影响和制约。

（四）动态性

供应市场环境是企业生产的基础条件，但这并不意味着供应环境是一成不变的、静止的。供应市场环境的变化有快慢、大小之分，有的变化快一些，有的变化慢一些；有的变化大一些，有的则变化小一些。例如，科技、经济等因素的变化相对快而大，因而对企业供应活动的影响相对短且大；而人口、社会文化、自然地理等因素相对变化较慢而小，对企业供应活动的影响相对长而稳定。因此，企业的供应活动必须适应环境的变化，并不断地调整和修正自己的供给策略，否则将会丧失市场机会。

（五）不可控性

影响供应市场环境的因素是多方面的，也是复杂的，并表现出不可控性。例如，一个国家的政治法律制度、人口增长以及一些社会文化习俗等，企业没有能力改变。

（六）可影响性

企业可以通过对内部环境要素的调整与控制，来对外部环境施加一定的影响，最终促使某些环境要素向预期的方向转化。"适者生存"即是自然界演化的法则，也是企业营销活动的法则，如果企业不能很好地适应外界环境的变化，则很可能在竞争中失败，从而被市场所淘汰。强调企业对所处环境的反应和适应，并不意味着企业对于环境是无能为力的或束手无策的，只能消极地、被动地改变自己以适应环境，而是应从积极主动的角度出发，能动地去适应环境。或者说运用企业的经营资源去影响和改变供应市场环境，为企业创造一个更有利的活动空间，然后再使供应活动与供应市场环境取得有效的协调。

三 》 供应市场环境分析的步骤

在进行供应市场环境分析时，需要履行以下几个重要的步骤。

（一）确定目标

企业确定目标时，需要考虑的问题是：什么是需要尽快解决的问题？需要什么信息？信息要准确到什么程度？

（二）成本—效益分析

进行成本—效益分析时，需要考虑的问题是：研究成本包括哪些？进行研究需要多少工时？获得的利润能够超过所付出的代价吗？

（三）可行性分析

可行性分析，需要考虑的问题是：公司中的哪些信息是可用的？从公开出版物和统计资料可以得到什么信息？一个良好的（基于计算机的）记录服务，其价值是无法衡量的。许多问题都可以在（计算机）数据库中找到答案，并且专业代理商能以有限的成本进行市场和产品研究。如果不能直接找到公开的数据库，向相关部门购买研究服务也是值得的，例如大学图书馆或经济信息服务中心等。

（四）分析活动的实施

在实施阶段中，遵循原先拟订的项目计划非常重要。决策的制定通常依靠一定数量的可以获得的信息。分析活动中的失误是不能接受的，在设计时间计划和估计工作量时就应预见出潜在的问题。

（五）准备研究报告和评估

当研究结束时要准备一份报告，其中应包含任务和结果。同时，还应考虑买主是否得到他要的答案，报告是否以全面的方式起草，获得的结论是否建立在一定的假设之上，报告中应该注意的问题有哪些，研究进行后得到的意见是什么，对所采取的方法和得出的结果是否满意等。

在供应市场环境分析中，通常要对案头研究和实地研究加以区分。案头研究是收集、分析以及解释为研究任务服务的数据，这些数据一般是已经由别人收集好的。在分析中，这类研究用得最多。例如，飞利浦电子公司有一种特殊的记录服务用来不断收集一般和特定市场的技术信息，这些信息的大多数由 Purchasing Bulletin 出版，并发送给比利时、卢森堡和荷兰三国的所有买主。壳牌石油公司也有一种类似的服务，它是由 Sourcing Planning 集团提供的，用来向买主通告供应商、合同、市场预测等信息，买主也可以向这项服务提出具体问题和要求。

实地研究就是收集、分析和解释不能由案头研究得出的信息，它设法追寻新信息。参观工业展览和访问供应商是实地研究方法的例子。

并不是每一个研究项目都要严格按照上述步骤进行。由于可以利用的时间通常有限，而且每个项目都要求有自己的方法，所以很难提供一种标准的方法。

四》 供应市场环境分析的内容

供应市场环境分析涵盖了很广泛的主题，它包括四个主要的分析领域。

（一）原料、货物和服务

对原料、货物和服务进行分析的目标是实现节约或降低与供应相关的成本，这同时也会减少公司寻求替代供应来源时的风险。

（二）供应商

与供应商有关的分析涉及与供应商之间的长期关系。在这里要提出的问题是：供应商是否能够继续满足未来技术要求和企业提出的与灵活供应有关的要求？

（三）系统和程序

优秀的供应信息系统对所有买主都至关重要，因而应持续努力改善信息系统。通信技术的发展为此提供了极大的可能，但须在买主需求的基础上加以引导。与此有关，供应市场环境分析还应注重买主和供应商之间管理程序的简化。

(四）宏观、中观和微观经济

1. 宏观经济分析

宏观经济分析是指一般经济环境以及影响未来供需平衡的因素的分析。例如一个国家中的就业发展、人工成本、通货膨胀、消费价格指数、订购状况等。

2. 中观经济分析

中观经济分析集中于分析特定的工业部门，并且在这个层次，很多信息都可以从国家的统计部门和工业机构中获得，包括盈利性、技术发展的劳动成本、间接成本、资本利用、订购状况、能源消耗等具体信息。

3. 微观经济分析

微观经济分析集中于评估个别产业的供应和产品的优势与劣势。例如，供应商财务审计、作为供应商认证程序一部分的质量审计、供应商成本分析等。这里的目标是对供应商的特定能力和其长期市场地位进行透彻理解。

表 4—1 列举了各层次供应市场环境分析的主要参数。

表 4—1　　　　　　　　　　**各层次供应市场环境分析的主要参数**

层次	参数	层次	参数
宏观经济	商业周期和经济变化	微观经济	财务状况
	工业生产的发展		组织结构
	工业平均利润率		交货质量
	价格演变（如货币、通货膨胀）		交货地点
	利率		交货时间
	工资变化		一般状况
	生产率变化		服务质量
	政治气候		所有权和股份
中观经济	供需分析		成本—价格结构
	利用率		价格水平
	订购状况和销售		
	市场结构		

任务二　理解供应管理规划在企业战略中的作用

在过去的 20 年里，战略规划（计划）工作及其对企业长期生存与发展所起的作用、制定战略计划的工具和分析战略备受关注。在对大多数企业的资源流进行配置决策的过程中，采购与供应职能无疑在制定总体战略中"起主要作用"。问题的关键是：供应职能怎样才能有效地作用于企业的目标和战略？反过来说，企业的目标和战略怎样才能真正地反映出供应方发挥的作用和提供的机会？供应职能怎样才能有效地作用于企业的目标？或者采购经理怎样才能确保供应职能有效地作用于企业的目标？本部分将围绕这些问题展开。

一》 战略规划工作的定义

战略规划工作的定义有许多种，战略规划工作的提出者之一彼得·F·德鲁克给这一概念下的定义是："……利用对未来尽可能多的了解，系统地做出风险决策的连续过程；系统地组织好完成这些决策所需做的工作；通过有组织的系统反馈进行决策选择。"他将战略规划过程中的关键问题叙述为"我们现在必须做什么以实现明天的目标"。

相关 链接

战　略

战略是为实现长期具体的目标而制定的一种行动计划。战略的重点应放在成功所必需的关键因素和为确保未来而现在应采取的主要行动上。它是确定企业与环境之间关系、确立长期目标和通过对资源充分有效地配置以达到预期目的的过程。

二》 战略规划工作的层次

为取得成功，企业必须在三个层次上制定战略计划。

（1）公司战略计划。公司战略计划要解决的问题是：我们从事什么？我们将如何在从事的业务之间配置资源？例如，铁路公司是经营火车运营呢，还是从事货运和客运服务（创造时间和空间效用）？

（2）业务战略计划。业务战略计划属于公司内业务单位的计划，它们必须与公司战略计划保持一致。

（3）职能战略计划。职能战略计划涉及的是各职能领域如何对公司战略作出贡献以及内部资源如何配置。

三》 供应职能对企业战略的贡献

随着全球供应管理领域问题的出现，以及最高管理部门对获得较大采购杠杆效应的认识不断加深，近年来有越来越多的采购主管参与到企业战略决策中来。

相关 链接

战略决策

供应职能的贡献关键在于供应职能如何有效地作用于组织的目标和战略。这就是说，采购部门不仅仅是接受最高管理部门的指令，它还要参与战略规划工作，以使业务单位或企业的目标与战略能体现出供应方面存在的机会和问题。

图4—1用双箭头形式表示了供应目标、供应战略、企业目标、企业战略之间的关系。

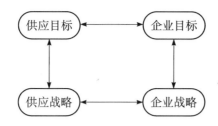

图4—1　供应战略与企业战略的关系

另外，有效的供应战略还应把当前需求和将来需求，当前市场和将来市场联系在一起，如图4—2所示。

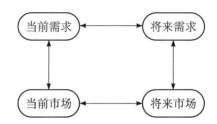

图4—2　当前和将来的市场与需求之间的联系

制定有效的供应战略要克服许多难点，其中之一是如何把组织目标很好地落实到供应目标上。

通常情况下，可把大多数企业目标归为以下四类：

（1）生存目标。

（2）发展目标。

（3）财务目标。

（4）环境目标。

生存是企业的最基本的要求。发展可体现在许多方面，例如，雇员人数增多、资产规模增大、运营单位增多、该企业经营所涉及的国家增多或者市场份额扩大。财务目标可能包括：总预算规模、盈余或利润、总收益、投资收益率、资产收益率、股票价格，或者它们的增长率。环境目标不仅包括传统的环境问题，如清洁的空气、水和土地，还应包括有利于该企业员工及顾客形成良好的价值观念的文化特征，也要与所在国的法律要求相一致。正当的公民权这一概念也体现在环境目标中。

然而，典型的供应目标通常以质量、性能、交货期、数量、价格、条件和条款以及服务等来表述，这些与企业目标的表述截然不同。

四 》 供应职能战略的主要内容

战略是为了保证既定目标的实现而制定的行动计划。制定出好的战略是企业在外部环境中赢得主动的保证。供应职能战略由各个分战略组成，每个分战略是为实现某一特定目的而制定的。供应职能战略可分为以下五大类。

（一）保证供应战略

制定保证供应战略以保证将来的供应需求至少在质量和数量上得到满足。

（二）降低成本战略

制定降低成本战略的目的是减少采购成本，或采购和运营的总成本——生命周期成本。随着环境和技术的变化，通过改变物料、货源、采购方法和与供应商的关系来降低企业的总的运营成本是可行的。

（三）供应支持战略

制定供应支持战略的目的是使采购企业能最大可能地了解供应商的生产能力及其他情况。例如，在买卖双方之间需要有较好的信息交流系统来及时通知情况的变化，保证供应商的库存和生产目标与采购企业的需求一致。采购企业还需要与供应商建立较好的关系，从而促进相互间的信息交流，确保质量及设计水平的进一步提高。

（四）环境变化战略

制定环境变化战略的目的是把握整个环境（经济、组织、人力、法律及政府规章等）的转变，从而使其成为该采购企业的长期优势。

（五）竞争优势战略

制定竞争优势战略的目的在于利用市场机会和自身实力使企业获得明显的竞争优势。在公共部门，竞争优势这一概念通常是指实现规划目标的强大实力。

任务三　掌握供应管理策略的基本方法

依据策略形成的过程，将供应管理策略划分为绩效策略、系统策略和竞争策略，使不同的管理层各负其责，合理分工。林得斯等人从系统论的观点出发，认为全面的供应是由一系列次供应策略组成的，要注意执行策略的内外因素的配合。克拉克等人从竞争分析的角度，将采购策略分为压榨策略、平衡策略、多角化策略三种类型，这有利于采购人员对策略方案的选择。

现在供应领域日益流行的划分供应管理策略的一种新方法是目标导向，将供应管理策略分为数量策略、成本策略及品质策略。采购的目标在于维持企业正常的产销活动，降低产销成本，这个过程就是寻求充分的数量、合理的价格及适当的品质。因此，为了达到采购的目标，企业首先必须建立数量、价格、品质策略的各种方案，然后评估其优劣，结合各种情况，加以选择地执行，更好地实现企业的采购目标。

一 》 数量策略

数量策略以追求适当的数量为目标，避免数量过多或过少，避免发生呆料或缺料。它的执行方案包括以下几种。

（一）现用现购

现用现购即当需要时才购进材料，这样可以节省仓储的空间和保管的人力，也不必负担存货的资金成本。如果顾客的需求发生改变，或者变更产品的生产设计时，也不会发生呆料。不过每次需要时，必须完成整个采购作业流程，耗费人力及资源较多；并且分散采购，无法获得数量折扣；特别是物料供应短缺时，因为没有充足的库存数量，企业随时会断料停工或丧失商机。

（二）预购采购

预购采购即针对预期的需求数量，事先购入若干的存货。它的优缺点基本上与现用现购相反。预购采购适合市场上需求变异较大的产品，以及列入存货管制，且储存的空间小、价值低的耐久性物料。

（三）投机供应

投机供应即采购数量为正常使用量或订购量的若干倍，这除了可以获取充足数量外，还可以获取价格方面的折扣。投机供应适用于预期来源短缺或未来价格看涨的产品，但必须以供应企业较为雄厚的财力为后盾。

（四）长期合约

长期合约即由买方承诺在某一段时间内，向卖方采购一定数量的产品，并签订合约以确保双方信守承诺。长期合约的优势在于供应来源相当稳定，交易条件也比较好，减少了每次交易的成本，而且长期的往来，买卖双方的关系也能得到改善。其不足之处在于，购买数量无法随产品需求做机动性的调整，且供应对象稳定，采购人员常常疏于寻求更好的供应来源；此外，合约期限如果太长，难免发生价格的波动，使买卖双方产生争端。长期合约适用于需求量庞大且稳定的主要原料，以及品质或规格标准化并且来源有限的产品。

（五）短期合约

短期合约即完成一次交易便宣告终止的合约。它的优缺点基本上与长期合约相反，短期合约适用于供应来源不稳定、价格极易变动、品质或规格经常更改的产品。可用短期合约来弥补长期合约的不足。

（六）多家供应

多家供应即供应来源分散，将采购的数量分配给几个不同的供应商的情况。在这种情况下，由于卖方的竞争，会以较佳的条件提供给买方；同时，可保持供应来源的稳定性。其不足之处在于，这种将采购数量化整为零的方法，可能无法获得购买数量的价格折扣；

由于每次交易的数量少，导致交易过于频繁，这样会增加每次交易的费用，导致交易成本上升；又因卖方并非买方的唯一的供应来源，双方缺乏稳定而信任的合作关系。

多家供应适用于需求数量庞大，卖方无法独立供应的物料，以及不因供应厂家不同而发生品质或规格差异的物料。

(七) 独家供应

独家供应即买方只有一个供应来源。它的优缺点基本上与多家供应相反。独家供应比较适合于来源管制或垄断的产品。当买卖双方属于关系企业，或一个企业是另一个企业的事业部时，因为利益关系，都有可能造成独家供应。

二》 成本策略

成本策略是指尽可能地降低商品的供应价格，同时还要保持价格的合理性，避免"赶尽杀绝"，危害买卖双方长期的合作关系。它的执行方案包括以下几种。

(一) 联合采购

联合采购就是汇集所有的采购数量，向供应商订购。联合采购的数量庞大，可以提升采购商谈判的地位，取得价格的优惠；各采购商由于联合采购，建立了合作的基础，有助于相互交流信息，提高供应绩效。其不足之处在于，由于参与的采购商过多，作业手续复杂，对于数量分配及供货的时间通常会存在争端。

联合采购适用于买方势单力薄，以及进口管制下发生的采购，此时小的采购商只有积少成多，汇集力量，才能引起供应商的兴趣，增添买方谈判的筹码。

(二) 单独采购

单独采购是指个别采购商单独向供应商采购自己的物品。这种策略适合规模较大、实力较强或自由竞争的企业。这种采购策略基本上与联合采购的优缺点相反。

(三) 统一采购

统一采购是指采购商先寻求特定的供应商，然后订立合约，当需要采购时由使用单位或采购商直接要货，不需要重复询价、议价、订购等作业流程。因此，统一采购可以节省重复采购的时间成本及人力成本，并且货源稳定，不需要每次重新议价，减少了交易的费用。其缺点是，由于事先签订了合约，因而限制了价格和交易条件的灵活性；由于货源稳定，因而采购人员往往疏于寻求更好的供应商。

统一采购适用于种类繁多，经常需要采购，价格不高，缺货时需立即送货的消耗品。

(四) 批量采购

批量采购是指采购商每次需用时，必须完成整个的询价、议价、订购等作业流程。它的优缺点基本上与统一采购相反。批量采购比较适用于非经常性的需用品，或者价格较高或极易变动的产品。

（五）直接采购

直接采购是指直接向产品的制造商采购，而不需要经过中介促成交易。因此，直接采购可以避免中间商的加价，也不会发生产品品质的损坏；由于厂商有明确的生产流程，交货日期比较确定，从而增加了供货的稳定性和及时性；同时，厂商为了维护品牌的信誉，售后服务也比较完善。其缺点在于，制造商只接受数量较大的订单，如果采购商采购的数量有限，可能要受到某种限制，并且直接供应的数量巨大，供应商有时会要求预付订金或保证金，交易过程复杂，也会把小的采购商拒之门外。

直接采购比较适合需求数量较大的原料，或采购金额巨大的固定设施。

（六）间接采购

间接采购是通过中介取得需要的物品，其优缺点基本上与直接采购相反。间接采购比较适合于消费者或小规模的工业用户的零星交易。

（七）国外采购

国外采购是指由国外厂商供应货品，通常直接接洽原厂或通过本地的代理商来采购。国外采购的优点是可以制衡国内采购的价格，且通常采取延期付款的方式，买方将因本币升值而获得外汇兑换利益；另外，跨国企业规模较大，产品的品质也比较优良。其缺点在于，国外采购由于语言的障碍以及时空的差距，进口管制手续繁多，交易过程复杂，采购效率较低，所需的安全存量较高；并且一旦发生交货争议，索赔困难；对于紧急交货的要求，通常也无法配合。一般而言，国外采购适用于价格比国内低廉的产品，及国内无法制造或供应数量不足的产品。

三 》 品质策略

品质策略以追求适当的品质为目标，避免产品品质过高或太差，造成使用上的浪费或缺陷。品质策略的执行方案包括以下几种。

（一）自制

自制是指企业运用自己的技术与设备，制造自己需要的产品。当供应商的技术能力与品质太差时，若由买方自己制造，有利于品质水平的提升与保证，并符合特殊设计的需要。特别当关系到企业的专利、技术机密或国防安全时，不宜轻率委托外界机构来制造，以防泄密，以保持品质、技术领先。不过，若自制品技术不精湛，将对提升产品的品质无太大帮助；且自行投资设厂制造，不但投资支出增加，而且一旦自用量不足，外售困难时，将使制造成本偏高，反而不如向市场购买成本低廉。

（二）外包

外包是指根据买方的图样或规格，将需要的产品委托其他的企业承制。这种策略一般只被大型企业采用。规模较大的企业技术实力雄厚，科研开发能力强，应用自己的专利或开发的核心技术来设计独特的产品，并把它外包给其他厂商，通常能减少自己的投资支出，可把自己的业务重点放在零售上面来。外包的优缺点基本上与自制相反。因此，专业化的产品以向供应商订购为宜；若产品结构复杂，且各项零件的制造都需要专门的设备，且买方没有自给自足的能力时，可将部分需要向外订购。

相关 链接

波音公司供应商管理

波音公司商用飞机的业务情况，是用来作为分析存储资源管理（SRM）重要性的一个很好的例子。波音公司多年来一直把重点放在性能卓越的喷气机系列 747、757、767、777 机型上，尽管每架飞机都是由波音公司设计和制造的，但实际上全球的供应商都作出了贡献。长期以来，波音公司与日本的 4 家飞机制造公司：三菱重工业公司、川崎重工业公司、Ishikawajima-Harima 重工业公司和富士重工业公司建立了良好的供应商关系。为了解波音公司与上述日本供应商的关系，我们必须退回到几十年前。当时，波音公司在日本第一次试销飞机，为了成功地向日本航空公司推销自己的产品，接受了附加条件——波音公司必须把某些有关的零件制造业务转包给日本的公司。这就使双方开始了一个动态的策略变化过程，最终导致了两者目前重大的相互依赖关系。到 20 世纪 90 年代末，部件外购部分的价值已占一架飞机总价值的 50%。事实上，日本这 4 家公司在宽体喷气式飞机的机体上已贡献了将近 40% 的价值，使用的专业技术和工具在许多方面都是全球最领先的。

这是一种双赢的伙伴关系，双方都是大赢家，日本人购买了大量的飞机，帮助波音公司成为全球主导的商用机公司；同时，因为与波音公司的关系也使日本的制造厂家改进了它们的技术能力，从而增加了它们对波音公司和世界范围内其他生产商的吸引力。尽管波音公司对其供应商有很大的依赖性，但公司的管理层相信，波音公司的系统设计能力和整合技术将防止任何供应商或若干供应商联合起来从波音手里夺走行业的控制权。

这种采用了 SRM 的新型供应链的特点是：企业间的业务关系相互关联紧密，其整个业务运作基于快速的信息传递和合理的业务流程，着眼于提高交流速度；根据事实做出决策；完全透明和通用的衡量标准；与传统的方式相比，由供应商来帮助降低进入市场的门槛。这样，供应链上的企业通过实施和运用 SRM 和 CRM 来实现与其上下游企业的紧密连接和协同运作，可实现整个供应链的快速响应和运作。

资料来源：阎子刚：《供应链管理》，北京，机械工业出版社，2003。

思考 练习

1. 阐述供应市场环境分析的内容与步骤。
2. 简要说明供应管理的策略。

【演练提高】

试分析青岛海尔电器生产零部件的供应情况。

参 考 文 献

[1] 史忠健.物流采购与供应管理.北京:中国劳动社会保障出版社,2006

[2] 徐杰,田源.采购与仓储管理.北京:清华大学出版社,北京交通大学出版社,2004

[3] 赵红岩,严诚忠.图解现代物流.上海:东华大学出版社,2006

[4] [英] 彼得·贝利等.采购原理与管理.北京:电子工业出版社,2003

[5] 郝渊晓,张鸿,马健诚.采购物流学.广州:中山大学出版社,2007

[6] 梁军.采购管理.北京:电子工业出版社,2006

[7] 赵继新,杨军.采购管理.北京:高等教育出版社,2006

[8] 康善村.采购技术.广州:广东经济出版社,2001

[9] 郝渊晓等.现代物流采购管理.广州:中山大学出版社,2003

[10] 朱新民,林敏晖.物流采购管理.北京:机械工业出版社,2004

[11] 秦文纲.采购与仓储管理.杭州:浙江大学出版社,2004

[12] 宋明哲.现代风险管理.北京:中国纺织出版社,2002

[13] 胡松评.企业供应链物流管理:海尔、沃尔玛成功模式.北京:北京大学出版社,2002

[14] 李波,洪涛.供应链管理教程.北京:电子工业出版社,2006

[15] 马士华,林勇.供应链管理.北京:高等教育出版社,2003

[16] 伏建全.怎样成为物流业中的王牌.北京:中华工商联合出版社,2007

[17] 龚国华,吴嵋山,王国才.采购与供应链.上海:复旦大学出版社,2005

教师信息反馈表

为了更好地为您服务，提高教学质量，中国人民大学出版社愿意为您提供全面的教学支持，期望与您建立更广泛的合作关系。请您填好下表后以电子邮件或信件的形式反馈给我们。

您使用过或正在使用的我社教材名称		版次	
您希望获得哪些相关教学资料			
您对本书的建议（可附页）			
您的姓名			
您所在的学校、院系			
您所讲授课程名称			
学生人数			
您的联系地址			
邮政编码		联系电话	
电子邮件（必填）			
您是否为人大社教研网会员	□是　会员卡号：_____ □不是，现在申请		
您在相关专业是否有主编或参编教材意向	□是　　　　　□否 □不一定		
您所希望参编或主编的教材的基本情况（包括内容、框架结构、特色等，可附页）			

我们的联系方式： 北京市海淀区中关村大街 31 号

中国人民大学出版社教育分社

邮政编码：100080

电话：010－62515913

网址：http：//www.crup.com.cn/jiaoyu/

E-mail：jyfs＿2007@126.com